한승현 장편소설

WISHBOOKS MODEN FANTASY STORY

리버스 슬러거

리버스 슬러거 4

한승현 장편소설

초판 1쇄 찍은 날 | 2018년 8월 8일
초판 1쇄 펴낸 날 | 2018년 8월 16일

지은이 | 한승현
펴낸이 | 예경원

기획 | 위시북스
편집책임 | 이규재
편집 | 위시북스

펴낸곳 | 예원북스
등록번호 | 제396-2012-000132호
등록일자 | 2012. 7. 25
KFN | 제1-294호

주소 | 경기도 고양시 일산동구 호수로 646-24 위너스21II빌딩 206A호 (우)10401
전화 | 031-819-9431 팩스 | 031-817-9432
E-mail | yewonbooks@naver.com

ISBN 979-11-89348-89-2 04810
       979-11-6098-992-2 (set)

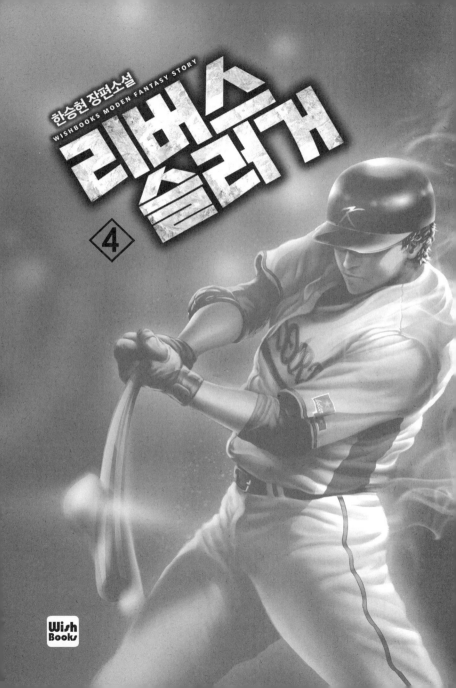

리버스
슬러거

CONTENTS

16장
다크 호스

1

[한정훈 연타석 홈런포! 스톰즈 히로시마 카프스에 신승!]

[한산강 트리오 폭발! 스톰즈 카프스에 3 대 2 승리!]

[브랜든 파간 9이닝 2실점 완투! 한정훈 연타석 홈런! 투타 완벽 조화로 카프스 격파!]

경기가 끝나기가 무섭게 기자들은 앞다투어 스프링 캠프 소식을 전했다.

스톰즈 팬들은 모처럼 폭풍월드(스톰즈 팬사이트)에 모여 승리의 기쁨을 함께했다.

└한뚱 드디어 터졌다. 쏘리 질러어~!

└와, 진짜 경기 보고 지렸다.

└나 라면 먹다 만세 불러서 라면 엎음 -_-;;

└다나카 슈헤이면 카프스 에이스 아니냐?

└에이스는 아니고 차기 에이스감 정도? 그런데 오늘 털리는 걸로 봐서는 올 시즌도 불펜에서 시작할지도 모르겠음.

└진짜 한정훈이 물건이긴 물건이다. 다들 헛스윙하기 바쁜 포크볼만 골라서 때려 넘겼어.

└동감. 클러치 히터라는 이야기는 들었는데 어린 게 경기 흐름도 바꿀 줄 암.

└그러니까 30억이나 주고 데려왔지.

└진짜 시즌 때 지금 정도만 해줘도 소원이 없겠다.

한정훈에 대한 반응은 칭찬 일색이었다. 외부에서는 30억 계약금에 대해 회의적인 시선이 많았지만 적어도 스톰즈 팬들은 한정훈의 가치를 부정하거나 폄하하지 않았다.

반면 언론이 꼽은 또 다른 승리의 주역인 브랜든 파간에 대해서는 칭찬보다 쓴소리가 더 많았다.

└그나저나 브랜든 파간 웬일이래. 완투를 다 하고.

└맞아. 지금까지 5이닝도 겨우 버텼잖아.

└그냥 오늘 모처럼 긁혔겠지.

└그게 아니라 오늘 야수들이 많이 도와줬음.

└ㅇㅂㅇ 한뚱이 홈런만 친 게 아니라 수비에서도 2루타성 타구 세 개 막아냄.

└스타일상 일본 구단 상대하는 게 더 편할지도 모르지.

└이러다 갑자기 일본 가겠다고 난리 치는 거 아냐?

└제발 그랬으면. 솔직히 브랜든 파간이 에이스라는 게 암울하다.

└그런 소리 마라. 110만 달러 가지고 브랜든 파간만 한 선수를 어디서 데려오냐?

└쿠바 가면 널리고 널린 게 100mile/h 투수다. 그중에 아무나 데려다 놔도 브랜든 파간보단 나을걸?

점차 자리를 잡아가는 중심 타선에 대해서는 긍정적인 평가가 이어졌다.

└한산강은 또 뭐냐?

└한정훈-미구엘 산토스-강승혁에서 따온 듯.

└핵구려. 진짜 이런 것 좀 안 하면 안 되나?

└한산강 폭발이면 3연속 타자 홈런 나온 건가?

└아니, 한정훈이 혼자 홈런 2개 침.

└7회에 한정훈 홈런-미구엘 산토스 안타-강승혁 2루타 터짐.

그거 가지고 기자가 오버한 듯.

└오버할 만하지. 6회까지 안타 두 개밖에 못 쳤는데.

└그래도 7회에 보여준 집중력은 괜찮지 않았나?

└맞아. 특히 미구엘 산토스 포크볼 때려서 안타 만들 때 살짝 감동이었음.

└감동은 무슨. 그거 텍사스성 안타잖아.

└빗맞아도 안타는 안타지.

└선풍기 기질이 있긴 하지만 미구엘 산토스 정도면 괜찮지. 이글스 로사리오 느낌도 나고.

└짭사리오냐.

└솔직히 올 시즌 이글스에서 새 용병 타자 찾는다고 했을 때 로사리오 오길 기대했는데.

└나도 나도. 그 기사 보고 엄청 설렜음.

└그런데 산돼지 꼭 4번 넣어야 함?

└우리 팀 타자한테 산돼지가 뭐냐. 이 개념 없는 새끼야.

└인성은 엿 같지만 틀린 말은 아닌 듯. 그냥 한정훈-강승혁-미구엘 산토스로 가면 안 되나?

└그것보다는 미구엘 산토스-한정훈-강승혁이 낫지. 정수인이 좌타자잖아.

└한정훈이 지금만큼만 적응하면 4번으로 갈지도 모르지.

스톰즈 홍보팀은 모처럼 만에 봇물 터지듯 올라온 게시물들을 살피느라 정신이 없었다. 거의 분 단위로 새 글이 떠올랐지만 홍보팀 직원들 중 누구도 불만을 갖지 않았다.

　"역시, 연습 경기고 뭐고 이겨야 하나 보네요."

　"당연하지. 져도 좋으니 최선을 다해라 이런 건 개소리라고. 스포츠에 2등이 어디 있어? 무조건 이기는 게 장땡이야."

　"그런데 외국인 선수들에 대한 인신공격이 좀 심한데 이대로 놔둬도 괜찮을까요?"

　"관리해야지. 공지 올리고 경고해 보고 안 되면 제재해야 하지 않을까?"

　"그래도 모처럼 글들이 쏟아지니 이제 좀 팬사이트다워졌어요."

　"이게 다 한정훈이 홈런 친 덕분이야."

　"한정훈 선수 진짜 잘하던데요? 어려운 공만 골라서 홈런을 때리는데, 보면서 소름 돋았어요."

　"그럼 단장님이 괜히 30억이나 주고 데려왔겠어?"

　"팀장님, 지난번에는 돈이 썩어난다고 하셨잖아요?"

　"크흠, 내가 언제? 아무튼 그만들 놀고 다시 모니터링 해. 또 이상한 글들 올라올 때 됐으니까."

　승리에 들뜬 건 팬들과 홍보팀만이 아니었다. 스톰즈 선수들도 김명석 단장이 소고기를 쏜다는 말에 환호성을 내질렀다.

"이 많은 인원을 자비로 감당하실 리는 없고…… 법인 카드 쓰시게요?"

"그래야지. 내 월급이 얼마나 된다고."

"그럼 메뉴 바꾸시죠. 돼지도 있고 닭도 있는데."

"다들 저렇게 기대하고 있는데 이제 와서 바꾸라고?"

"에이, 어차피 입에 들어가면 똥으로 나올 건데요 뭘."

"그래도 쏠 땐 확실하게 쏴야지."

"사장님이 분명 한소리 하실 텐데요."

안성민 운영팀장이 조상민 사장을 들먹이며 김명석 단장을 말렸다. 아직 시즌이 시작된 것도 아닌데 벌써부터 법인 카드 쓰는 버릇을 들이면 나중에는 씀씀이를 감당할 수 없을 것 같았다.

하지만 김명석 단장도 괜히 법인 카드를 빼든 게 아니었다.

"내가 설마 사장님 허락도 안 받고 일 벌였을까 봐?"

"에에? 그 짠돌이 양반이 허락하셨다고요?"

"우리가 오키나와 캠프팀 중에 일본 구단 상대로 처음으로 이긴 거 모르지?"

"타이거즈도 이겼잖아요."

"하지만 우리가 타이거즈보다 정확하게 7분 40초 일찍 경기를 끝냈지. 덕분에 사장님도 윗선에 보고할 만한 거리가 생겼고 말이야."

"그래서 사장님이 법인 카드를 허락하셨다고요?"

"물론 적당히 쓰라고 하셨지만…… 난 그건 못 들은 걸로 하려고."

"방금 제가 들은 거 같은데요."

"자네도 못 들은 게 좋을 거야. 나중에 나 안 말렸다고 시말서 쓰고 싶지 않으면."

"하하. 저도 모르겠네요. 마음대로 하세요."

"참, 백 감독하고 코칭스태프들은 따로 나가서 먹으라고 해. 괜히 끼어봐야 분위기만 나빠질 테니까."

"그렇지 않아도 아까 법인 카드 긁을 테니 알아서 처리해 달라고 하고 나갔어요."

"낄끼빠빠를 알다니. 그 양반도 제법인데?"

김명석 단장이 피식 웃고는 선수들에게 다가갔다.

"후우…… 이 인간이나 저 인간이나 법인 카드 무서운 줄 모르고……."

뒤처리를 떠안게 된 안성민 팀장이 고개를 절레절레 흔들어댔다. 올해 성과급을 받으면 차를 바꿀 생각이었는데 새 차는 커녕 차를 팔게 될지도 모를 것 같았다.

"야! 여기로 와야지!"

"여기! 여기 자리 있어!"

직원들이 고기를 공수하는 동안 스톰즈 선수들은 삼삼오

오 자리를 잡았다.

왼쪽 테이블은 김성진과 박명호를 중심으로 하는 부성 대학교 라인이 선점했다. 그리고 반대편에는 최주찬과 강승혁이 주축이 된 서린 고등학교 선수들이 모여들었다.

한정훈은 미구엘 산토스와 함께 빈 테이블에 앉았다. 최주찬이 한정훈의 자리를 따로 빼놨지만 자신만 졸졸 쫓아다니는 미구엘 산토스를 떼어놓고 갈 수가 없었다.

"산토스, 다른 외국인 선수들하고 밥 먹는 게 어때?"

"왜? 외국인하고 같이 밥 먹기 싫어?"

"너 진짜 그 외국인 타령 그만 안 할래?"

"그러니까 같이 밥 먹자. 히히."

미구엘 산토스는 덩치에 어울리지 않게 능글맞았다. 한정훈보다 6살이나 많은데도 천진난만한 10대 소년처럼 굴었다.

"그래. 먹자, 먹어."

한정훈이 못 이기겠다며 고개를 절레절레 흔들었다.

과거로 넘어오기 직전에 마이크 헌트를 전담해서일까. 미구엘 산토스와 얼굴을 마주 보고 앉는다는 게 크게 부담스럽지 않았다.

"참, 한. 아까는 고마웠어."

"뭐? 안타 친 거?"

"그래, 네 말대로 뒷다리에 힘을 주면서 히팅 타이밍을 반

박자 늦추니까 공이 걸리더라고."

"반 박자는커녕 반의반 박자도 못 버틴 거 같은데?"

"하하. 그래서 빗맞은 타구가 나왔지만 나는 만족해. 이제 비슷한 공이 들어와도 얼마든지 공략해 낼 수 있을 것 같아."

미구엘 산토스가 하얀 이를 드러내며 웃었다. 자신의 타격 스타일에 변화를 주지 않고 무게중심을 바꾸는 것만으로 난 공불락이던 포크볼을 건드렸으니 기분이 좋은 모양이었다.

"그래, 그렇게 하나둘 때려내다 보면 그다음부터는 더 자신 감이 붙을 거야."

한정훈도 피식 웃음을 흘렸다. 미구엘 산토스와 대화를 주고받을 때마다 다시 코치 시절로 되돌아간 것 같은 기분이 들었다.

그때였다.

"와우, 한! 너 영어 잘하잖아?"

"그러게. 미구엘의 엉터리 영어를 알아들을 정도면 대단한 데? 미국에서 살다 온 거야?"

"내가 뭐랬어요? 한은 메이저리그를 노리고 있다니까요."

한정훈과 미구엘 산토스가 통역도 없이 대화를 주고받는 걸 수상하게 여긴 제레미 모이어와 알렉스 마인, 케빈 루이스 가 은근슬쩍 끼어들었다.

"뭐야! 왜 다들 여기로 몰려오는 거야!"

미구엘 산토스가 호들갑스럽게 손을 휘저었다. 한정훈과 단
둘이 유익한 대화를 나눌 수 있는 시간을 방해받고 싶지 않았
다.

그러나 미구엘 산토스 혼자만으로는 사방에서 치고 들어오
는 덩치 큰 외국인 선수들을 당해낼 재간이 없었다.

"브랜든! 이리 오라고! 내 말이 맞았어!"

미구엘 산토스의 옆자리를 빼앗은 제레미 모이어가 혼자 남
겨진 브랜든 파간을 불렀다.

"제길, 내가 한 말도 다 알아들었겠군."

브랜든 파간이 툴툴거리며 한정훈의 옆자리에 앉았다. 표정
을 보아하니 애송이라고 떠들어댄 걸 후회하는 눈치였다.

"걱정하지 마. 멀어서 잘 안 들렸으니까."

한정훈은 가볍게 웃어넘겼다. 이제 와 다른 사람들 앞에서
브랜든 파간의 혼잣말을 두고 화를 낼 수도 없는 노릇이었다.

"그런데 오늘 메뉴가 뭐야? 한국 친구들은 쏘쏘 그러는데."

"고기지? 그렇지?"

"그래, 고기야."

"오케이. 고기면 됐어."

"그럼, 오늘 같은 날은 고기지."

제레미 모이어와 케빈 루이스가 마주 보며 웃었다. 스톰즈
구단에서 끼니마다 고기를 푸짐하게 제공하고 있는데도 성에

차지 않는 모양이었다.

"그런데 이건 누가 사는 거야?"

"단장이 한턱낸다는데?"

"단장? 그럼 많이 먹어도 상관없겠지?"

"그럼. 다른 녀석들이 먹어치우기 전에 우리가 먼저 먹어 치워야지."

미구엘 산토스도 어느새 젓가락을 집어 들었다.

'이거…… 여차하면 하루 종일 고기만 굽게 생겼는데.'

한정훈의 입가로 쓴웃음이 번졌다. 그러자 알렉스 마인이 화제를 바꿨다.

"참, 한. 물어보고 싶은 게 있어."

"뭔데?"

"우리 말이야. 네 명 중 한 명은 계약이 해지되는 게 맞지?"

알렉스 마인의 한마디에 다른 외국인 선수들의 표정이 굳어졌다. 용병이라 불리는 처지라 계약 문제에 대해서는 민감해질 수밖에 없었다.

"글쎄. 그건 내가 대답해 줄 수 없는 문제 같은데."

한정훈은 즉답을 피했다. 단장도 아니고 일개 신인 선수가 외국인 선수들의 계약 문제를 두고 입방정을 떨 수는 없었다.

하지만 알렉스 마인은 투구 스타일처럼 끈질기게 물고 늘어졌다.

"너에게 책임질 만한 대답을 듣고 싶은 게 아냐. 그저 현실을 알고 싶은 거지."

"너희 모두 메이저리그를 겪어봤잖아. 야구는 어디나 비슷하다고 생각하면 돼."

"통역은 부상을 당하지 않는 한 우리 모두가 한국에 남을 수 있을 거라고 했어. 물론 잘한다는 전제가 따르겠지만."

"스톰즈는 신생 구단이고 앞으로 2년간 5명의 외국인 선수를 보유할 수 있어. 하지만 1군에 등록이 가능한 건 4명까지야. 한 명은 어쩔 수 없이 2군에 남아 있어야 한다고."

"그렇다면 우리 넷 중의 한 명은 2군행이라는 말이로군."

알렉스 마인이 혼잣말처럼 중얼거렸다. 그러자 괜히 뜨끔해진 케빈 루이스가 한정훈의 손등을 덥석 잡았다.

"한! 설마 그거 연봉 순으로 정하는 거 아니지? 그렇지?"

네 명의 용병 투수 중 가장 많은 연봉을 받는 건 브랜든 파간이었다. 150㎞/h대 빠른 공을 던지는 수준급 좌완 투수라 계약금 포함 120만 달러가 책정됐다.

우완 투수인 제레미 모이어와 알렉스 마인은 나란히 100만 달러에 계약을 마쳤다. 한국 무대에서 검증이 되지 않았지만 신생팀에서 뛴다는 걸 감안해 조금 더 후한 연봉을 안겨주었다.

반면 마지막으로 계약을 마친 케빈 루이스는 45만 달러밖에 받지 못했다. 메이저리그 경험이 전무하고 나이가 어려 경기 경험이 부족한 게 마이너스로 작용했다.

성적에 따른 추가 옵션이 다른 선수들보다 많이 붙긴 했지만 몸값만 놓고 봤을 때 케빈 루이스는 다른 외국인 투수들과 상대가 되지 않았다.

"한국은 메이저리그와 달리 1군과 2군의 이동이 빈번한 편이야. 2군에 내려가면 열흘간 1군 등록이 어렵겠지만 선발 투수의 등판 일수를 고려하면 한 경기 거르는 정도에 불과하니까 벌써부터 겁먹을 필요 없어."

한정훈이 애써 웃으며 케빈 루이스를 달랬다. 그러자 잠자코 있던 브랜든 파간이 한마디 내뱉었다.

"징징거릴 시간에 투구 연습이나 더 해. 요 몇 경기 잘 던졌다고 너무 게을러진 거 아냐?"

"왜 갑자기 시비야? 오늘 좀 잘 던졌다 이거야?"

"우린 여기 용병으로 와 있는 거야. 실력이 없으면 짐을 싸야 하는 거라고."

"젠장. 누가 그걸 몰라?"

케빈 루이스가 불만스럽게 투덜거렸다. 그러자 제레미 모이어가 냉큼 분위기를 다잡았다.

"케빈, 적당히 해. 그리고 브랜든. 여기 우리가 용병인 거 모르는 사람 아무도 없어."

제레미 모이어는 89년생으로 외국인 선수들 중 가장 나이가 많았다. 그만큼 경험도 풍부해서 낯선 타자들을 상대로 능구렁이 같은 피칭을 이어가고 있었다.

주 구종은 145㎞/h 전후로 형성되는 포심 패스트볼과 싱커. 그 이외에도 슬라이더와 커브, 체인지업, 투심 패스트볼, 커터, 스플리터에 이르기까지 못 던지는 구종이 없다고 알려져 있었다.

지난 세 차례 선발 등판에서도 제레미 모이어는 퀄리티 스타트 피칭을 선보이며 깐깐한 백종훈 감독의 합격점을 받은 상태였다. 그렇다 보니 은연중에 외국인 선수들의 리더 역할을 맡고 있었다.

"제레미, 먼저 시작한 건 저 녀석이라고요."

케빈 루이스가 억울하다는 표정을 지었다.

하지만 제레미 모이어는 케빈 루이스의 투정을 받아주지 않았다.

"나와 마인을 대하는 것처럼 브랜든을 대하라고. 너는 왜 브랜든만 보면 신경질적으로 구는 거야?"

"그 정도만 해."

케빈 루이스의 표정이 굳어지자 알렉스 마인이 제레미 모이어를 말렸다. 때마침 옆 테이블에서 가스버너와 불판이 넘어왔다.

"자, 자. 고기가 온 것 같으니까 기분 좋게 먹자고."

미구엘 산토스가 손뼉을 치며 분위기를 환기시켰다.

"그래, 먹자. 먹는 게 남는 거니까."

한정훈이 집게를 집어 들었다. 고기 굽는 게 서툰 외국인 선수들에게 맡겼다간 시커멓게 태워먹을 게 뻔했다.

"소고기는 미디움으로 먹어야 맛있어. 그러니까 부지런히 집어 먹으라고."

"옛썰!"

"이 집 서비스 좋은데?"

외국인 선수들은 부지런히 젓가락을 움직였다. 다들 덩치만큼이나 식욕이 좋다 보니 불판에 고기를 올리는 속도가 먹는 속도를 따라가지 못했다.

"일단 스톱. 불판 좀 닦고 굽자."

십여 분간 쉬지도 못하고 고기만 굽던 한정훈이 집게를 내던졌다. 그러자 직원들을 도와 음식을 나르던 통역 김정렬이 뒤늦게 테이블에 뛰어들었다.

"아이고, 한정훈 선수가 저 때문에 고생이네요. 이제부터는 제가 구울게요. 한정훈 선수도 좀 먹어요."

"고생은요. 그럼 10분만 있다가 교대해요, 형."

"하하. 그래주면 고맙고요."

김정렬은 양손으로 집게를 집어 들고 불판 앞에 섰다. 오른손으로는 새 고기를 올리고 왼손으로 고기를 뒤집는 모습이 한두 번 해본 솜씨가 아닌 것 같았다.

"그런 방법이 있었네요."

"하하. 제가 트윈스에서 고기만 굽다 왔잖아요."

"트윈스 용병들도 엄청 잘 먹는다고 들었는데."

"트윈스뿐만 아니라 모든 용병이 다 잘 먹습니다. 특히 고기라면 사족을 못 쓰고요."

"다음부터는 소고기 말고 돼지고기 먹자고 해야겠어요."

"꼭 그렇지도 않습니다. 소고기는 빨리 해치워서 좋으니까요."

"돼지고기를 먹으면 장기전이 된다 이거죠?"

"네, 어차피 고생할 거면 속전속결이 낫습니다. 자, 한정훈 선수도 어서 먹어요."

김정렬이 한정훈의 앞접시에 고기를 올려놓았다.

"그럼 저 먼저 먹을게요."

한정훈은 크게 한 쌈을 싸서 입에 집어넣었다. 그러자 다른 외국인 선수들도 한정훈을 따라 쌈을 싸기 시작했다.

"잠깐. 한, 이건 구워 먹어야 하는 거 아냐?"

"생으로 먹는 게 몸에 좋아."

"맵지 않아?"

"매운 만큼 스태미나에 좋지."

"오오! 스태미나!"

정력에 집착하는 건 만국 공통이었다. 한정훈이 스태미나를 외칠 때마다 외국인 선수들은 앞다투어 젓가락을 움직였다.

"하하. 재밌네요. 다들 한정훈 선수가 좋은가 봅니다."

"제가 좋은 게 아니라 다른 게 좋은 거겠죠."

"꼭 그렇지만도 않아요. 외국인 선수들은 낯가림만큼이나 음식 가림이 심하거든요."

김정렬은 자신보다도 더 능수능란하게 외국인 선수를 다루는 한정훈이 신기했다. 한정훈이 영어를 잘한다는 사실은 우연히 알고 있었지만 외국인 선수들과 이 정도로 살갑게 지낼 줄은 전혀 예상하지 못했다.

하지만 한정훈은 외국인 선수들과의 관계에 큰 의미를 부여하지 않았다. 영어로 편히 대화할 수 있는 선수가 없다 보니 자신에게 집착하는 것뿐이라고 여겼다.

"참, 한. 한 가지 물어봐도 돼?"

김정렬이 고기를 가지러 간 사이 묵묵히 고기만 씹어 삼키던 브랜든 파간이 입을 열었다.

"뭔데?"

"아까 수비할 때 말이야. 어떻게 그쪽으로 타구가 갈 줄 알았어?"

"그야 볼카운트가 불리했잖아. 너는 불리할 때 힘으로 밀어붙이는 스타일이고. 몸 쪽 공을 던지면 정타보다는 먹힌 타구가 나올 가능성이 높다고 생각했는데?"

한정훈이 대수롭지 않게 말했다.

하지만 브랜든 파간은 한정훈의 말을 가볍게 넘기지 못했다.

"내가 불리할 때 힘으로 밀어붙이는 스타일이라고?"

"내 표현이 이상했나? 넌 포심도 좋고 공의 무브먼트도 좋으니까 불리한 볼카운트마다 정면으로 부딪치는 편이잖아. 아니야?"

"흠…… 그렇긴 하지. 볼카운트가 나빠져서 사사구를 내주고 싶진 않으니까."

"특히나 좌타자를 상대로 더 그러는 편이고."

"생각해 보니까 그랬던 것도 같군."

브랜든 파간이 묵묵히 고개를 끄덕였다. 메이저리그에서 좌타자에게 약하다는 평가를 받은 이후로 좌타자 승부에 집착한 건 사실이었다.

"넌 그걸 어떻게 안 거지?"

"어떻게 알다니, 네 투구를 보고 알았지."

"내 투구를 보고? 허, 내가 그렇게 뻔한 투구를 했단 말이야?"

"너도 들어서 알 텐데? 스트라이크를 던지면 범타, 볼을 던지면 안타."

"젠장할. 또 그 소리군."

"그런데 그게 브랜든 너한테만 해당하는 이야기일까?"

"……?"

"투수든 타자든 볼카운트를 유리하게 끌고 가고 싶은 건 마찬가지라고. 그래서 초구 싸움이 중요한 거고. 타자 입장에서는 초구 스트라이크를 먹으면 마음껏 방망이를 휘두를 기회가 한 번밖에 남지 않게 된다고."

"한 번? 두 번이 아니고?"

"투 스트라이크를 먹고 노리는 공만 치려는 타자가 몇이나 되겠어."

브랜든 파간은 물끄러미 한정훈을 바라봤다. 투 스트라이크 이후에도 아무렇지도 않게 홈런을 때려내는 한정훈이 그런 말을 하니 이율배반적인 느낌이 들었다.

하지만 한정훈도 투 스트라이크 이후에서는 최대한 스트라이크존을 넓게 보려고 노력하는 편이었다.

"나도 그렇지만 대부분의 타자는 투 스트라이크를 먹기 전에 칠 만한 공이 들어오길 원한다고. 그런데 초구에 스트라이크를 먹으면 머릿속이 복잡해져. 기회는 한 번밖에 남지 않았는데 유인구도 걸러내야 하니까."

"반대로 초구에 볼이 들어오면 마음이 편해지겠군."

"맞아. 거기에 2구까지 볼이 된다면 기분 좋지. 볼넷을 내줄 게 아니라면 결국 스트라이크가 들어올 수밖에 없으니까."

"흠……."

브랜든 파간이 길게 신음했다. 누구나 다 알고 있는 뻔한 이야기 같았지만 한정훈의 입을 통해 들으니 왠지 느낌이 달랐다.

"기왕 말 나온 김에 마저 이야기하자면 넌 좋은 공을 던지는 투수지만 타자들이 상대하기에는 편한 스타일일지도 몰라."

"내가 만만하다 이거야?"

"워워, 그런 뜻으로 한 말 아니니까 젓가락 내려놓고. 볼카운트에 따라 타자들이 노림수를 갖기 편하다는 말이야."

한정훈은 오늘 경기로 예를 들어가며 브랜든 파간에게 설명을 해줬다.

처음에는 불쾌해하던 브랜든 파간도 이야기가 계속될수록 나직이 신음만 내뱉었다.

"그러니까 내가 너무 내 스타일만 고집했다 이거로군."

"넌 좋은 공을 던지니까 그러는 게 당연하다고 생각해. 다만 타자가 네가 무슨 공을 던질지 알아버린다면 아무리 좋은 공을 던진다 해도 항상 이길 수는 없지 않을까?"

"흠……."

"그런 점에서 난 네가 포수와 대화를 할 필요가 있다고 봐."

"포수와?"

"그래, 내 선배라서 하는 이야기가 아니라 지승이 형은 엄청

난 노력파라고. 지금도 전략 분석팀에서 준 자료 보고 있는 거 보이지? 너보다 프로 경험은 부족하겠지만 그걸 메우기 위해 지승이 형도 최선을 다하고 있다고. 그러니까 그런 포수의 노력을 무시하진 마."

한정훈이 에둘러 조언했다.

"그렇군. 내가 너무 내 생각만 했군."

뭔가 깨달은 게 있는지 브랜든 파간도 고개를 주억거렸다.

그러자 잠자코 듣고 있던 알렉스 마인이 불쑥 끼어들었다.

"한, 그럼 내 문제는 뭐라고 생각해?"

"하하. 알렉스까지 왜 그래요?"

"진지하게 물어보는 거야. 내가 마지막까지 스톰즈 유니폼을 입으려면 어떻게 하는 게 좋을까?"

"글쎄요. 지금까지 잘 해왔지만 주자 견제에 신경 써야 하지 않을까요? 한국의 타자들은 의외로 잘 뛴다고요."

"주자 견제라. 그거 귀찮은데."

"참고로 견제는 제레미한테 물어봐요. 지난번에 보니까 장난 아니던데요?"

한정훈이 냉큼 제레미 모이어를 끌어들였다. 이대로 가다간 모든 외국인 선수의 상담을 해야 할 것만 같았다.

"내가 또 한 견제하지."

한정훈의 속내를 알아챈 제레미 모이어가 씩 웃으며 이야기를 받았다. 그사이 한정훈은 괜찮다는 김정렬을 주저앉히고 집게를 넘겨받았다.

"아이고, 편히 식사하시라니까요."

"지금은 이게 편할 거 같아요."

한정훈이 테이블에서 빠지자 브랜든 파간은 다시 입을 다물었다. 알렉스 마인은 제레미 모이어와 견제에 관한 대화를 나누었고 미구엘 산토스는 케빈 루이스와 부지런히 고기를 집어 먹었다.

"자, 형도 좀 드세요."

"고마워요. 한정훈 선수가 구워준 고기를 다 먹다니 영광이 네요."

"영광은요. 그리고 말씀 편하게 하세요."

"그럼 한정훈 선수도 편하게 해요."

"그럴게요."

김정렬은 한정훈처럼 크게 한 쌈을 싸서 입에 밀어 넣었다. 그러고는 이제야 살 것 같다는 표정을 지었다.

"형도 고생이 많네요."

"먹고살려면 어쩔 수 없지 뭐."

"그런데 왜 스톰즈로 온 거예요?"

"스톰즈가 조건이 좋기도 했지만 정훈이 너 보려고 왔지."

"에이, 농담도."

"농담 아냐. 넌 모르겠지만 나 한때 스카우트팀에 있었거든. 그래서 네 경기 자주 봤는데 솔직히 전율이었다. 내가 이승협 선수 광팬인데······. 진짜 너라면 이승협 선수를 뛰어넘을 수도 있겠다는 생각이 들었어."

"평가가 너무 후한 거 아니에요?"

"솔직히 그때 너 보러 왔던 스카우터들 전부 똑같은 생각이 었을걸? 그래서 난 주변에서 난리 칠 때 네 걱정 하나도 안 했다. 너라면 알아서 잘할 거라고 믿었으니까."

"형이 그렇게 말하니까 부담되는데요."

"부담 가져. 원래 슈퍼스타는 팬들에게 좋은 모습을 보여줘야 한다는 부담감을 가지고 사는 거야."

"명심할게요."

"그래, 그런 의미에서 우리 러브 쌈 한 번 하자."

"으으, 러브 쌈은 또 뭐예요."

"술 한잔 하면 좋겠지만 안 되니까."

"그냥 크게 한 쌈 싸줘요."

"그럼 이거 먹고 홈런 **뻥뻥** 때려야 한다. 알았지?"

김정렬이 상추를 두 개나 포개어 주먹만 한 쌈을 쌌다.

한정훈은 입을 크게 벌려 쌈을 삼켰다. 평소 우악스럽게 먹는 걸 좋아하진 않았지만 자신의 성공을 바라는 김정렬의 마음을 외면하고 싶지 않았다.

그 쌈의 효과 덕분인지 한정훈은 카프스와의 2차전에서도 결승 홈런을 때려내며 팀의 연승에 기여했다. 마운드에서는 제레미 모이어가 7이닝 2실점으로 호투했다.

만만찮은 카프스를 상대로 반등에 성공한 스톰즈는 이어지는 9차례의 연습 경기에서 5승 4패의 성적을 거두고 캠프를 마쳤다.

오키나와 캠프 성적은 9승 12패.

당초 목표였던 10승 달성에는 실패했지만 만족할 만한 결과였다.

[스톰즈 선수단 귀국. 오키나와 리그에서 만만찮은 전력 선보여.]

[30억 루키 한정훈 8개 홈런으로 예열 끝! 오키나와 리그 비공식 홈런왕 등극!]

언론들은 스톰즈가 기대 이상의 성적을 냈다고 호평했다. 전문가들도 이 기세라면 스톰즈가 나눔 리그의 다크호스가 될지도 모른다고 장단을 맞췄다.

"스프링 캠프 초반만 하더라도 신생 구단의 한계를 여실히 보여줬었는데 후반 들어서 상당히 좋아졌습니다."

"젊은 선수로 이루어진 팀이라 그런지 분위기를 타니까 무서워졌습니다."

"무엇보다 한정훈 선수의 활약이 고무적입니다. 아직 프로 데뷔조차 하지 못한 루키가 8개의 홈런을 때려냈다는 건 숫자 그 이상의 의미가 있습니다."

"한정훈 선수가 3번 타순에 자리를 잡으면서 클린업이 견고해진 느낌입니다. 강승혁 선수도 4개의 홈런을 때려냈으니 미구엘 산토스 선수만 살아난다면 기존 구단과도 싸워볼 만할 것 같습니다."

"스톰즈 팬들은 벌써부터 HMK포라고 부르더라고요. 아직 검증되지 않은 대포이긴 합니다만 제 개인적인 생각으로는 공갈포는 아닌 것 같습니다."

"슈퍼 루키 한정훈 선수가 타선에 새 바람을 불어넣고 있고 외국인 선수들이 국내 무대에 빠르게 적응해 가고 있으니 스톰즈의 상승세는 한동안 지속될 것 같습니다. 변수라면 백종훈 감독이죠."

"귀국 인터뷰 때 이야기로는 아직 확정된 건 아무것도 없다고 했으니까요."

"백종훈 감독 입장에서는 자원을 최대한 테스트해 보고 싶겠죠. 그 마음은 충분히 이해합니다만 시범 경기 내내 테스트만 하다가는 정작 시즌에 들어가서 고전할 가능성도 배제하기 어려울 것 같습니다."

전문가들의 우려는 현실이 됐다. 시범 경기가 시작되자 백종훈 감독은 스프링 캠프 때 주목을 받지 못했던 선수들을 우선적으로 기용하기 시작했다.

주전을 정하기 전에 마지막으로 기회를 주는 것뿐이라고 둘러댔지만 언론은 물론이고 팬들조차 제 식구 감싸기에 불과하다고 비난을 쏟아냈다.

"주변에서 뭐라고 하건 신경 쓰지 마라. 다들 정신 바짝 차리고 경기에만 집중해. 알아들어?"

백종훈 감독은 제자들을 따로 불러 정신무장을 시켰다. 다행히 첫 2연전 상대는 스타즈였다. 그리고 그다음은 위즈였다. 스톰즈가 그나마 해볼 만한 상대를 연속으로 만났으니 제자들이 잘만 해준다면 주변의 비난이 잦아드는 것도 시간문제라고 여겼다.

그러나 스타즈에 이어 위즈와의 2연전에서 전부 패배하면서 제자들을 다시 주전 경쟁 속에 밀어 넣으려던 백종훈 감독의 계획은 완전히 어긋나 버렸다.

패배도 패배지만 경기 내용이 형편없었다. 투수들은 하나같이 5이닝을 버티지 못했고 타자들은 기회마다 헛방망이질을 해댔다.

"젠장할. 이것들이 빠져 가지고는"

백종훈 감독은 어쩔 수 없이 HMK포를 재가동했다. 한정훈을 제외한 채 미구엘 산토스와 강승혁만 중심 타선에 끼워 넣으려 했지만 팬들이 감독 경질을 요구한다는 소리에 한정훈의 이름까지 출전 명단에 채워 넣었다.

"야, 진짜 니들 오니까 이제 좀 살 만하겠다."

HMK포가 없는 동안 3번 타순에서 집중 견제를 받아야 했던 최주찬은 첫 타석부터 안타를 신고하며 분위기 반전을 이끌었다. 그리고 1사 2루에서 한정훈이 시범 경기 복귀 첫 안타를 때리며 스톰즈의 4연패를 끊었다.

HMK포가 타선에 중심을 잡아주자 투수들도 숨통이 트였다. 한 점도 내줘서는 안 된다는 불안함이 타선이 서너 점 정도는 어떻게든 따라가 줄 거라는 믿음으로 변하면서 보다 적극적인 피칭이 가능해진 것이다.

외국인 투수 4인방도 덩달아 힘을 냈다. 네 명 중 한 명은 2군에서 시즌을 시작해야 하니 누구 하나 허투루 공을 던지지 않았다.

덕분에 스톰즈는 20경기에서 10승 10패, 5할의 승률을 기록하며 나눔 리그 구단들의 경계 대상으로 떠올랐다.

"스톰즈가 생각보다 강합니다. 외국인 투수들이 하나같이 수준급이에요."

"외국인 투수들끼리 경쟁을 한다는 게 확실히 부럽네요. 보통은 열 경기 정도 지켜보는 추세니까 용병들도 대충 던지는 경향이 있거든요."

"미구엘 산토스도 힘이 좋아 보입니다. 빈약한 스톰즈 타선에 중심을 잘 잡아주는 것 같아요."

나눔 리그 감독들은 스톰즈의 상승세를 외국인 선수들에게서 찾으려 했다. 신인들로 구성된 타선이나 불펜은 조금 더 지켜봐야 한다고 입을 모았다.

"외국인 선수들 덕을 보기는 개뿔. 자기들은 외국인 선수 없어?"

백종훈 감독은 세간의 평가가 마음에 들지 않았다. 리그 최약체 이미지에 감독에게 업혀가는 모양새를 원했는데 어느 정도 성적을 내지 못하면 무능하다는 소리를 들을 것 같았다.

그렇다고 프로야구 최고령 감독이 되어서 기자들을 불러 놓고 앓는 소리를 늘어놓고 싶지도 않았다.

"안 팀장, 그 미디어 데이인지 뭔지 꼭 참석해야 하는 거야?"

"참석하셔야죠. 모바일로 생중계까지 하는데요."

"젠장. 조 코치를 대신 내보내면 안 되나?"

"가능하면 참석하시죠? 그래도 공식 행사잖습니까."

"공식 행사는 무슨. 결국 바쁜 감독들 불러다 농담 따먹기나 할 거잖아."

"그러니까 감독님이 가서서 무게를 잡아주셔야죠. 감독님이 빠지시면 그림이 되겠습니까?"

안성민 운영팀장이 백종훈 감독을 살살 달랬다. 처음에는 시큰둥해하던 백종훈 감독도 안성민 팀장의 사탕발림에 반쯤 넘어가 버렸다.

하지만 동석자를 놓고는 이견이 갈렸다.

"강승혁이야 그렇다 치고 왜 한정훈이야?"

"슈퍼 루키잖습니까."

"그놈의 슈퍼 루키 타령 좀 그만할 수 없어?"

"그래도 언론에서 주목하고 있는 선수니까요."

"그런 건 모르겠으니까 한정훈이 빼. 장일준이 넣자고."

"그럼 장일준 선수와 한정훈 선수로 가시죠."

"거참, 한정훈 빼자니까 그러네."

"홍보팀 입장도 좀 봐주십시오, 감독님. 솔직히 말해서 장일준 선수는 기삿거리가 안 됩니다."

"젠장할."

안성민 팀장의 거듭된 설득 끝에 백종훈 감독과 미디어 데이에 참석할 선수로 강승혁과 한정훈이 낙점됐다.

"쳇, 최정혁 트리오에서 왜 나만 빼는데?"

"최정혁 트리오가 언제 적 이야기인데 아직도 우려먹는 거야?"

"어쨌든. 너하고 정훈이는 되고 왜 나는 안 되냐고."

"그야…… 미디어 데이에 참석할 수 있는 선수는 두 명뿐이니까."

"젠장할. 혹시나 해서 양복까지 맞춰놨는데."

"무슨 양복 타령이야. 그리고 요즘 다들 유니폼 입고 나오는 거 모르냐?"

"어쨌든. 내 진짜 타순을 바꾸든가 해야지 원."

미디어 데이에 초대받지 못한 최주찬은 입술을 삐죽거렸다. 한정훈이 오기 전까지 강승혁과 더불어 스톰즈의 간판타자 대우를 받고 있었으니 아쉬움이 큰 모양이었다.

"그럼 나 대신 형이 가요."

"뭐? 진짜?"

"나야 계약금 때문에 구단에서 마지못해 끼워 넣은 거고 그동안 고생한 걸로 치면 형이 가야죠."

"그렇지? 그게 정상적인 인간이 할 수 있는 지극히 정상적인 생각인 거지?"

"뭐야, 그 정상 타령은. 내가 비정상이라 이거냐?"

"그만들 싸우고 둘이 갔다 와요. 난 솔직히 그런 거 젬병이니까."

한정훈은 가능하면 최주찬에게 미디어 데이 참석을 양보하고 싶었다. 아직 아무것도 보여주지 못한 상황에서 가 봐야 좋은 소리를 듣지 못할 것 같았다.

그러나 안성민 팀장은 이미 기자들에게 자료를 돌렸다며 난색을 표했다.

"한정훈 선수, 부담이 큰 건 알지만 눈 딱 감고 한 번만 참석해 줘요."

"백번 생각해 봐도 제가 낄 자리는 아닌 거 같아요."

"물론 신인으로서 눈치 보이겠죠. 하지만 스톰즈의 간판은 누가 뭐래도 한정훈 선수 아닙니까."

"주찬이 형하고 승혁이 형이 들으면 엄청 서운해하겠는데요."

"하하. 물론 최주찬 선수하고 강승혁 선수 앞에서야 말이 좀 달라지긴 하겠지만 구단에서 한정훈 선수에게 투자한 걸 생각하십시오."

"그 점은 고맙게 생각하고 있습니다."

"아니, 아니, 그런 뜻이 아니라 그만한 투자를 한 이유를 생각해 달라는 겁니다. 한정훈 선수를 수많은 신인 선수 중 한 명으로 대하려고 했다면 김 단장님과 조 사장님이 회장님 찾아뵙고 담판을 짓지도 않았겠죠."

안성민 팀장은 비하인드 스토리까지 꺼내며 한정훈을 설득했다.

"후우…… 그렇게까지 말씀하시면 어쩔 수 없겠네요."

한정훈도 어쩔 수 없다며 고개를 주억거렸다.

"대신 주최 측에 한정훈 선수와 관련된 이야기는 수위 조절을 해달라고 잘 전달해 놓겠습니다."

"네, 부탁드릴게요."

"너무 걱정하지 말고 마음 편히 참석하세요. 제 예상이 맞는다면 별일 없이 조용히 지나갈 테니까요."

안성민 팀장의 예상대로 미디어 데이에 참석한 감독들과 선수들은 한정훈에게 별다른 관심을 보이지 않았다. 아니, 아예 스톰즈에 대한 언급 자체가 없었다.

인사치레로 한두 번 정도 마이크가 넘어오긴 했지만 그뿐. 본격적인 이야기가 시작되자 스톰즈와 스타즈는 아예 분위기에 끼지도 못했다.

"정훈아, 물 좀 주라."

"벌써 다 마셨어요?"

"하도 입 다물고 있었더니 목만 타네."

"적당히 마셔요. 중간에 화장실 가면 모양 빠지니까."

한정훈과 강승혁이 구석 자리에서 귓속말을 주고받았지만 그 누구도 관심을 갖지 않았다.

백종훈 감독이 불쾌한 듯 몇 차례 헛기침을 내뱉어도 마찬가지. 자기들끼리 웃고 떠드느라 정신이 없었다.

"이것들이 보자 보자 하니까……."

백종훈 감독은 슬슬 열이 받았다. 꿔다 놓은 보릿자루도 아니고 고령의 감독을 불러다 놓고 들러리를 세우려는 게 용납이 되지 않았다.

때마침 사회자가 올 시즌 예상 성적에 대한 질문을 건넸다.

"올해도 우승해야겠죠?"

"올해는 우승하고 싶습니다."

"타이거즈와 다이노스가 우승이 목표라면 트윈스도 우승해야죠."

"하하. 다들 우승하신다는데 히어로즈만 안 하겠다고 하면 이상하겠죠? 저희도 우승에 도전하겠습니다."

"이글스는 언제나 우승에 목말라 하고 있습니다."

기존 구단의 감독들은 입을 모아 우승을 말했다. 그러자 사회자가 마지막으로 백종훈 감독을 바라봤다.

"백 감독님, 스톰즈도 올해 우승이 목표인가요?"

순간 몇몇 감독의 입에서 실소가 터져 나왔다. 팀 전력조차 완전하지 못한 신생팀에게 우승이라니. 기지도 못하는데 뛰라고 부추기는 꼴이나 다름없었다.

하지만 자존심 강한 백종훈 감독은 그 질문을 웃어넘기지 못했다.

"우승이요? 까짓것 합시다. 하면 될 거 아닙니까!"

백종훈 감독이 지나치게 흥분하자 사회자가 옆에 있는 한정훈을 끌어들였다.

"감독님께서는 우승을 하시겠다고 선언하셨는데 한정훈 선수 생각은 어떤가요?"

좌중의 시선이 한정훈에게 몰려들었다. 단상 맞은편에 자리 잡은 기자들도 눈을 반짝이며 한정훈의 대답을 기다렸다.

"저는……."

한정훈이 조심스럽게 마이크 쪽으로 얼굴을 내밀었다. 그때 옆에 앉아 있던 백종훈 감독이 한정훈의 허벅지를 꽉 움켜쥐었다.

굳이 말을 하진 않았지만 백종훈 감독의 분노가 손아귀를 타고 전해졌다. 이런 상황에서 신인 선수가 할 수 있는 말은 하나뿐이었다.

"감독님께서 우승하신다고 하셨으니까 우승을 위해 최선을 다하겠습니다."

기자들은 기다렸다는 듯이 한정훈의 대답을 기사로 옮겨 적었다.

그리고 10분 뒤.

[한정훈 우승]

신인의 당돌함이 실시간 검색어 1위에 올랐다.

└한정훈 패기 보소. 벌써부터 우승 타령이네?
└앞에서 백종훈 감독이 질렀으니까 분위기 맞춘 거지 뭘.

└그래도 좀 건방진데? 어디 입단서에 잉크도 안 마른 신인이 말이야.

└사회생활 안 해본 거 티 내냐? 저기서 한정훈이 우승은 무리인 거 같습니다라고 말하면 백 감독은 뭐가 될 거 같냐?

└내버려 둬. 한정훈이나 스톰즈나 망해봐야 정신 차리지.

└언론에서 다크호스라고 띄워주니까 진짜 뭐라도 되는 줄 아나 봄.

└그래도 시범 경기 성적은 준수하지 않나요?

└님아, 시범 경기 성적만 놓고 따지면 자이언츠는 몇 번 우승했을걸요?

└그래도 또 모르지. 한정훈이 고교 리그 씹어 먹던 것처럼 프로 리그도 씹어 먹을지도.

└뇌내망상이냐?

└맞아. 그럴 일은 1도 없을 테니 망상은 일기장에.

└내기할래? 한뚱이 신인상 타나 못 타나.

└왜 갑자기 판을 갈아? 우승은 어려울 거 같아?

└쫄리면 뒈지시든가.

└아무튼 영화가 여럿 망친다니까.

야구팬들의 갑론을박 속에 하루가 빠르게 지났다.

그리고 대망의 2020년 프로야구가 막을 열었다.

17장
개막전

1

　스톰즈와 다이노스의 3연전 일정이 잡혔을 때 언론의 관심
은 양 팀의 외국인 선발 투수에게 향했다.

　스톰즈가 120만 달러를 주고 데려온 좌완 투수 브랜든 파
간, 지난 시즌 대체 선수로 들어와 에이스 자리를 꿰찬 메튜 와
이저.

　공교롭게도 같은 해 내셔널스의 지명을 받았던 두 투수가
나란히 한국 무대로 넘어와 맞대결을 펼치게 됐기 때문이다.

　┗둘 다 93년생 좌완 투수에 연봉 120만 달러.

　┗심지어 키 197cm에 몸무게 105kg도 똑같음.

└그건 약식 프로필이고. 설마하니 키하고 몸무게까지 완전히 똑같겠냐?

└시범 경기 성적은 일단 비슷함. 브랜든 파간이 3경기 1승 1패에 평균 자책점 3.00이고 메튜 와이저가 4경기 2승 1패에 평균 자책점 2.77.

└눈이 삐었냐? 3점대 평균 자책점하고 2점대하고 같아?

└분명 비슷하다고 적었지 같다고 안 했다, 멍청아.

└시범 경기 타령하는 병신들 많네. 메튜 와이저는 작년에 15경기에서 7승 거둔 2년 차 투수다. 브랜든 파간은 아직 한국 무대 적응도 못 했는데 게임이 된다고 생각하냐? 뇌가 소풍 갔냐?

└메튜 와이저도 스톰즈 타자들 처음 상대하는 건 마찬가지인데 뭔 개솔이야?

└프로 구단하고 얼마 전까지 퓨처스 리그에서 놀던 구단하고 같냐? 븅신아?

└이 새끼 말 싸가지 없이 하네. 너 어디야?

└니 마음속이다. 이 아름다운 새끼야.

└이놈 신경 쓰지 마요. 다이노스 팬들도 내놓은 자식임.

주요 포털 사이트에 중계 페이지가 열리자 다이노스 팬들은 앞다투어 응원 게시판을 선점했다. 그리고 빠르게 응원 지수를 높였다.

-응원 지수 올라가는 거 봐라. 스톰즈 10퍼센트가 뭐냐.

-우리 창단했을 때 생각나네. 그땐 뭘 해도 안 됐는데.

-솔직히 지금도 팬이 많다고는 할 수 없죠. 그래도 스톰즈는 좀 안습인 듯.

-불쌍해서 스톰즈 응원 버튼 눌러줬다.

-여러분! 속지 마세요! 어쩌면 동정심을 얻어서 오늘 경기를 구걸해 보겠다는 고도의 전략일지도 모릅니다!

일부 다이노스 팬들은 신생팀이 기어오르지 못하게 확실히 밟아놓아야 한다며 응원 지수 차이를 더욱 벌려야 한다고 선동했다.

덕분에 10퍼센트를 겨우 유지하던 스톰즈 응원 지수는 경기 시작 1시간 전 2퍼센트까지 떨어졌다.

하지만 정작 스톰즈 팬들은 다른 것에 정신이 팔려 있었다.

-스타팅 라인업 아직인가요?

-진짜 손가락 아퍼 죽겠네. 언제까지 F5 누르고 있어야 하는데?

-누구 구단에 아는 사람 없음?

-진짜 이럴 땐 지피셜도 안 나옴. 젠장.

-백꼰대 꼰대짓 원데이 투데이냐. 오늘 한정훈 백퍼 벤치다.

-포기해요. 포기하는 게 정신건강에 이로움.

-30억이나 주고 데려온 선수를 벤치에서 굴린다는 게 상식적으로 말이 되는 일인가요?

-강승혁하고 최주찬도 마음에 안 들면 몇 경기씩 빼고 그랬는데 한정훈이라고 다른 건 없을 듯. 설사 선발 출전시켜도 3번은 아닐 걸?

-진짜 오늘 한정훈 안 내보내면 내일부터 1인 시위 들어간다.

-8회나 9회쯤 나오긴 할걸?

-갠적으로 9회 2사 이후 예상.

-ㅇㅂㅇ 백고집이라면 그러고도 남지.

구단 사정으로 스타팅 라인업 발표가 늦어지고 있다는 공지가 뜨자 스톰즈 팬들의 불만은 극에 달했다.

하지만 경기 30분 전 발표된 스톰즈의 선발 명단은 팬들의 예상을 완전히 빗나가 버렸다.

「1번 유격수 최주찬

2번 중견수 정수인

3번 1루수 한정훈

4번 3루수 미구엘 산토스

5번 우익수 강승혁

6번 지명타자 황성민

7번 좌익수 최승일

8번 2루수 안시원

9번 포수 박지승

선발 투수 브랜든 파간」

-뭐야? 한뚱 선발이잖아?

-이거 공식 라인업 맞음? 잘못된 거 아님?

-백꼰대가 개막전부터 이런 완벽한 라인업을 들고나올 리가 없
는데…….

-백 영감 짤렸나?

예상과 전혀 다른 스타팅 라인업에 당황한 건 팬들만이 아
니었다.

"이거 백 감독이 확인한 라인업 확실해?"

"네, 그렇지 않아도 제가 직접 찾아가서 물어봤는데……."

"뭐래?"

"계약서에 주전 보장 내용이 있어서 마지못해 집어넣었다고
투덜대더라고요."

"그럴 리가. 그건 1군 보장이지 선발 보장 조건이 아니라고."

"저도 알지만 굳이 더 캐묻진 않았습니다. 십중팔구 지난 미디어 데이 때 한정훈 선수가 체면 세워준 것 때문에 마지못해 명단에 집어넣었을 테니까요."

안성민 운영팀장이 씩 웃었다. 고집불통에 제멋대로이긴 하지만 백종훈 감독은 은원이 확실한 사람이었다.

"어쨌든 잘됐어. 이제 좀 마음이 놓이네."

김명석 단장이 고개를 주억거렸다. 백종훈 감독이 한정훈을 벤치에 앉혀두면 어쩌나 걱정했는데 다행히도 성난 팬들의 항의 전화가 무서워 핸드폰을 꺼둘 필요는 없을 것 같았다.

"메튜 와이저는 이번이 두 번째인가?"

"아뇨, 오키나와 캠프까지 포함하면 세 번째입니다."

"두 번 다 졌지?"

"네, 워낙에 공을 낮게 잘 던지는 투수니까요."

"안 팀장이 보기에는 어때? 승산이 있을 거 같아?"

"벌써부터 이기고 싶으세요?"

"명색이 프로 구단인데 이기고 싶은 건 당연하잖아. 안 그래?"

김명석 단장은 승리에 대한 욕심을 숨기지 않았다. 백종훈 감독이 고집을 꺾고 가용 가능한 최고의 스타팅 라인업을 내놓은 만큼 가능하면 개막전에서 창단 첫 승을 거두고 싶었다.

그러나 안성민 팀장은 쉽지 않을 거라고 말했다.

"단장님, 너무 기대가 크신 거 아니에요? 다이노스는 7연패를 했고 위즈도 8연패를 했다고요."

"그래서? 우리도 7연패쯤 할 거라 이거야?"

"솔직히 말씀드리자면 우리라고 해서 크게 다르진 않을 것 같은데요."

언론과 전문가들은 스톰즈가 올 시즌 나눔 리그의 다크호스가 될지 모른다고 추켜세웠다. 그러면서도 스톰즈의 올 시즌 성적을 60승 정도로 예상했다.

한 시즌이 152경기이니 60승을 거둘 경우 승률은 0.394. 4할에 못 미치는 애매한 성적이었다.

다이노스(52승 4무 72패 0.419)와 위즈(52승 1무 91패 0.364)의 프로 첫해 성적과 비교해 봐도 특별할 건 없었다.

젊은 선수들로 이루어진 팀인 만큼 신선한 바람을 불러일으킬 거라 기대하면서도 다이노스나 위즈보다 압도적으로 좋은 성적을 내기는 어렵다고 내다본 것이다.

152경기에서 언론의 기대 승수 60승을 빼면 최대 92패다. 승패 마진이 -32이니 신생팀답게 초반에 연패에 빠진다 해도 이상할 게 없었다.

하지만 김명석 단장은 스톰즈가 다이노스나 위즈와는 다를 거라는 희망을 놓지 못했다.

"그럼 우리 내기할까?"

"내기요?"

"그래, 내기. 오늘 경기 나는 이길 거 같으니까 내기하자고."

"에이, 그건 좀 그렇죠. 아무리 그래도 스톰즈 운영팀장씩이나 되어서 어떻게 스톰즈가 진다는 쪽에 돈을 겁니까."

"괜찮으니까 하자. 뭐 어때? 우리 둘밖에 없는데. 간단하게 회식 쏘기 하자고."

"설마 선수단 회식은 아니겠죠?"

"만약에 내가 지면 법인 카드 말고 내 카드로 선수단은 물론이고 직원들 회식까지 쏘지. 어때?"

"좋습니다. 단장님 말씀대로 오늘 스톰즈가 창단 첫 승 하면 법인 카드로 얼마를 쓰시든 제가 알아서 메우겠습니다."

"어째 내가 손해 보는 느낌인데?"

"단장님이 캠프 때 법인 카드를 세 번 긁으셔서 제가 사장님께 얼마나 깨졌는지 벌써 잊어버리셨습니까?"

"하하. 좋아. 그렇게 하자고. 그거 받고 나중에 내 부탁 하나만 들어줘."

"돈 드는 부탁이 아니라면 받아들이겠습니다."

"오케이, 거래 성립이야."

김명석 단장이 테이블 위에 올려둔 핸드폰을 들어 올렸다. 언제부터였는지는 몰라도 핸드폰 화면에 녹음 어플이 작동되고 있었다.

그러자 안성민 팀장도 멋쩍게 웃었다.

"이거 괜히 했네요, 녹음."

"이런 건 서로 확실한 게 좋은 거지."

"단장과 운영팀장이 서로서로 녹취를 하는 구단이라니. 참 아름답네요."

"앞에서는 믿음 어쩌고 떠들어대면서 뒤통수치는 것보다는 낫지 뭘."

"참, 경기는 어디서 보세요?"

"아무래도 사장님하고 함께 봐야 할 거 같은데? 왜? 같이 갈래?"

"아뇨, 저는 운영팀 직원들하고 함께 보겠습니다."

"그래, 그럼 경기 끝나고 여기서 다시 보자고."

김명석 단장이 자신만만한 얼굴로 단장실을 나섰다. 그리고 화장실에 들러 옷매무새를 고친 뒤 전망 좋은 임직원 전용 VIP 룸으로 향했다.

"분명 긴장된다는 핑계로 술 한잔 하고 계시겠지."

김명석 단장은 조상민 사장이 얼큰하게 취한 얼굴로 자신을 반길 거라 여겼다.

하지만 조상민 사장은 더없이 반듯한 자세로 자리에 앉아 있었다. 그리고 그 옆에는 최정한 회장이 자리를 잡고 있었다.

"회, 회장님!"

"어서 오게, 김 단장. 홈 개막전 때나 오려고 했는데 일이 손에 잡히지 않아서 말이지."

"미리 말씀이라도 해주셨으면 좋았을 텐데요."

"자네도 조 사장하고 똑같은 소릴 하는구먼. 혹시 자네도 내가 온 게 불편한가?"

"아닙니다. 불편하다니요. 당치도 않으십니다. 그저 회장님이 오시는 줄 알았다면 제대로 모셨을 텐데 그러질 못해서 송구할 따름입니다."

"하하. 한국에서 몇 년 지내더니 한국 직장인 다 됐네그려. 자네들이 호들갑 떨까 봐 일부러 조용히 왔네. 그러니까 너무 불편해들 말고…… 어디 보자, 저걸로 보면 되나?"

최정한 회장이 구석에 걸린 80인치 대형 TV를 가리켰다. TV 하단에 JUNGHAN라는 브랜드명이 선명하게 박혀 있었다.

"스크린이 더 큽니다만 아무래도 TV의 화질을 따라갈 수가 없겠죠. 안 그런가?"

"네, 저희도 TV로 시청하려고 했습니다."

조상민 사장과 김명석 단장이 냉큼 입을 맞췄다. 그렇다고 큼지막한 스크린을 걸어놓고 테이블에 발을 올린 채 팔자 좋게 야구를 보려 했다고 말할 수는 없는 노릇이었다.

"아무래도 간단하게 한 잔씩 걸치는 게 좋겠지?"

"그렇다면 홍보팀에 일러서 회장님이 좋아하시는 걸로 준비하겠습니다."

"그럴 필요 없네. 기왕 야구장에 왔으니 치맥을 먹어야지. 안 그런가?"

"그럼요. 야구장은 역시 치맥이죠."

"역시 회장님은 모르시는 게 없습니다."

"자, 치맥은 최 비서 시키면 되니까 자네들도 앉게. 경기 시작하는 거 같으니까."

최정한 회장이 TV를 바라보며 말했다. 화면 너머로 여자 아이돌 하나가 시구를 하고 있었다.

조상민 사장과 김명석 단장도 냉큼 의자를 끌고 와 최정한 회장의 좌우에 자리를 잡았다.

"어떤가? 조 사장. 오늘 이길 것 같은가?"

시구가 끝나자 최정한 회장이 기대 어린 눈으로 조상민 사장을 바라봤다.

"그, 그게……."

조상민 사장이 냉큼 김명석 단장에게 도움을 요청했다.

하지만 안성민 팀장 앞에서 큰소리 떵떵 치던 김명석 단장도 최정한 회장 앞에서만큼은 입조심을 할 수밖에 없었다.

"외국인 투수들의 맞대결이라 속단하기가 어렵습니다, 회장님."

조상민 사장을 대신해 김명석 단장이 그럴듯한 변명을 늘어

놓았다.

"하하. 그래?"

최정한 회장이 가볍게 웃어넘겼다. 원하던 대답은 아니지만 김명석 단장의 말이 꼭 해볼 만하다는 이야기처럼 들렸다.

때마침 중계 화면 너머로 스톰즈의 스타팅 라인업이 떠올랐다.

-스톰즈의 선발 라인업입니다. 1번 타자 최주찬, 2번 타자 정수인. 한정훈과 미구엘 산토스, 강승혁이 클린업을 이루고 있습니다.

-오늘 키 플레이는 한정훈 선수인데요. 30억이라는 어마어마한 계약금을 받은 슈퍼 루키죠. 오늘 그 몸값에 어울리는 활약을 펼쳐 준다면 창단 첫 승도 불가능하진 않을 것 같습니다.

스타팅 라인업 오른쪽으로 한정훈의 사진이 떠올랐다. 자연스럽게 모두의 시선이 한정훈에게 향했다.

'한 선수, 부탁합니다. 져도 좋으니 홈런 하나만 때려줘요.'

화면을 바라보며 김명석 단장이 간절히 중얼거렸다.

그리고 잠시 후, 다이노스와 스톰즈의 1차전이 시작됐다.

2

-시청자 여러분 안녕하십니까. KBN 스포츠 캐스터 이기수입니다. 제 옆에는 이영철 해설위원 나와 계십니다.

-반갑습니다. 이영철입니다.

-다이노스의 홈 개막전을 맞아 많은 분이 경기장을 찾아주셨습니다.

-정말 빈 자리가 하나도 보이지 않네요.

-경기 시작 전부터 매진이 됐다고 하니까요. 창원의 야구 열기도 이제 부산 못지않아진 것 같습니다.

-아무래도 최근 성적이 좋으니까요. 올 시즌도 우승 후보로 꼽히다 보니 팬들의 기대감이 높아질 수밖에 없겠죠.

-김영문 감독은 미디어 데이 행사에서 타이거즈가 신경 쓰인다고 했는데요.

-객관적인 전력을 놓고 봤을 때 올해도 타이거즈와 다이노스가 나눔 리그 1위 자리를 두고 다툴 가능성이 높아 보입니다.

-스톰즈는 어떨까요?

-하하. 중계를 듣고 계실 스톰즈 팬들에게는 미안한 이야기지만 신생팀의 한계라는 게 있으니까요. 더욱이 스톰즈는 20인 외 특별 지명도 받지 않았잖습니까.

-대신 신인들을 충원했죠.

-강승혁과 최주찬을 비롯해 팀의 주축 선수들을 데려온 건

잘한 일이지만 아무래도 베테랑이 없다는 게 아쉽습니다. 어느 팀이건 시즌마다 몇 차례 고비가 찾아오게 마련인데 경험이 절대적으로 부족한 스톰즈가 그 위기를 어떻게 넘길지가 관건일 것 같습니다.

-다이노스의 선발 메튜 와이저 선수가 마운드에 올랐습니다. 지난 시즌 15경기에 선발 출전해 7승 2패, 평균 자책점 2.83을 기록했습니다.

-경기 전에 김영문 감독을 잠깐 만났는데 메튜 와이저 선수에 대해 극찬을 하더라고요. 실력도 실력이지만 너무 겸손하답니다. 경기장에 나오면 감독과 코치들을 찾아다니며 인사부터 한다고 하네요.

-메튜 와이저 선수의 인성이야 소문이 자자하니까요.

-생긴 거 자체가 선하게 생겼어요.

-하지만 마운드에만 오르면 싸움닭으로 돌변하는데요.

-메튜 와이저 선수는 용병치고 구속이 빠른 편은 아닙니다. 평균 구속이 145㎞/h 정도니까요.

-대신 최고 138㎞/h까지 나오는 커터와 각이 큰 슬라이더가 예술이죠.

-슬라이더는 두 개를 던집니다. 종으로 떨어지는 것과 좌타자의 바깥쪽으로 휘어져 나가는 것. 그 외에 커브와 체인지업도 구사할 줄 알지만 주로 던지는 건 포심과 커터, 슬라이더 이

렇게 봐야 할 것 같습니다.

　-단순하게 생각하면 빠른 계열의 공으로 타자들을 상대하는 유형이라고 보면 될 것 같은데요.

　-그렇긴 하지만 워낙에 공 끝이 좋은 선수라 타자들이 쉽게 공략을 해내지 못하고 있습니다.

　-특히나 몸 쪽 승부를 잘하는 편이죠. 좌타자들을 상대로도 강하고요.

　-그래서 오늘 경기 키 플레이어로 좌타자인 한정훈 선수를 꼽았습니다. 바로 뒤에 우투수보다 좌투수에 강한 미구엘 산토스와 좌투수를 상대로 준수한 타격 능력을 보여준 강승혁이 버티고 있으니까요. 한정훈 선수의 출루 여부에 따라 오늘 경기의 승패가 갈릴 가능성이 높아 보입니다.

　-스톰즈 팬들은 한정훈 선수의 시원시원한 장타를 기대하고 있을 텐데요.

　-물론 한정훈 선수의 장타 능력은 프로에서도 통할 수준이긴 합니다만 아무래도 적응기가 필요하겠죠.

　-오늘은 첫 경기이니 팀을 위해서 출루 위주의 플레이를 펼치는 게 좋다는 말씀이시죠?

　-야구는 혼자 하는 게 아니니까요. 신인일수록 팀을 위해 헌신하는 플레이를 해줄 필요가 있습니다.

이영철 해설위원은 한정훈이 중심 타자가 아니라 확장된 테이블 세터로서의 역할을 해줘야 한다고 말했다.

최주찬과 정수인으로 이어지는 젊은 테이블 세터가 메튜 와이저라는 수준급 투수를 상대로 밥상을 차리기는 무리라고 판단한 것이다.

이영철 해설위원의 예상대로 메튜 와이저는 손쉽게 두 개의 아웃 카운트를 잡아냈다.

최주찬을 상대로는 초구에 몸 쪽 포심 패스트볼을 보여준 뒤 슬라이더, 커터, 슬라이더를 연속해서 던져 헛스윙을 이끌어 냈다.

특히나 투 스트라이크 원 볼에서 던진 종으로 떨어지는 슬라이더가 압권이었다. 포심 패스트볼과 거의 다를 바 없는 공이 홈플레이트 앞에서 뚝 떨어져 버리니 맞히는 데 일가견이 있는 최주찬도 헛칠 수밖에 없었다.

신인인 정수인에게는 철저하게 바깥쪽 변화구만 던졌다.

정수인이 최대한 많은 공을 지켜보겠다며 눈을 부릅떴지만 비슷비슷하게 날아들다가 마지막 순간에 요동을 치는 메튜 와이저의 공에 정신을 차리지 못했다.

-메튜 와이저! 최주찬에 이어 정수인까지 삼진으로 잡아냅니다!

-역시 좋은 투수네요. 2구와 똑같은 슬라이더가 공 두 개 정도 빠져서 들어오면 투 스트라이크에 몰린 타자 입장에서는 치지 않을 수가 없겠죠.

-김태곤 포수의 리드도 훌륭했습니다.

-경찰청에서 제대한 지 얼마 되지 않아서 프로 무대가 어색할 법도 한데 역시 베테랑은 베테랑입니다. 효율적인 볼배합으로 메튜 와이저의 투구수를 아껴주고 있어요.

-이제 3번 타자 한정훈과의 승부인데요.

-한정훈 선수, 지금은 큰 것 한 방보다 차분하게 공을 지켜보는 게 중요합니다. 앞선 타자들이 허무하게 삼진을 당했다는 걸 잊어서는 안 돼요.

한정훈이 타석에 들어서자 이영철 해설위원이 다시 한번 목소리를 높였다.

"후우……."

한정훈도 길게 숨을 고르며 마음을 다잡았다.

현재까지 메튜 와이저의 투구수는 7개에 불과했다. 대부분의 투수처럼 1회에 피안타율이 높은 메튜 와이저를 이대로 더 그 아웃으로 돌려보낸다면 오늘 경기는 어려워질 수밖에 없었다.

'바깥쪽은 버리자.'

한정훈은 일단 몸 쪽 공을 노렸다. 정수인의 타석으로 미루어 봤을 때 한복판으로 날아들다 바깥쪽으로 흘러 나가는 공은 십중팔구 유인구일 가능성이 높았다.

하지만 김태곤은 한정훈을 정수인처럼 얕잡아 봤다.

'어디 30억짜리 선풍기질을 구경해 보실까?'

김태곤의 미트가 바깥쪽으로 향했다. 그러자 메튜 와이저가 망설이지 않고 공을 내던졌다.

후앗!

메튜 와이저의 손끝을 빠져나온 공이 한복판을 지나 바깥쪽으로 날카롭게 꺾여 나갔다. 초기 궤적만 놓고 보자면 충분히 덤벼볼 만했지만 한정훈은 그대로 공을 흘려보냈다.

'이 자식 보게? 안 친 거야, 못 친 거야?'

김태곤은 확인 차원에서 다시 한번 바깥쪽 공을 요구했다.

후앗!

또다시 한복판으로 날아들던 메튜 와이저의 공이 마지막 순간에 초구보다 더 바깥쪽으로 휘어져 나갔다. 그러나 이번에도 한정훈은 묵묵히 공을 지켜보기만 했다.

'설마 몸 쪽을 노리고 있었던 건가?'

김태곤은 3구째 몸 쪽 포심 패스트볼 사인을 요구했다. 벨트 높이에서 공 두 개 정도 빠지는 공이라면 어떻게든 반응을 보이리라 여겼다.

노 스트라이크 투 볼 상황이었지만 메튜 와이저는 망설이지 않고 고개를 끄덕였다. 그리고 김태곤이 원하는 대로 몸 쪽 깊숙한 코스로 포심 패스트볼을 찔러 넣었다.

하지만 이번에도 한정훈은 반응하지 않았다.

'깊어.'

유리한 볼카운트에서 굳이 볼을 칠 필요가 없었던 것이다.

그렇게 볼카운트가 쓰리 볼까지 몰렸다.

'환장하겠네.'

김태곤이 미간을 찌푸리며 더그아웃을 바라봤다. 불리한 볼카운트에서 장타력을 갖춘 한정훈과 굳이 상대해야 할지 판단이 서질 않았다.

김태곤의 시선을 받은 김영문 감독은 다시 김평오 수석 코치의 의견을 물었다.

"걸러야 하나?"

"하나 더 지켜보는 게 낫지 않을까요?"

"흠…… 굳이 무리할 필요는 없을 것 같은데."

"그래도 여기서 거르면 뒷말이 좀 나올지도 모릅니다."

볼카운트가 몰렸다곤 하지만 2사 이후였다. 1회부터 새파란 신인에게 볼넷을 내주는 건 관중들에 대한 예의가 아니었다.

하지만 김영문 감독은 왠지 모를 찝찝함을 쉽게 털어내지 못했다.

"그럼 어려운 공으로 승부 하라고 해."

"알겠습니다."

김평오 코치가 김영문 감독을 대신해 사인을 냈다. 자리에서 일어나 시간을 끌던 김태곤도 벤치의 주문을 확인하고는 고개를 주억거렸다.

'그래, 여기서 무리하게 승부 할 필요는 없겠지.'

김태곤은 4구째 바깥쪽으로 흘러 나가는 슬라이더를 요구했다. 그것으로도 모자라 혹시나 있을지 모를 한정훈의 노림수에 대비하기 위해 바깥쪽으로 완전히 빠져 앉았다.

그러나 메튜 와이저는 첫 선발 등판부터 신인을 상대로 스트레이트 볼넷을 내주고 싶지 않았다.

후앗!

메튜 와이저의 손끝을 빠져나온 공이 스트라이크존에 걸쳐 들어왔다.

그러자 한정훈도 망설이지 않고 방망이를 내돌렸다.

따악!

방망이 끝부분에 걸린 타구가 좌익수 쪽 관중석 상단에 떨어졌다.

-한정훈 선수, 큼지막한 파울을 때려냅니다!

-아쉽네요. 그냥 놔두면 볼 판정을 받을 수도 있었을 텐데 너무 성급했습니다.

-볼카운트가 유리하니 방망이를 한번 휘둘러 봤던 것 같은데요.

-아무리 그래도 팀플레이가 우선이죠. 스트라이크를 잡았으니 이제 여차하면 풀카운트로 몰릴지도 모릅니다.

이영철 해설위원의 부정적인 멘트가 중계 화면을 타고 흘렀다. 자연스럽게 TV를 통해 경기를 지켜보던 최정한 회장의 표정이 굳어졌다.

"정말 한 선수가 잘못한 건가?"

"아닙니다. 공을 지켜봤더라도 볼넷을 얻는다는 보장이 없었습니다."

"그렇지? 그럼 중심 타자답게 시원하게 방망이를 휘두르는 게 맞는 거지?"

"그럼요, 회장님. 그러라고 30억이나 준 게 아니겠습니까."

"그런데 저 해설은 왜 저래?"

"원래 신인들에게는 평이 박한 편입니다."

"아무리 그래도 그렇지. 저게 무슨 해설이야?"

최정한 회장이 가볍게 혀를 찼다. 그러자 조상민 사장과 김명석 단장의 마음이 급해졌다.

"기, 기다려 보십시오, 회장님. 분명 한정훈 선수가 안타 하나 쳐 줄 겁니다."

"그럼요. 한정훈 선수는 유리한 볼카운트에서 쉽게 물러나는 법이 없습니다. 분명 뭔가 보여줄 겁니다."

조상민 사장과 김명석 단장이 기도하듯 주절거렸다. 만약 여기서 한정훈이 삼진을 당해 물러나기라도 한다면 경기가 끝날 때까지 제대로 숨도 쉬지 못할 것 같았다.

한정훈도 타석에서 한발 물러나 머릿속을 정리했다.

'커터와 슬라이더, 포심, 슬라이더가 들어왔으니까 이번엔 포심이겠지.'

커터와 두 종류의 슬라이더를 전가의 보도처럼 휘두르고 있지만 메튜 와이저가 경기 중 가장 많이 던지는 구종은 역시나 포심 패스트볼이었다.

비중은 약 40퍼센트.

4개의 공을 던지는 동안 포심 패스트볼은 하나뿐이었으니 데이터가 맞다면 5구째 포심 패스트볼이 들어올 확률이 높아 보였다.

'몸 쪽만 치자.'

한정훈은 이번에도 바깥쪽 코스를 버렸다. 볼카운트가 투 스트라이크로 몰리지 않는 이상 굳이 스트라이크존 전체를 공략할 필요가 없었다.

"후우……."

한정훈이 길게 숨을 고르며 타석에 들어서자 김태곤이 기다렸다는 듯이 사인을 냈다.

코스는 바깥쪽, 구종은 커터.

슬라이더에 반응했으니 이번에는 커터로 낚아보자는 이야기였다.

하지만 메튜 와이저는 고개를 저었다. 공 3개를 침착하게 지켜봤던 한정훈이 그런 뻔한 공에 속아줄 것 같지 않았다.

'그렇다면 승부를 보자는 이야기인데…….'

김태곤이 다시 한번 더그아웃을 바라봤다. 하지만 김영문 감독은 별다른 리액션이 없었다.

'그래, 간단하게 생각하자.'

김태곤은 애써 불안함을 털어냈다. 그리고 메튜 와이저가 원하는 대로 몸 쪽으로 미트를 들어 올렸다.

'좋았어.'

사인을 확인한 메튜 와이저가 곧장 오른 다리를 들어 올렸다.

스으윽!

한정훈도 곧바로 스트라이드를 하며 타격 자세에 들어갔다.

후앗!

메튜 와이저가 힘껏 내던진 공이 한정훈의 머리 뒤쪽에서 날아들었다.

'포심!'

구종과 코스를 파악한 한정훈이 기다렸다는 듯이 방망이를 내돌렸다.

따악!

묵직한 파열음과 함께 타구가 센터 방향으로 솟구쳤다. 그리고 그 타구를 쫓아 중견수 김준한이 부지런히 펜스 쪽으로 내달렸다.

-아무래도 펜스 앞에서 잡힐 것 같은데요.

이영철 해설위원은 김준한의 움직임만 보고 결과를 예단했다.

그래서일까. 호들갑스러운 홈런 멘트를 자랑하던 이기수 캐스터도 섣불리 입을 떼지 못했다.

하지만 펜스 앞까지 다가섰던 김준한의 머리 위로 타구가 지나가자 이기수 캐스터의 입에서 고함이 터져 나왔다.

-넘어갔습니다! 홈런! 한정훈! 프로 데뷔 첫 홈런을 개막전에서 쏘아 올립니다!

-허허, 이게 넘어갔네요. 방망이 윗부분에 걸렸다고 생각했

는데요.

 -메튜 와이저 선수도 고개를 흔드는데요. 홈런이 될 줄은 몰랐던 것 같습니다.

 -느린 화면으로 다시 나오겠지만 타구가 지나치게 높게 솟았어요. 보통 이 정도 타구는 펜스 앞쪽에서 잡히게 마련이거든요.

 -하지만 한정훈은 담장을 넘겨 버렸습니다.

 -한정훈 선수, 확실히 힘 하나는 좋네요. 행운이 따르긴 했지만 어쨌든 프로 데뷔 첫 홈런, 축하합니다.

리플레이 화면이 끝나고 중계 카메라가 다시 그라운드를 비췄다. 때마침 한정훈이 3루를 돌고 홈으로 들어오고 있었다.

 "완다푸울! 그뤠이트!"

 미구엘 산토스가 한정훈과 팔꿈치를 부딪치며 좋아했다.

 "짜식! 역시 한정훈답다!"

 강승혁도 씩 웃으며 한정훈의 헬멧을 힘껏 두드렸다.

 스톰즈 더그아웃도 난리가 났다.

 "정훈아아아!"

 "이 자식! 이 대견한 자식!"

 서린 고등학교 출신 선수들은 물론이고 평소 한정훈과 적당히 거리를 두고 지내던 선수들까지 스톰즈의 창단(프로 리그 기준) 첫 홈런을 때려낸 한정훈을 격하게 반겼다.

백종훈 감독마저도 터져 나오는 웃음을 감추지 못했다.

"허허, 저 녀석. 힘 하나는 타고 났네, 타고 났어."

"그러니까 구단에서 30억이나 주고 데려온 거 아니겠습니까."

"어쨌든 이만하면 오늘 경기 할 만하겠지?"

"그럼요. 아마 지금쯤 다이노스 벤치도 당황하고 있을 겁니다."

조명구 수석 코치가 이죽거리며 다이노스 더그아웃을 바라봤다. 짙은 선글라스에 가려지긴 했지만 김영문 감독의 표정이 썩 밝아 보이진 않았다.

"실투인가?"

"아무래도 공이 좀 몰린 것 같습니다."

"오늘따라 공이 좀 높아 보이는데."

"신경 쓰라고 하겠습니다."

김영문 감독의 지시를 받은 김평오 수석 코치가 더그아웃 난간 쪽으로 나와 김태곤에게 사인을 냈다.

김태곤도 고개를 주억거리곤 메튜 와이저에게 공을 낮게 던지라고 주문했다. 하지만 메튜 와이저는 좀처럼 흥분을 가라앉히지 못했다.

그 결과.

따악!

미구엘 산토스와 강승혁에게 연속 안타를 얻어맞고 2사 주자 1, 3루의 위기를 자초했다.

"최 코치, 갔다 와봐."

"벌써요?"

"공이 계속 높잖아. 뭐가 문제인지 체크해 보라고."

"알겠습니다."

최일헌 투수 코치가 부랴부랴 마운드에 올랐다. 그러자 메튜 와이저가 불만 어린 표정을 지었다.

"헤이, 코치. 지금 1회예요."

"알고 있어. 그냥 분위기를 한번 끊으려는 것뿐이야."

"난 괜찮아요. 아무 문제 없다고요."

"하지만 공이 계속 높게 들어오고 있잖아."

"코치, 공을 낮게 던진다고 능사는 아니라고요. 한국의 타자들은 낮은 공을 잘 걷어 올린다니까요?"

"그래도 스트라이크를 잡으러 들어가는 공이 확실히 높긴 해."

"오케이, 그건 신경 쓸게요. 됐죠?"

"그래, 이번 이닝에 내가 한 번 더 나오면 무슨 일이 벌어지는지 알고 있지?"

"오오, 코치. 그런 끔찍한 농담은 하지 마요. 날 믿고 내려가요. 다음 타자를 삼진으로 잡을 테니까."

메튜 와이저는 호언장담처럼 6번 타자 황성민을 삼진으로 돌려세우고 이닝을 마쳤다. 황성민이 적극적으로 방망이를 휘둘러 봤지만 이를 악물고 내던진 메튜 와이저의 공을 당해내지 못했다.

하지만 김영문 감독의 굳은 얼굴은 좀처럼 누그러지질 않았다.

"불펜을 일찍 준비시켜야겠어."

"불펜을요?"

"느낌이 좋지 않아, 느낌이."

선글라스에 가려진 김영문 감독의 시선이 마운드를 지나 1루 베이스 쪽으로 향했다. 조금 전까지 모창인이 서 있었던 그곳에는 등번호 53번의 덩치 큰 선수가 자리 잡고 있었다.

"한정훈이 키가 얼마지?"

"프로필상으로는 180㎝이 안 된다고 했던 거 같은데 그것보다는 큰 것 같습니다."

"얼핏 보면 190㎝ 정도는 되겠는데."

"한창 클 나이잖습니까. 여차하면 2m까지 클지도 모르죠."

김평오 수석 코치는 대수롭지 않게 웃어넘겼다. 신인 선수들의 경우 한 해에 10㎝가 넘게 크는 경우가 있으니 한정훈이라고 해서 특별할 건 없어 보였다.

그러나 김영문 감독의 눈에는 한정훈이 유난히도 크게 느껴졌다.

'내가 너무 과민한 건가?'

김영문 감독이 애써 홈플레이트 쪽으로 시선을 돌렸다.

타석에는 1번 타자 박민오가 들어서 있었다.

"민오가 살아 나간다면 한 점은 금방입니다."

김평오 코치가 웃으며 말했다. 5년 연속 3할을 때려낸 박민오라면 브랜든 파간을 상대로 팀의 첫 안타를 때려내 줄 것 같았다.

하지만 박민오는 브랜든 파간의 2구를 건드려 유격수 땅볼 아웃이 됐다. 2번 타자 김준한은 3구 삼진으로 물러났고 3번 타자 나승범은 초구를 때려 중견수 플라이로 물러났다.

다이노스의 1회 말 공격이 끝나는 데 걸린 시간은 고작 4분 30초.

"좋지 않아."

김영문 감독의 표정이 더욱 굳어졌다.

반면 스톰즈 더그아웃은 활기가 넘쳤다.

"파간, 저 녀석이 웬일이야?"

"그러게. 매번 쓸데없이 유인구를 남발하더니 1회는 깔끔한데?"

"심지어 박민오 선배한테는 초구 볼이었다고."

"그거 깨진 지가 언제인데?"

"어쨌든. 초구에 볼로 시작하면 그 타자하고는 어렵게 승부 해왔잖아. 안 그래?"

"하긴, 나도 파간이 초구에 볼 던지면 수비할 때 긴장되긴 하더라."

"그런데 저 녀석, 왜 정훈이 옆에 붙어 있는 거야?"

최주찬이 불만스럽게 투덜거렸다. 딱히 정해진 건 없지만 한정훈의 왼쪽 자리는 자신의 몫이었다. 그리고 오른편은 강 승혁이 찜해놓고 있었다.

그런데 투구를 마치고 들어온 브랜든 파간이 한마디 말도 없이 한정훈의 왼편에 들러붙어 있으니 괜히 짜증이 났다.

"별게 다 시비다. 어차피 넌 다음 타석 준비해야 하잖아."

"타순 안 보냐? 하위 타선인데 내 차례까지 올 거 같아?"

"네가 말한 하위 타선 중에 우리 학교 출신이 둘이나 끼어 있다는 건 생각 안 하나?"

"나 아까 삼진 먹는 거 못 봤냐? 정훈이나 너 정도 실력 아 니면 첫 타석엔 어림없어."

"오오, 차니차니 주차니~ 날 정훈이급으로 생각하고 있었던 거야?"

"좋단다. 두 살이나 어린 후배하고 비교되는 주제에."

"그래도 그 어린 후배가 한정훈이면 이야기는 다르지."

"됐다, 됐어. 말을 말자."

최주찬은 냉장고에서 이온 음료를 꺼낸 뒤 한정훈이 앉은 벤치 끝자리에 주저앉았다. 순간 브랜든 파간과 눈이 마주쳤지만 정작 브랜든 파간은 대수롭지 않게 고개를 돌려 버렸다.

그러자 한정훈이 대신 눈치를 줬다.

"브랜든, 거기 주찬이 형 자리야."

"더그아웃 벤치에 주인이 따로 있다니, 처음 듣는 이야기인데."

"메이저리그에도 선수들 자리 따로 있잖아."

"그건 메이저리그에서 오래 뛴 베테랑을 배려하는 것뿐이야. 그리고 내가 초이보다 프로 경험이 더 길 텐데?"

"하하. 누가 널 말리겠냐."

"시답잖은 소리 그만하고 어땠어? 저 녀석 공."

브랜든 파간이 마운드에 선 메튜 와이저에게 향했다.

"왜? 신경 쓰여?"

"언론에서 떠들어대는 것처럼 저 녀석이 내 라이벌이냐고 묻는 건가?"

"관심 없는 척 굴더니 기사도 찾아본 거야?"

"착각하지 마. 킴이 알려준 거니까. 그리고 저 녀석은 내 라이벌이 아냐. 내셔널스에 먼저 지명된 건 나라고."

"그래 봐야 한 라운드 차이였으면서 뭘."

"어쨌든 어땠냐고, 저 녀석."

"글쎄. 빠르진 않지만 공이 제법 묵직하던데? 구속만으로는 타이밍을 맞추기가 쉽지 않겠더라고."

한정훈이 앞서 때려낸 홈런을 되새겼다. 분명 정확한 타이밍에 친 것 같은데도 방망이를 타고 전해지는 손아귀의 울림이 상당했다.

"그럼 아까 아쉬워했던 게 타이밍이 맞지 않아서였어?"

"헐, 그건 또 어떻게 안 거야?"

"아까 강하고 하이파이브를 하지 않았잖아."

"내가 그랬던가?"

"어쨌든 네 말은 공이 위력적이라는 이야기네."

브랜든 파간의 표정이 굳어졌다. 라이벌 관계를 떠나 맞대결을 펼쳐야 하는 투수의 공이 좋다니 부담이 되는 모양이었다.

그러자 한정훈이 씩 웃으며 말을 이어 나갔다.

"하지만 전반적으로 공이 높아. 그리고 좀 덤벼드는 경향이 있고."

"덤벼든다고?"

"전략 분석팀 자료에 따르면 타자 눈높이로 공을 자주 던진다고 하더라고."

"하이 패스트볼을 이야기하는 거면 문제 될 게 없을 거 같은데?"

브랜든 파간이 이해할 수 없다는 표정을 지었다. 타자의 눈높이를 공략하는 건 현대 야구의 트렌드였다. 스트라이크존에 들어오는 공은 여지없이 때려내는 체격 좋은 타자들을 상대로 스트라이크만 던져서는 승산이 없었다.

"물론 공에 자신이 있다면 하이 패스트볼도 충분히 효과적이긴 하지. 특히나 미구엘 산토스처럼 스윙이 큰 타자들에게는 쥐약일 테고. 하지만 계속해서 비슷비슷한 높이로 공이 들어온다면 과연 타자들이 속아줄까?"

"무브먼트가 좋다며?"

"그것도 구속에 비해서 좋다는 이야기야. 구속을 뛰어넘을 만큼 어마어마한 공을 던지는 건 아니라고."

한정훈의 말이 끝나기가 무섭게 묵직한 타격음이 울려 퍼졌다.

순간 한정훈과 브랜든 파간의 시선이 외야 쪽으로 뻗어 나가는 공을 쫓아 움직였다. 하지만 애석하게도 타구는 우익수 나승범의 글러브에 빨려 들어가 버렸다.

"방금 올드 초이가 친 건가?"

"한국에 김씨, 이씨, 박씨 다음으로 많은 게 최씨야. 그렇게 말하면 어떻게 알아?"

"그래서 올드 초이라고 했잖아."

브랜든 파간이 더그아웃으로 들어오는 최승일을 바라봤다. 조금 전 타구가 아쉬웠던지 최승일은 쓴웃음을 짓고 있었다.

"형, 뭐 친 거예요?"

브랜든 파간을 대신해 한정훈이 말을 걸었다.

"하이 패스트볼."

"안쪽에 걸렸어요?"

"안쪽에 걸렸으면 저기까지 날아갔겠냐? 네 말대로 반 박자 빠르게 방망이를 돌렸더니 방망이 중심에 걸리더라. 그런데 마지막에 팔로우를 못 했어. 끝까지 돌렸어야 했는데 맞히는 데 정신이 팔려서는……."

최승일이 고개를 절레절레 흔들고는 냉장고 쪽으로 걸어갔다. 그러자 브랜든 파간이 한정훈의 옆구리를 쿡쿡 찔렀다.

"뭐라고 한 거야?"

"하이 패스트볼을 쳤는데 팔로우 스루를 못 했다고."

"뭔가 굉장히 길게 말한 것 같은데 왜 그것뿐이야?"

"나머지는 그냥 푸념이야."

"어쨌든 올드 초이한테 얻어맞을 정도면 저 녀석도 별거 아니군."

브랜든 파간이 슬쩍 입가를 비틀어 올렸다. 그러고는 느긋하게 팔짱을 끼고 벤치 등받이에 몸을 기댔다.

"짜식, 그렇게 좋냐?"

한정훈도 브랜든 파간을 따라 웃었다. 라이벌은 아니라고 선을 그어놓고 메튜 와이저를 의식하는 모습이 한편으론 귀엽게 느껴졌다.

하지만 브랜든 파간은 단순히 라이벌 의식 때문에 메튜 와이저를 신경 쓴 게 아니었다.

지난해 메튜 와이저는 한국 무대에 성공한 외국인 용병 투수로 평가받았다. 그래서 브랜든 파간은 메튜 와이저를 일종의 기준점으로 삼았다. 과거 자신보다 한 레벨 아래의 투수로 평가받았던 메튜 와이저보다 좋은 투구를 이어간다면 한국 무대에서 중도 퇴출당하는 일은 없을 것 같았다.

"참, 한. 홈런 하나 더 때려줄 거지?"

"뭐? 하나 더 치라고?"

"네 계약금이 내 연봉의 3배인 거 잊었어?"

"그건 신인 계약금이라니까. 연봉하고 개념이 달라."

"어쨌든. 30억 몸값 하려면 내가 나오는 경기마다 홈런 하나씩은 쳐 달라고."

"그럼 됐네. 하나 쳤잖아."

"그리고 에이스급 외국인 투수를 상대할 때는 하나씩 더 쳐."

"그건 또 무슨 논리야?"

"그래야 외국인 투수 중에서 내가 돋보일 거 아냐."

브랜든 파간이 씩 웃었다. 다른 사람도 아닌 한정훈이라면 경쟁자들의 평균 자책점을 잔뜩 올려줄 것만 같았다.

"홈런 치는 게 말처럼 쉬운 줄 알아? 홈런 치고 다음 타석에 들어가면 좋은 공은 던져 주지도 않는다고."

"저 녀석은 다를걸? 분명 맞았던 그 코스로 공을 던질 거야."

"만약 네 말대로 그 공이 들어온다면 담장 밖으로 날려줄게."

"정말이지?"

"약속을 떠나 그런 걸 놓치는 건 내 자존심이 허락지 않는 다고."

투수가 타자에게 얻어맞은 공을 다시 던지는 경우는 둘 중 하나였다.

역발상으로 타자의 허를 찌르거나 혹은 지난 승부를 납득 하지 못하거나.

어느 쪽이든 당하는 타자 입장에서는 기분이 나쁠 수밖에 없었다.

"좋아. 한, 너만 믿는다."

때마침 2회 초 공격이 끝나자 브랜든 파간이 글러브를 쥐고 자리에서 일어났다. 그리고 한결 가벼워진 얼굴로 마운드에 올 랐다.

'이번 이닝은 기필코 무실점으로 틀어막아야 해.'

브랜든 파간은 마운드를 고르며 마음을 다잡았다. 한정훈이 3회 초 타석에 들어서는 만큼 어떻게든 실점 없이 이번 이 닝을 마쳐야 했다.

다이노스의 2회 말 공격은 4번 타자 카일 핸드릭스부터 시작이었다.

지난해 32개의 홈런을 쏘아 올리며 몸값을 톡톡히 해낸 카일 핸드릭스의 파괴력은 2015년 MVP를 거머쥐고 메이저리그에 복귀한 에릭 테일즈 이상이었다. 정확도만 뒷받침된다면 50개 이상의 홈런이 가능하다는 평가가 나돌 정도였다.

5번 타자 방성민은 30개 홈런이 가능한 리그 최고의 3루수로 꼽혔다. 작년 말 3+1년에 40억을 받고 FA 계약을 맺은 6번 타자 모창인도 시범 경기부터 타격감을 끌어올린 상태였다.

-브랜든 파간, 1회는 잘 넘겼지만 2회에도 만만찮은 타자들을 상대해야 합니다.

-최선은 삼자범퇴겠지만 쉽지 않아 보입니다. 좌타자이긴 하지만 카일 핸드릭스는 좌투수를 상대로 강점을 보이는 타자잖아요?

-지난해 좌투수를 상대로 13개의 홈런을 때려냈으니까요.

-좌투수를 상대할 때와 우투수를 상대할 때의 타율 차이가 거의 없으니까요. 이 정도면 좌투수 킬러라고 봐도 될 정도예요.

-카일 핸드릭스가 출루하면 그다음은 진정한 좌타자 킬러인 방성민을 상대해야 하는데요.

-그래서 이번 이닝이 쉽지 않을 거라고 말씀드리는 겁니다. 절대 편파 해설을 하는 게 아니에요.

-다시 한번 말씀드리지만 저희 KBN 스포츠는 공정한 중계를 지향합니다.

-스포츠는 당연히 공정해야죠. 저 역시 공정한 해설을 하고 있다고 자부하고 있습니다.

이영철 해설위원은 객관적인 입장에서 봤을 때 2회 말 다이노스가 추격의 발판을 마련할 가능성이 높다고 다시 한번 목소리를 높였다.

하지만 브랜든 파간은 4번 타자 카일 핸드릭스를 1루수 앞 땅볼로 유도한 뒤 5번 타자 방성민과 6번 타자 모창인을 연속 삼진으로 돌려세우고 당당히 마운드를 내려왔다.

"잘했어, 브랜든."

한정훈이 여느 때처럼 브랜든 파간에게 다가가 주먹을 내밀었다.

"뭐 이 정도로."

브랜든 파간이 우쭐거리며 한정훈과 주먹을 맞부딪쳤다.

"나이스 피칭."

"오늘 공 좋은데?"

최주찬과 강승혁도 뒤따라와 브랜든 파간의 엉덩이를 툭툭 때렸다. 오키나와 캠프였다면 난리가 났겠지만 브랜든 파간은 오히려 느긋하게 걸음을 옮기며 동료들의 손길을 즐겼다.

"킴이 그러더라. 저 녀석 츤데레라고."

"뭔데레? 그게 뭔데?"

"일본 미연시에서 나온 말인데……."

"미연시? 미연시는 또 뭐야?"

"하아, 됐고. 저 녀석, 쌀쌀맞은 것과는 달리 속은 따뜻하다는 말이야."

"그걸 이제 안 거야? 난 처음 봤을 때부터 짐작하고 있었는데?"

"뭐? 정말?"

"내가 말하지 않았어? 우리 팀 톰슨 같은 녀석이라고. 톰슨이 딱 저랬거든."

"톰슨 같은 녀석이라고 말하면 내가 무슨 수로 알아듣겠어?"

알렉스 마인이 고개를 흔들었다. 배울 게 많아 제레미 모이어와 자주 어울리곤 하지만 이럴 때 보면 말이 통하질 않았다.

"그건 그렇고 어때?"

"뭐가?"

"오늘 경기 말이야. 이길 수 있을 거 같아?"

"글쎄. 일단 브랜든의 공은 좋아 보이는데 경기 후반에는 실점할 가능성이 높으니까 한 점 가지고는 안심할 수 없을 것 같은데?"

"만약에 이번 이닝에 한두 점 정도 더 난다면?"

"그렇다면 이야기는 달라지겠지. 석 점 차이면 브랜든도 더 신나서 공을 던질 테니까."

알렉스 마인과 제레미 모이어는 최주찬부터 시작되는 이번 3회가 승부처가 되길 기대했다. 분위기를 타면 걷잡을 수 없는 브랜든 파간의 스타일상 추가점은 빠르면 빠를수록 좋았다.

최주찬도 확실한 노림수를 가지고 타석에 들어섰다.

'투 스트라이크에 몰리기 전까지 바깥쪽 공은 버리자. 설마 계속해서 바깥쪽만 던지진 않겠지.'

김태곤이 공 3개를 연속해서 바깥쪽으로 요구하며 최주찬의 방망이를 끌어내려 애썼지만 최주찬은 이를 꽉 깨물고 버텼다. 덕분에 볼카운트는 원 스트라이크 투 볼로 유리해졌다.

'또다시 바깥쪽은 어렵겠지.'

최주찬이 내심 몸 쪽 공을 기다리며 방망이를 추켜들었다. 그 순간.

후앗!

메튜 와이저의 손끝을 빠져나간 공이 몸 쪽으로 날아들었다. 퍼 올리는 스윙을 하는 타자들이 가장 힘들어한다는 눈높이의 하이 패스트볼이었다.

하지만 최주찬은 높은 공을 찍어 때리는 법을 알고 있었다.

따악!

날카로운 타격 소리와 함께 타구가 3유간을 정확하게 꿰뚫었다. 그사이 최주찬은 여유롭게 1루를 밟았다.

무사에 주자가 나가자 양 팀 더그아웃이 바빠졌다.

"번트를 대겠지?"

"정수인은 아직 신인이니까요. 진루타를 쳐 줄 거란 확신이 없겠죠."

"번트는 잘 대는 편인가?"

"시범 경기에서 기습 번트로 안타를 만드는 건 봤습니다."

"그렇다면 성민이를 앞쪽으로 당겨. 카일 핸드릭스에게도 번트에 대비하라고 이르고."

"알겠습니다."

다이노스 벤치는 번트에 대비했다. 클린업으로 이어지는 상황에서 백종훈 감독이 신인인 정수인을 믿고 강공을 선택하진 않을 거라고 여겼다.

그러나 백종훈 감독 입장에서도 정수인에게 무작정 번트를 지시하기가 난감했다.

"여기서 번트를 대는 건 좀 그렇지?"

"주찬이가 2루에 가면 짧은 안타로도 충분이 홈에 들어올 겁니다."

"흠…… 한정훈이가 여기서 타점을 추가하면 난리가 나겠지."

"승패를 떠나 스톰즈 역사에 기록될 테니까요."

"그럼 일단 맡겨보자고."

백종훈 감독은 마지못해 강공 사인을 냈다. 한정훈이 스톰즈 구단의 첫 홈런을 때려내며 구단 최초 안타와 타점, 득점 기록을 세운 마당에 또다시 밥상을 차려주고 싶진 않았다.

사인을 확인한 정수인은 고개를 주억거렸다. 하지만 백종훈 감독이 한정훈을 의식해 강공으로 돌렸다고는 생각하지 않았다.

'다이노스는 내야 수비가 좋으니까. 차라리 번트를 대는 척 굴다가 2루 쪽으로 타구를 굴리는 게 나을지도 몰라.'

머릿속으로 진루타를 그리며 정수인이 방망이를 단단히 움켜쥐었다. 그런 줄도 모르고 김태곤과 메튜 와이저는 초구와 2구를 바깥쪽으로 빼내며 스톰즈의 작전에 대비했다.

-2구도 볼. 김태곤 선수가 끝까지 공을 움켜쥐고 있습니다만 구심은 낮았다는 판정입니다.

-정수인 선수가 공을 잘 보네요. 바깥쪽으로 흘러 나가는 커터였거든요. 저걸 잘못 건드리면 파울이 되거나 타구가 뜰

가능성이 높습니다.

-이제 볼카운트가 투 볼이 됐는데요. 정수인 선수가 과연 번트를 댈까요?

-스톰즈 벤치에서 어떤 사인이 나올지 지켜봐야겠지만 지금 상황에서는 일단 1루 주자를 2루로 보내놓는 게 중요하니까요.

중계진은 스톰즈 구단에서 번트 작전이 나왔을 것이라고 확신했다. 그러나 정수인은 3구째 몸 쪽을 파고드는 포심 패스트볼을 지켜본 뒤 4구째 바깥쪽으로 흘러 나가는 슬라이더를 다시 한번 참아내며 메튜 와이저를 짜증스럽게 만들었다.

'신경 쓰지 마, 메튜. 한국 야구는 원래 머리싸움이 치열하다고.'

김태곤은 자리에서 일어나 메튜 와이저를 진정시켰다. 그러고는 내야수들의 수비 위치를 다시 한번 점검한 뒤 5구째 바깥쪽으로 흘러 나가는 슬라이더를 요구했다.

대신 미트를 스트라이크존에 걸쳐 들었다. 한복판으로 날아오다가 마지막 순간에 바깥쪽으로 흘러 나가는 공이라면 정수인도 더 이상 까불지 못할 거라 여겼다.

"후우……."

길게 숨을 내쉬며 메튜 와이저도 고개를 끄덕였다. 5구째 승부까지 온 상황에서 삼진으로 아웃 카운트를 잡아내는 건 비효율적이었다.

최선은 역시나 땅볼 유도. 볼카운트와 정수인의 스타일을 감안했을 때 바깥쪽 슬라이더가 최선처럼 느껴졌다.

'제발 쳐라!'

눈으로 1루 주자 최주찬을 견제한 뒤 메튜 와이저가 힘껏 공을 내던졌다.

후앗!

메튜 와이저의 손끝을 빠져나온 공이 한복판을 지나 바깥 쪽으로 흘러 나갔다. 그 순간 정수인의 방망이가 뭐에 홀리기라도 한 것처럼 허리를 빠져나왔다.

딱!

방망이 끝부분에 걸린 타구가 홈플레이트 앞부분을 때린 뒤 3루 쪽으로 튀어 올랐다.

순간 이영철 해설위원의 입에서 '아' 하는 탄식이 터져 나왔다.

본래라면 평범한 3루 땅볼로 처리가 될 만한 타구가 전진 수비를 하고 있던 3루수 방성민의 키를 넘겨 버린 것이다.

유격수 이상오가 뒤늦게 타구를 쫓는 사이 최주찬은 2루를 지나 3루까지 내달렸다. 이상오가 3루 베이스 근처에서 타구를 주워들었지만 최주찬을 잡아내지 못했다.

방성민이 전진 수비에 들어가고 3루를 커버하던 이상오가 타구를 쫓으면서 3루가 텅 비어버린 것이다.

"아, 쪼오옴!"

"진짜 환장하겠네."

"점마들 저 뭐 하는데!"

"방성민이 단디 안 하나!"

더블플레이가 됐어야 할 타구가 행운의 내야 안타로 이어지면서 관중석 곳곳에서 불만의 목소리가 터져 나왔다. 반면 5백여 명으로 구성된 스톰즈 응원석은 환호성을 내지르며 좋아했다.

"다음 타자 한정훈 맞지?"

"그럼. 이제 점수 뽑을 일만 남았어."

"한정훈이 병살을 쳐도 3루 주자는 들어오겠지?"

"최주찬이잖아. 어지간한 타구에는 무조건 들어온다고 봐야지."

스톰즈 팬들은 추가점은 떼놓은 당상이라 여겼다.

하지만 다이노스도 쉽게 점수를 내줄 생각이 없었다.

"내야를 당겨야겠죠?"

"그냥 한 점 주고 가는 게 낫지 않겠어?"

"브랜든 파간의 공이 생각보다 좋습니다. 점수 차이가 더 벌어지면 중반까지 끌려갈지 모릅니다."

"흠…… 좋아. 그렇게 하자고."

김영문 감독을 대신해 진종일 작전 코치가 더그아웃 앞쪽으로 나와 수신호를 보냈다. 그러자 유격수 이상오와 2루수 박민오가 잔디 안쪽으로 들어왔다.

1루수 카일 핸드릭스와 3루수 방성민도 베이스 바로 옆쪽에 자리를 잡고 내야를 좁혔다.

-다이노스 내야가 전진 수비를 펼칩니다.

-김영문 감독이 승부수를 걸었는데요. 짧은 땅볼이 나오면 홈에서 주자를 잡겠다는 계산입니다.

-하지만 3루 주자 최주찬의 걸음이 상당히 빠른데요.

-아직 신인이니까요. 타구 판단을 빨리 하지 못하고 우물쭈물하면 홈에서 잡힐 가능성도 배제하기 어렵습니다.

이영철 해설위원은 김창식 3루 코치가 옆에서 조언을 해줄 필요가 있다고 당부했다.

하지만 정작 최주찬은 그런 최악의 상황을 생각하지 않고 있었다.

"정훈이라면 뭐 최소한 플라이는 쳐 주겠지."

최주찬이 느긋하게 타석을 바라봤다. 타석에 들어선 한정훈은 특유의 무덤덤한 얼굴로 방망이를 들고 있었다.

'상오보다는 민오의 수비가 더 좋으니까 몸 쪽으로 승부를 거는 게 낫겠어.'

김태곤은 초구에 몸 쪽 낮은 코스의 포심 패스트볼을 요구했다. 좌타자의 무릎 앞쪽을 파고드는 공이라면 노리고 때려도 좋은 타구를 만들어내기 어려웠다.

메튜 와이저는 단단히 고개를 끄덕였다. 그리고 1루 주자 정수인을 힐끔 쳐다본 뒤 곧장 투구판을 박차고 나갔다.

후앗!

새하얀 공이 머리 뒤쪽에서 날아들어 몸 쪽을 파고들었다. 노리던 몸 쪽 빠른 공이 들어왔지만 한정훈은 방망이를 멈춰 세웠다. 머릿속에 담아놓은 포심 패스트볼의 궤적과 비교했을 때 지나치게 낮다고 여겼다.

실제로 공은 김태곤이 요구했던 것보다 두 개 정도 낮게 들어왔다.

하지만 김태곤은 능청스럽게 미트를 들어 올리며 구심의 스트라이크 콜을 이끌어 냈다.

"들어왔나요?"

한정훈이 슬쩍 고개를 돌려 구심을 바라봤다.

"낮긴 했지만 들어왔어. 칠 수 있었잖아."

구심이 퉁명스럽게 대답했다. 아직 입단 서류에 잉크조차 마르지 않은 신인이 벌써부터 판정에 불만을 제기한다는 게 마음에 들지 않은 것이다.

물론 한정훈도 구심에게 따지려는 의도는 없었다. 스트라이크와 볼을 판정하는 건 오롯이 심판의 영역이다. 비디오 판독이 도입됐다 하더라도 그것만큼은 어쩔 수가 없었다.

하지만 손장난을 친 공을 그냥 넘어가는 것과 가볍게 어필하는 건 전혀 다른 문제였다.

'이 자식 봐라? 꼴에 할 말은 다 한다 이거지?'

김태곤이 피식 웃었다. 그러고는 2구째 비슷한 코스의 커터를 주문했다.

퍼엉!

메튜 와이저의 손끝을 빠져나간 공이 한정훈의 무릎 앞쪽을 파고들었다. 구심의 스트라이크존에 비해 공 두 개 정도가 깊게 들어왔지만 김태곤은 능숙하게 손목을 움직여 미트를 스트라이크존 안으로 밀어 넣었다.

그러나 이번에는 구심도 속지 않았다.

"볼."

짧게 한마디 하고는 김태곤의 헬멧을 툭 하고 때렸다.

"거의 들어온 공이었는데."

김태곤이 너스레를 떨며 메튜 와이저에게 공을 돌려주었다. 그러나 한정훈은 눈 하나 까딱하지 않았다.

'그런 말로 날 낚으려나 본데 어림없어요.'

김태곤은 3구째 바깥쪽으로 흘러 나가는 슬라이더를 요구했다. 굳이 스트라이크존에 걸치지 않아도 적당히만 들어와 주면 얼마든지 스트라이크를 만들 자신이 있었다.

메튜 와이저도 김태곤의 프레이밍을 믿고 바깥쪽으로 빠지는 공을 던졌다.

하지만 이번에도 구심은 눈 하나 꿈쩍하지 않았다.

"볼."

더 이상의 손장난은 용납하지 않겠다는 듯 단호한 목소리를 내뱉었다.

'젠장. 이걸 안 잡아주면 안 되는데.'

김태곤이 미간을 찌푸렸다. 한정훈이 아니라면 구심이라도 속아줘야 했다. 그런데 구심마저 외면하면서 볼카운트가 원 스트라이크 투 볼로 나빠졌다.

마운드 위에 선 메튜 와이저도 불만을 감추지 못했다.

"조금 전까진 잡아줬던 코스잖아. 그런데 왜 안 잡아주는 거야?"

메튜 와이저가 이해할 수 없다며 고개를 흔들어댔다. 그 모습이 중계 카메라에 고스란히 잡혔다.

-메튜 와이저, 구심의 판정이 마음에 들지 않는 모양인데요.

-스트라이크존에 걸쳐 들어오는 공이었거든요. 스트라이크

를 줄 만도 한데 아무래도 김태곤 선수의 프레이밍이 문제였던 것 같습니다.

-너무 과하게 미트를 움직여서 판정에 악영향을 미쳤다는 말씀이신 거죠?

-구심도 사람이니까 포수가 자꾸 프레이밍을 하면 신경이 쓰이거든요. 방금 공도 그냥 가볍게 받쳐 들기만 했으면 어땠을까 싶네요.

-어쨌든 볼카운트가 불리해졌습니다. 이럴 때 메튜 와이저 선수는 어떤 공을 던져야 할까요?

-한정훈 선수에게는 미안한 이야기지만 상대는 신인입니다. 정면승부 해야죠.

-유인구는 아니라는 말씀이시죠?

-유인구는 그다음이죠.

이영철 해설위원의 조언대로 김태곤은 4구째 몸 쪽을 파고 드는 커터를 요구했다. 볼배합상 포심 패스트볼이 들어와야 할 타이밍이지만 앞서 홈런을 맞았다는 게 마음에 걸렸다.

'커터가 오늘 좋으니까.'

김태곤이 홈플레이트 가장자리로 미트를 들어 올렸다.

메튜 와이저가 가볍게 고개를 끄덕인 뒤 빠르게 공을 내던 졌다.

후앗!

한정훈의 머리 뒤쪽에서 출발한 공이 무릎 앞쪽을 아슬아슬하게 파고들었다.

'깊다.'

빠르게 방망이를 끌어냈던 한정훈이 허리를 멈춰 세웠다. 그리고 옆구리를 최대한 웅크리며 방망이 헤드가 돌아가는 걸 막았다.

"스윙! 스윙!"

김태곤은 검지를 뱅뱅 돌리며 구심에게 어필했다. 구심이 고개를 가로젓자 손가락으로 3루심을 가리켰다.

하지만 3루심의 판정도 달라지진 않았다.

세이프.

그렇게 볼카운트가 원 스트라이크 쓰리 볼까지 몰리고 말았다.

"제가 한번 나가보겠습니다."

최일헌 투수 코치가 통역을 대동하고 마운드에 올라갔다. 김태곤도 포수 마스크를 벗고 최일헌 투수 코치의 뒤를 따랐다.

"판정이 이상해요. 스트라이크를 잡아주지 않는다고요."

메튜 와이저는 상황이 나빠진 게 자신의 잘못이 아니라고 항변했다. 최일헌 코치도 볼카운트를 두고 메튜 와이저를 탓

하진 않았다.

"진정해. 그런 걸로 흥분해 봐야 너만 손해라고."

"후우……."

"지금 노 아웃이야. 볼넷을 주면 무사 만루라고."

"알고 있어요."

"만루를 채우고 미구엘 산토스와 승부해도 나쁘진 않아. 미구엘 산토스는 장타만큼이나 땅볼이 많으니까."

"그래서 거르라고요?"

"이건 감독님의 지시지만 내가 너라면 삼진을 잡겠어."

최일헌 코치가 메튜 와이저의 팔뚝을 가볍게 두드렸다. 그제야 메튜 와이저의 표정이 밝아졌다.

"역시 코치예요. 걱정 마요. 내가 저 녀석을 반드시 잡아낼 테니까."

"대신 아무 공이나 막 던지지 말고."

최일헌 코치가 마운드를 내려가는 사이 김태곤은 메튜 와이저와 볼배합에 대한 이야기를 나눴다.

"정말 삼진으로 잡을 생각이야?"

"당연하지. 코치하고 약속했잖아."

"그럼 코너워크 확실하게 해."

"걱정하지 마. 네 사인대로 던질 테니까."

최일헌 코치가 메튜 와이저를 믿듯 메튜 와이저는 김태곤을 신뢰했다. 베테랑 포수 반열에 올라선 김태곤이라면 최고의 사인을 내줄 것이라 확신했다.

"좋아. 이번 이닝 깔끔하게 마무리하고 내려가자."

김태곤이 씩 웃으며 메튜 와이저와 주먹을 부딪쳤다.

-김태곤 선수도 마운드를 내려갑니다. 과연 메튜 와이저 선수와 무슨 이야기를 했을까요?

-승부를 보자고 했을 겁니다. 지금은 도망칠 상황이 아니니까요.

-한정훈을 볼넷으로 내주면 4번 타자 미구엘 산토스 앞에서 무사 만루의 밥상이 차려지는데요.

-한정훈을 거르고 미구엘 산토스와 상대하는 게 낫다고 생각할지도 모르겠지만 제 생각은 다릅니다. 지금은 한정훈과 승부를 해야 할 타이밍입니다. 여기서 주자를 쌓아놓는 건 위험한 짓이에요.

이영철 해설위원의 단호한 목소리가 중계 화면을 타고 흘렀다. 그 이야기를 듣기라도 한 듯 김태곤이 바깥쪽 꽉 찬 포심 패스트볼을 요구했다.

코스는 낮게, 타자의 무릎 높이로.

좌타자에게는 멀게 느껴질 테니 제대로 로케이션만 된다면 투 스트라이크를 잡을 수 있었다.

메튜 와이저도 일단 고개를 끄덕였다. 구종과 코스는 마음에 들었다. 하지만 낮게 던져야 한다는 건 부담스러웠다.

메튜 와이저는 김태곤의 미트가 아니라 어깨선을 겨냥했다. 공 두 개 정도 높게 던진다고 해서 특별히 무슨 일이 생길 것 같진 않았다.

하지만 그 공 두 개의 높이 차이가 한정훈을 욕심내게 만들었다. 애당초 투 스트라이크에 몰리기 전까지 바깥쪽 공은 지켜보기로 마음먹었지만 치기 좋은 높이로 들어오는 공을 그냥 넘길 수가 없었다.

따악!

방망이 중심에 정확하게 걸린 타구가 좌중간을 꿰뚫고 펜스를 직격했다. 그사이 3루 주자 최주찬에 이어 1루 주자 정수인까지 홈으로 들어왔다.

한정훈도 2루를 돌아 3루를 넘봤다. 펜스에 부딪친 타구가 엉뚱한 방향으로 튀면서 이제서야 중계 플레이가 이루어지고 있었다.

그러나 김창식 3루 코치는 두 팔을 들어 보이며 한정훈을 막아 세웠다.

-한정훈, 아쉽게도 3루까지는 내달리지 못합니다. 하지만 두

번째 타석에서도 싹쓸이 2루타를 때려내며 스코어를 3 대 0까지 벌려놓습니다.

-무리할 필요 없죠. 팀을 위해서라도 괜히 3루로 뛰다 죽는 것보다 기회를 이어가는 게 백번 낫습니다.

-중계 화면상으로는 뛰어도 충분히 살 수 있었을 것 같은데요.

-그래도 3루에서 잡히기라도 한다면 분위기가 달라졌을 겁니다.

이영철 해설위원은 4번 타자 미구엘 산토스와 5번 타자 강승혁의 타석이 이어지는 만큼 한정훈이 2루에 멈춰 서도 충분히 홈으로 불러들일 수 있다고 설명했다.

하지만 미구엘 산토스가 3루수 땅볼로 물러나고 강승혁이 중견수 플라이로 잡히면서 이영철 해설위원의 예상은 다시 한번 빗나가고 말았다.

-오늘 이영철 헛발질 작렬인데?
-축구 보냐? 무슨 헛발질 타령이야.
-그렇다고 헛스윙질은 어감이 그렇잖아.
-어쨌든 이영철 편파 해설은 여전하네.
-그런데 이영철 스톰즈한테는 왜 저러는 건데? 누가 이영철 욕

했냐?

-아마 백종훈 감독하고 한바탕 했을걸? 작년에 이영철이 백종훈 감독 선수 기용 가지고 한마디 했잖아.

-한 마디가 아니라 여러 마디 함. 자기가 쓰는 스포츠 칼럼에서도 까던데 뭘.

-백꼰대 성격에 그걸 그냥 넘어갔을 리 없지.

-그건 그렇고 여기서 한 점 더 내야 하는데 어째 불안하다.

-불안하긴 뭐가 불안해. 브랜든 파간이 커쇼우 모드인데.

-저러다 경기 후반 가면 털리니까 문제지.

-다이노스 화력이면 후반에 석 점 정도는 금방 따라붙을걸?

-제발! 황성민! 하나만 쳐라!

-황성민 안타!

-안타, 안타!

스톰즈 응원 게시판은 안타를 염원하는 메시지로 도배가 됐다. 2사 이후인 만큼 좌익수 방면 안타만 아니라면 2루 주자 한정훈이 충분히 홈을 밟을 수 있을 것 같았다.

그러나 황성민은 메튜 와이저의 커터를 헛치며 추가점을 바라는 스톰즈 팬들을 허탈하게 만들었다.

"괜찮아, 이 정도면 충분해."

브랜든 파간은 애써 아쉬움을 삼켰다. 타자들이 우승 후보

다이노스의 에이스를 상대로 3점을 뽑아줬으니 이제는 자신이 틀어막을 차례라고 마음을 다잡았다.

다행히 3회 말은 별일 없이 지나갔다. 김성옥-김태곤-이상오로 이어지는 하위 타선을 맞아 브랜든 파간은 최고 구속 154㎞/h까지 찍힌 강속구를 앞세워 3연속 땅볼을 이끌어 냈다.

3이닝을 퍼펙트로 틀어막은 브랜든 파간은 한정훈과 기분 좋게 하이파이브를 나누었다. 적어도 이때까지만 해도 브랜든 파간에게 점수를 뽑기란 쉽지 않아 보였다.

하지만 4회 말, 선두 타자 박민오에게 3루 쪽 내야 안타를 허용하면서 좋았던 흐름이 깨져 버렸다. 앞선 정수인의 내야 안타를 연상시키듯 홈플레이트 끝부분에 걸린 타구가 높게 치솟았다.

3루수 미구엘 산토스가 포구와 동시에 1루를 향해 공을 던져 봤지만 6년 연속 두 자릿수 도루를 기록하고 있는 박민오를 잡아내진 못했다.

"젠장할!"

브랜든 파간이 입술을 질근 깨물었다. 한정훈이 다가가 독려해 봤지만 박민오에게 얻어맞은 안타를 좀처럼 떨쳐 내지 못하고 2번 타자 김준한을 볼넷으로 내보내고 말았다.

그것으로도 모자라 3번 타자 나승범에게 싹쓸이 2루타를 허용하며 무실점 호투를 날려 버렸다.

"뭐야? 갑자기 왜 저래?"

"그, 글쎄요. 어디가 아픈 건 아닐까요?"

"그게 수석 코치가 할 소리야?"

"저는 야수 출신이라 투수 쪽은 잘……."

"으이그, 내가 이런 인간을 옆에 두고 있다니……."

백종훈 감독은 괜히 조명구 수석 코치에게 짜증을 냈다. 하지만 그래 봐야 달라지는 건 아무것도 없었다.

더그아웃을 쭉 훑던 백종훈 감독의 시선이 가장 구석 자리에 서 있던 차영석 투수 코치에게 향했다. 구단 쪽에서 추천해 영입한 인사라 마음에 들진 않았지만 지금 상황을 제대로 수습할 수 있는 건 차영석 코치뿐이었다.

"차 코치, 차 코치가 나가봐."

"제가요?"

"왜? 싫어? 이 나이에 내가 나갈까?"

"아닙니다. 당연히 어리고 팔팔한 제가 나가야죠. 하하. 그렇지 않아도 아까부터 나가고 싶었습니다."

차영석 코치가 냉큼 더그아웃을 나섰다. 그리고 구심과 가볍게 인사를 나눈 뒤에 포수 박지승과 함께 마운드에 올랐다.

"아직 공은 괜찮지?"

"네, 1회보다 지금이 더 낫습니다."

"제구가 흔들린 건 민오한테 안타 맞은 다음부터지?"

"네, 아무래도 민오 선배가 발도 빠르고 리드를 크게 하니까요. 그것 때문에 신경이 쓰였던 것 같습니다."

"오케이, 대충 무슨 상황인지 알겠다."

1차 진단을 끝낸 차영석 코치는 잔뜩 흥분해 있는 브랜든 파간을 살살 달랬다. 외국인 투수가 한국 특유의 치고 달리는 야구에 적응하려면 시간이 필요했다. 스프링 캠프와 시범 경기에서 겪은 정도로는 어림도 없었다.

"2루타는 잊어버려. 나승범은 좋은 타자라고. 메이저리그로 따지면 브라이브스 하퍼 같은 선수야."

"내가 보기엔 브라이브스 하퍼와 나승범이 닮은 건 좌타자인 것뿐인데요?"

"하하. 그래도 그냥 브라이브스 하퍼한테 한 방 맞았다고 생각하리고."

"……진심으로 하는 이야기예요?"

"브랜든, 심각하게 생각하지 마. 네가 아니라 슬레이튼 커쇼우를 마운드에 올려놓아도 얻어맞을 땐 얻어맞는다고. 그게 야구잖아. 안 그래?"

"후우……."

"3회까지 잘 던졌던 걸 기억해. 3회까지 넌 최고였어. 오늘 경기 끝나면 팬들은 너한테 스톰즈의 커쇼우라는 별명을 붙여줄걸?"

"난 커쇼우보다 범가너를 더 좋아합니다."

"그래, 그래. 스톰즈의 범가너도 좋네. 하지만 말이야. 네가 여기서 또 안타를 얻어맞으면 어떻게 될까? 경기가 끝나고 팬들은 너와 메튜 와이저, 둘 중에 누가 더 낫다고 말할까?"

"메튜 와이저는 제 라이벌이 아니라니까요."

"어쨌든 정신 차리라고. 아직 3 대 2야. 아웃 카운트 세 개만 잡아내면 리드를 지킬 수 있어. 그리고 다음 이닝에는 정훈이 차례가 돌아온다고. 오늘 하는 짓만 보면 추가점을 뽑아줄 것 같잖아. 안 그래? 그러니까 너도 에이스로서 최선을 다하라고. 3회까지 잘 던졌던 브랜든 파간으로 돌아가. 4회의 네 모습은 왠지 낯서니까."

"알겠습니다."

브랜든 파간이 고개를 주억거렸다. 다소 장황하긴 했지만 차영석 코치가 무슨 말을 하려는지 알 것 같았다.

"너는 모르겠지만 난 현역 시절에 기분 나쁜 안타를 백 개는 넘게 맞아봤어. 하지만 그때마다 웃으며 버텼지. 너처럼 씩씩거려서는 마운드에서 오래 버티지 못해."

차영석 코치는 주먹으로 브랜든 파간의 가슴을 툭 하고 때렸다. 그리고 한정훈에게 손짓을 했다.

"부르셨어요?"

"정훈아, 브랜든이 실점 없이 막으면 네가 다음 공격 때 홈런 하나 때려줄 거지?"

차영석 코치가 능글맞게 물었다. 한정훈에게 부담이 될지는 모르겠지만 그렇게라도 해서 브랜든 파간을 욕심나게 만들고 싶었다.

퓨처스 리그 짬밥으로 다져진 한정훈도 차영석 코치의 속내를 어렵잖게 알아챘다.

"어디 하나뿐인가요. 한 타석 더 돌아오면 두 개 칠게요."

"들었지? 2개 친단다."

차영석 코치가 두 개를 손가락을 펼쳐 들었다. 그것이 브랜든 파간의 눈에는 승리의 브이로 보였다.

"알았어요, 코치. 잔소리 그만하고 이제 내려가요."

브랜든 파간이 피식 웃으며 차영석 코치의 등을 떠밀었다.

"밀지 마, 인마. 중계 화면 이상하게 나온다고."

차영석 코치가 마지막까지 웃음을 주고 사라졌다.

"브랜든, 신경 쓰지 말고 던져. 내가 어떻게든 뒤집어줄 테니까."

한정훈도 다시 한번 브랜든 파간을 독려했다. 빈말이 아니라 팀의 창단 첫 승리가 걸린 오늘 경기를 이대로 허무하게 내줄 생각은 추호도 없었다.

"좋아. 한, 너만 믿는다."

마음을 다잡은 브랜든 파간은 4번 타자 카일 핸드릭스를 3구 삼진으로 돌려세우며 첫 번째 아웃 카운트를 잡아냈다.

5번 타자 방성민에게 몸 쪽 공을 던지다 옷자락에 스치며 1사 1, 2루 위기에 몰렸지만 6번 타자 모창인을 초구에 유격수 앞 땅볼로 유도하고 남은 두 개의 아웃 카운트를 단숨에 챙겼다.

-유격수 거쳐 2루로, 다시 1루로! 더블플레이! 브랜든 파간이 위기에서 탈출합니다!

-아아, 모창인 선수. 너무 성급했어요. 투수가 흔들리는 상황이었는데 초구를 건드리다니요.

-브랜든 파간의 포심 패스트볼이 몸 쪽을 파고들었는데요.

-몸 쪽 공을 노리고 있었던 것 같은데 볼을 쳤습니다. 그냥 지켜봤으면 조금 더 유리한 볼카운트에서 브랜든 파간을 공략할 수 있었는데 아쉽습니다.

-그래도 이번 이닝에서 다이노스가 두 점을 따라붙으며 스코어는 3 대 2, 한 점 차로 좁혀졌습니다.

-네. 경기는 이제부터가 시작입니다. 다이노스 입장에서는 경기를 뒤집지 못한 게 아쉽긴 하겠지만 한 점 차이면 리드가 없다고 봐도 무방하니까요.

-4회 초 스톰즈 공격은 다시 1번 타자 최주찬부터 시작됩니

다. 오늘 솔로 홈런과 2타점 2루타를 때려낸 한정훈 선수가 다시 타석에 들어서게 될 텐데요.

-한정훈 선수, 오늘 신인답지 않은 만점 활약을 보여주고 있습니다. 솔직히 기대 이상인데요.

-특히나 볼카운트를 유리하게 끌고 가는 모습은 10년 차 베테랑 못지않은 거 같습니다.

-대한민국 프로야구 역사를 쓴 대단한 신인이니까요. 다른 신인 선수들보다 기량이 뛰어난 건 당연하다고 봅니다.

-이번 타석은 어떨까요? 아직 이르긴 하지만 사이클링 히트까지 안타와 3루타가 빠져 있는데요.

-하하. 이제 막 프로에 데뷔한 신인 선수에게 사이클링 히트는 무립니다. 게다가 한정훈 선수는 발이 빠른 선수가 아니죠. 제 생각입니다만 메튜 와이저 선수가 세 번 당하진 않을 것 같습니다.

-한정훈 선수의 타격 실력을 알았을 테니 아마 까다롭게 승부를 걸 가능성이 높다는 말씀이신데요. 그렇다면 결국 테이블 세터의 출루 여부가 관건이 되지 않을까요?

-그렇습니다. 스톰즈가 한 점이라도 도망치기 위해서는 최주찬과 정수인의 출루가 절대적으로 필요해 보입니다.

중계진이 장황하게 떠드는 사이 주장 나승범은 선수들을

불러 모았다. 그리고 이 기세를 이어 경기를 뒤집자며 파이팅을 외쳤다.

선발 기 싸움에서 밀리던 메튜 와이저도 힘을 냈다.

"스트라이크, 아웃!"

"스트라이크, 아웃!"

1회와 마찬가지로 최주찬과 정수인을 연속 삼진으로 돌려세우며 3회의 아쉬움을 털어냈다.

-헛스윙 삼진입니다. 메튜 와이저, 오늘 경기 7개째 삼진을 잡아냅니다.

-바깥쪽으로 흘러 나가는 슬라이더가 예술이네요. 좌타자들이 속을 수밖에 없는 공입니다.

-2사 주자 없는 가운데 3번 타자 한정훈 선수가 타석에 들어섭니다. 오늘 2타수 2안타. 홈런과 2타점 2루타가 있습니다.

-첫 타석 땐 몸 쪽 공을 때려 넘겼고 두 번째 타석 땐 바깥쪽 공을 밀어쳤네요. 오늘 한정훈 선수의 컨디션이 좋아 보이는 만큼 메튜 와이저, 신중하게 공을 던져야 할 것 같습니다.

이영철 해설위원은 섣부른 승부는 자제해야 한다고 신신당부를 했다. 다이노스 더그아웃에서도 볼넷을 내줘도 좋으니 최대한 어렵게 승부 하라는 사인이 나왔다.

'오늘 컨디션이 좋은 거 같으니까······.'

김태곤은 초구에 바깥쪽으로 흘러 나가는 슬라이더를 요구했다. 한정훈이 속을 가능성은 낮지만 곧바로 스트라이크존을 공략하는 건 위험하다고 판단했다.

하지만 메튜 와이저는 단호하게 고개를 내저었다.

"주자도 없는데 뭐 하자는 거야?"

김태곤이 계속해서 유인구 사인을 내자 메튜 와이저는 아예 투구판에서 발을 빼버렸다.

"어떻게 할까요?"

"흠······."

"이제 경기 중반이고 하니까 한번 맡겨보는 게 낫지 않을까요? 하나 얻어맞는다고 해도 분위기상 큰 문제는 없을 것 같은데요."

"타자들이 점수를 내줄 거라 확신하나?"

"지난 공격 때보니까 브랜든 파간은 아직 뛰는 야구에 적응하지 못한 것 같습니다. 우린 발 빠른 선수가 많으니까요. 얼마든지 판을 흔들 수 있다고 생각합니다."

김평오 수석 코치는 경기 후반, 브랜든 파간이 지치거나 스톰즈 불펜진이 가동될 때를 기다렸다. 그때가 오면 다이노스 타자들이 서너 점은 어렵잖게 내줄 것이라 확신했다. 그래서 설사 한정훈에게 홈런을 얻어맞더라도 큰 문제는 없을 거라 여겼다.

하지만 김영문 감독은 지금이 승부처일지 모른다는 불안감을 쉽게 떨쳐 내지 못했다.

"흠······."

"정 그러시면 제가 한번 올라가 볼까요?"

"아니, 김 코치 말대로 하지."

김영문 감독이 마지못해 한발 물러섰다. 다른 걸 떠나 투수가 저토록 완강히 거부하는데 벤치의 생각만 강요하긴 어려웠다.

"알겠습니다. 그렇게 지시하겠습니다."

김평오 코치는 냉큼 승부를 해도 좋다는 신호를 보냈다.

'한 점 정도는 더 줘도 괜찮다 이 말이지?'

벤치의 속내를 알아챈 김태곤도 사인을 바꿨다.

코스는 몸 쪽, 구종은 포심 패스트볼.

첫 타석 때 한정훈에게 얻어맞았던 그 코스를 역으로 노린 것이다.

"그래, 그렇게 나와야지."

메튜 와이저가 씩 웃으며 고개를 주억거렸다. 그렇지 않아도 두 번째 타석 때 과감하게 몸 쪽 승부를 하지 못한 게 후회스럽던 차였다.

"후우······."

길게 숨을 고른 뒤 메튜 와이저가 투구 동작에 들어갔다.

하이 키킹, 스트라이드, 릴리즈, 팔로우 스루, 그리고 날카로운 기합까지.

초구 스트라이크를 잡기 위해 모든 걸 쏟아부었다.

하지만 한정훈은 마치 기다렸다는 듯이 방망이를 내돌렸다. 첫 타석 때보다 빠르게 방망이를 끌고 나와 오른쪽 허벅지 앞쪽에서 공을 후려쳤다.

따악!

요란한 소리가 경기장에 울려 퍼졌다. 그와 동시에 한정훈이 방망이를 힘껏 내던진 뒤 천천히 1루를 향해 내달렸다.

"젠장할!"

메튜 와이저의 입에서 절로 욕지거리가 터져 나왔다. 첫 타석 때 타구가 다소 먹혔으니 이번에는 힘으로 찍어 누를 수 있을 거라 여겼는데 정반대의 결과가 나와 버렸다.

몸 쪽 공을 요구했던 김태곤도 눈 깜짝할 사이에 담장 너머로 사라지는 타구를 보며 혀를 내둘렀다.

"저 공을 받쳐 놓고 치다니. 진짜 괴물이 따로 없네."

한정훈은 첫 홈런 때보다 느긋하게 베이스를 돌았다. 다이노스 팬들이 야유를 쏟아냈지만 신경 쓰지 않았다. 나승범의 적시 2루타로 경기 분위기가 다이노스 쪽으로 넘어간 상황이었다. 그 흐름을 완벽하게 끊기 위해서라도 이번만큼은 악역을 자처할 필요가 있었다.

"그뤠이트! 굿! 굿! 구우웃!"

미구엘 산토스도 평소보다 요란스럽게 한정훈을 반겼다.

"잘했다, 정훈아. 그리고 진짜 고맙다."

강승혁은 아예 울 것 같은 얼굴로 한정훈을 꼭 끌어안아 주었다.

"우워어어어어!"

"정훈아아아!"

"짜식! 잘했어!"

스톰즈 선수들도 흥분을 감추지 못했다. 최주찬을 시작으로 브랜든 파간에 이르기까지 모든 선수가 달라붙어 한정훈의 헬멧을 두들겼다.

그 모습을 지켜보던 최정한 회장도 흐뭇함을 참지 못했다.

"조 사장, 저 헬멧 튼튼한 거지?"

"그럼요. 기존 프로 구단들이 쓰던 것과 같은 제품입니다."

"저걸로 되겠어? 앞으로 우리 한정훈 선수 축하받을 일이 많을 것 같은데."

"제가 메이저리그 쪽에 알아보고 가벼우면서도 단단한 헬멧이 나왔는지 알아보겠습니다."

"역시 우리 김 단장은 눈치가 빠르다니까."

"기왕 알아보는 김에 보호 장비도 좀 알아보라고. 왠지 불안

하니까."

"음? 뭐가 말인가?"

최정한 회장이 조상민 사장을 바라봤다. 때마침 중계 화면을 타고 한정훈의 홈런이 리플레이되었다.

-한정훈 선수, 완벽한 타이밍에서 몸 쪽 포심 패스트볼을 받아쳤습니다.

-이건 거의 노렸다고 봐야 합니다. 오늘 경기에서 가장 빠른 151㎞/h의 몸 쪽 꽉 찬 포심 패스트볼이 들어왔는데 그걸 정확하게 때려냈어요.

-저 시원시원한 배트 플립을 보십시오. 정말 신인이라는 게 믿기지 않습니다.

-하하. 배트를 좀 과하게 던졌네요. 흔히들 빠던이라고 하는데요. 경기가 이대로 진행된다면 한정훈 선수. 다음 타석 때 조심해야겠어요.

이영철 해설위원이 농담처럼 주절거린 말은 현실이 됐다.

한정훈의 홈런에 충격을 받은 메튜 와이저는 미구엘 산토스와 강승혁에게 연속 2루타를 얻어맞은 뒤 5회를 채우지 못하고 강판당했다.

반면 브랜든 파간은 5회와 6회를 다시 완벽하게 틀어막고 다이노스의 추격 의지를 꺾어버렸다.

7회 초, 한정훈이 1사 주자 없는 가운데 타석에 들어서자 다이노스의 불펜 투수 조태식이 한정훈의 머리 쪽으로 빈볼을 내던졌다.

다행히 한정훈이 재빨리 고개를 젖히면서 공이 헬멧챙을 스치는 정도로 끝이 났다.

조태식은 곧장 헤드샷 위반으로 퇴장됐고 한정훈은 1루를 밟은 뒤 미구엘 산토스의 홈런성 2루타 때 홈을 밟으며 개인 통산 3번째 득점을 올렸다.

하지만 다이노스의 복수는 여기서 그치지 않았다.

7 대 3으로 벌어진 9회 초. 바뀐 투수 성영찬이 몸 쪽으로 내던진 공이 한정훈의 허벅지를 강타하면서 경기장의 분위기가 싸늘하게 변했다.

"괜찮아요. 나오지 마요."

한정훈은 고통을 참으며 흥분한 선수들을 진정시켰다. 그러고는 트레이너와 함께 천천히 1루 베이스로 걸어갔다.

-한정훈 선수, 오늘 스톰즈의 역사를 전부 혼자 써 내려가는 느낌입니다. 창단 3연속 타점에 이어 첫 홈런과 한 경기 두 개의 홈런, 그리고 이번에는 연속 사구 기록을 세웠습니다.

-아, 이건 아니죠. 앞서 조태식 선수가 빈볼을 던진 것으로

끝냈어야 하는데요. 수많은 팬이 지켜보는 가운데 이게 뭐 하는 짓인지 모르겠네요.

-성영찬 선수는 공이 빠졌다는 표정인데요.

-저건 보면 압니다. 명백한 빈볼이에요. 아예 도망치지 못하도록 허벅지를 노리고 던진 게 틀림없습니다.

-앞서 등판한 조태식 선수와 성영찬 선수 모두 한정훈 선수와 고교 시절을 함께했던 선수들입니다. 조태식 선수가 두 살이 많고 성영찬 선수는 작년에 프로에 들어왔거든요.

-그렇다면 더 못할 짓을 했네요. 벤치의 지시인지 아니면 선수들끼리 판단을 내린 건지 모르겠지만 정말 실망스러운 행동입니다. 다이노스는 오늘 경기는 물론이고 매너에서도 완패입니다.

-아직 경기가 끝난 건 아닙니다. 다이노스의 9회 말 공격이 남아 있으니까요.

-9회 말에 경기를 뒤집을 생각이 있었다면 이런 짓을 하지도 않았겠죠. 개인적으로 신생 구단임에도 과감한 투자로 우승권 전력을 만들어낸 다이노스 구단을 좋게 봐왔는데 참 안타깝네요.

앞선 7회 빈볼 상황에서는 애써 말을 아꼈던 이영철 해설위원도 이번만큼은 흥분을 참지 못했다. 한정훈이 신인답지 않

은 활약과 퍼포먼스로 다이노스를 자극했다고 해도 연속 빈
볼은 지나쳤다고 판단했다.

스톰즈 벤치에서도 백종훈 감독이 직접 나와 구심에게 항의
했다.

"저 새끼는 왜 퇴장 안 시켜?"

"빈볼이긴 하지만 엉덩이에 맞았습니다."

"일부러 던진 거잖아! 엉덩이는 맞아도 안 아파? 엉덩이는
괜찮은 거냐고!"

"제가 가서 따끔하게 주의를 주겠습니다."

"그런 건 아까 줬어야지! 이게 뭐야? 뭐 하자는 건데? 나하고
한번 해보자 이거야?"

"감독님, 진정하시고……"

"진정이고 나발이고 두고 봐. 나도 이제 안 참아. 저 새끼들
어디 한 군데 부러뜨려 놓을 테니까 그때 가서 딴소리 마."

"감독님, 알았습니다. 알았으니까 이번 한 번만 봐주십시
오."

구심이 쩔쩔매자 다이노스 더그아웃에서 김영문 감독이 걸
어 나왔다. 벤치의 지시는 아닌 듯 김영문 감독은 모자를 벗
고 노선배에 대한 예의를 갖추며 사과했다.

"젠장할. 어쨌든 두고 보겠어. 그리고 한정훈이는 교체요."

백종훈 감독은 한정훈을 빼고 송기하를 집어넣었다. 초등

학교 때 육상을 했을 정도로 발이 빠른 선수로 백종훈 감독과의 인연으로 스톰즈에 합류해 있었다.

다른 때 같았으면 제 새끼 챙긴다는 비난이 한 바가지 쏟아졌을 것이다. 하지만 이번만큼은 스톰즈 팬들도 백종훈 감독의 결정을 존중했다.

-잘했다. 정훈이 쉬게 해줘야지.

-그래, 오늘 정훈이 할 만큼 했다. 연장 갈 분위기도 아닌데 빼주자.

-진짜 이것 가지고 백꼰대까지 말자. 나도 백꼰대 안 좋아하지만 지금은 한정훈 교체하는 게 맞아.

-그런데 한정훈 빠지면 1루는 강승혁이 들어오는 건가?

-강승혁 1루 가고 송기하 우익수 들어가겠지. 송기하 수비 좋잖아.

-타격이 문제였지, 수비하고 주루는 원래 좋은 선수였음.

-그건 그렇고 정훈이 병원 가 봐야 하는 거 아냐?

-아마 경기 끝나고 갈걸? 창단 첫 승리고 수훈 선수 인터뷰도 해야 하니까.

-아까 절뚝거리는데 진짜 내 마음이 다 아프더라.

-오버하지 마라. 한정훈 고교 시절에도 빈볼 심심찮게 맞았으니까.

더그아웃으로 돌아온 한정훈은 간단하게 응급조치를 받았다.

"여기 어때요? 괜찮아요?"

"좀 아프긴 한데 버틸 만해요."

"여기에 맞기 쉽지 않은데 요령껏 잘 피했네요."

"고교 시절에도 자주 맞아봐서요."

"혹시라도 불편하면 말해요. 밖에 차 대기시켜 놨으니까."

"그 정도까진 아니에요. 그리고 시즌 첫 경기인데 끝까지 봐야죠."

"나야 한정훈 선수 괜찮은 줄 아는데 윗분들은 잘 몰라요. 봐요, 봐. 또 전화 오는 거."

의료팀장 강승배가 전화기를 내밀며 한숨을 내쉬었다. 액정 화면에는 김명석 단장이라는 이름이 떠올라 있었다.

"이거 경기 끝날 때까지 시달릴 거 같은데 한 선수가 대신 받아줄래요?"

"그럴게요."

한정훈은 피식 웃으며 전화를 건네받았다. 그러고는 직접 김명석 단장을 안심시켰다.

"네, 단장님. 한정훈입니다."

-아, 한 선수! 어때요? 괜찮습니까?

"네, 요령껏 잘 피해서요. 관리 잘 받으면 별문제 없을 것 같습니다."

　-다행이네요. 그런데 지금 병원 가는 중인가요?

　"아뇨, 아직 더그아웃인데요."

　-그럼 어서 병원으로 가세요. 한정훈 선수가 안 가면 회장님이 그쪽으로 가시게 생겼어요.

　"하하, 회장님께 경기 끝나고 꼭 병원 갈 테니까 마지막까지 경기 지켜봐 달라고 말씀 좀 전해주세요. 아직 경기 안 끝났거든요."

　-정말 괜찮은 거 맞죠?

　"그럼요. 제 걱정 마시고 안 팀장님 걱정 좀 해주세요."

　-안 팀장이 왜요? 무슨 사고 쳤습니까?

　"아뇨, 아까 법인 카드 깜빡 잊고 안 들고 왔다고 울상이시던데요."

　김명석 단장은 즉시 그 사실을 최정한 회장에게 전했다. 그러자 최정한 회장이 껄껄 웃고는 자신이 한턱 쏘겠다고 말했다.

　-한 선수, 들었죠?

　"네, 회장님은 목소리만큼이나 호탕하시네요."

　-조만간에 회장님이 식사 한번 같이 하시잡니다.

　"한 경기 잘해놓고 회장님 뵐 수는 없으니까 조금만 시간을 주세요."

　-하하. 알겠습니다. 그럼 경기 잘 마무리하시고 끝나고 바로

병원 가는 거 잊지 마세요. 알았죠?

"네, 병원 금방 다녀와서 뒤풀이 참석하겠습니다."

한정훈이 웃으며 통화를 마쳤다. 그러자 강승배 팀장이 놀랍다는 표정을 지었다.

"한 선수는 단장님하고 통화하는 게 자연스럽네요. 보통 어린 선수들은 단장님 되게 어려워하던데."

"그래요? 저는 편한데."

"앞으로 무슨 일 생기면 한 선수에게 부탁해야겠네요."

"제가 도울 일이 있으면 도울게요. 그런데 경기는 어떻게 됐나요?"

"강승혁 선수 홈런 쳤어요. 한정훈 선수 빈볼 맞은 게 어지간히 화가 났나 봐요."

"그럼 9 대 3인가요?"

"아뇨, 10 대 3이요. 미구엘 산토스 선수가 볼넷으로 나갔거든요."

한정훈의 빈볼에 화가 난 건 강승혁만이 아니었다. 미구엘 산토스도 타석에 들어서기가 무섭게 홈플레이트에 바짝 붙어섰다. 조금이라도 위협적인 공이 날아든다면 곧바로 마운드로 뛰어올라 갈 기세였다.

잔뜩 겁을 먹은 성영찬은 볼만 네 개를 던지고 강판됐다. 그리고 뒤이어 마운드에 오른 정수인이 강승혁에게 초구 포심 패스트볼을 내던졌다가 홈런을 허용하면서 스코어는 10 대 3까지 벌어졌다.

이후에도 스톰즈 타자들의 공격은 계속됐다. 최승일을 시작으로 안시원과 박지승까지 정수인을 상대로 연속 안타를 때려내며 메튜 와이저에게 꽁꽁 묶였던 설움을 털어냈다.

방점은 최주찬이 찍었다.

따악!

언론이 애써 외면하던 최정혁 트리오의 부활을 알리듯 정수인의 초구를 잡아당겨 왼쪽 담장을 단숨에 넘겨 버렸다.

점수가 14 대 3으로 바뀌자 브랜든 파간이 한정훈의 옆쪽으로 다가왔다.

"투수 코치가 9회에도 올라가라더군."

"괜찮겠어? 너 공 많이 던졌잖아."

"고작 115구밖에 던지지 않았어. 그리고 내 한계 투구수는 200개야."

"너 그 소리 감독님 앞에서 한 건 아니지? 여차하면 너 진짜 200개 던지는 수가 있어."

"공 맞은 곳은 어때?"

"괜찮아. 한두 번 맞아본 것도 아닌데 뭘."

"억울하면 말해. 내가 47번의 엉덩이를 맞혀줄 테니까."

47번은 나승범의 등번호였다. 공교롭게도 9회 말 선두 타자로 타석에 들어설 예정이었다.

"누가 시켰어?"

"시킨 거 아냐. 메이저리그에서는 당연한 일이라고."

"그건 메이저리스 방식이고. 난 괜찮으니까 괜히 빈볼 던졌다가 벤치 클리어링 만들지 마."

"오늘 벤치 클리어링이 터지면 창단 이후 처음인가?"

"그런 건 좀 천천히 해도 늦지 않아. 네 첫 완투승을 그런 식으로 망칠 셈이야?"

"하긴. 너뿐만 아니라 나에게도 중요한 경기였군."

"그러니까 쓸데없는 짓은 하지 마. 대신 적당히 몸 쪽 위협구를 던져 주라고."

"마치 빈볼을 맞힐 것처럼?"

"그래, 그래야 중심 타선을 좀 더 수월하게 잡아내지. 안 그래?"

"한, 넌 타자보다 투수를 하는 게 나을 것 같아. 지금이라도 투수 쪽으로 넘어오는 게 어때?"

"안타깝게도 난 너처럼 불같은 강속구를 던지는 재능은 없다고."

브랜든 파간이 피식 웃었다. 농담이나마 한정훈에게 인정받았다는 사실이 기분 좋았다.

"좋아, 한. 네 말대로 9회를 깔끔하게 틀어막고 오지."

브랜든 파간은 글러브를 움켜쥐고 벤치에서 일어났다. 그리고 나승범-카일 핸드릭스-방성민으로 이어지는 다이노스의 중심 타선을 범타로 돌려세우고 한국 데뷔 첫 완투승을 거두었다.

"젠장, 이게 뭐야?"

"다이노스가 우승 후보라고? 웃기고 있네. 웃음 후보가 낫겠다."

"꼴지 후보한테 개 털리다니. 진짜 이거 실화냐?"

"말시키지 마. 짜증 나니까."

다이노스 팬들은 썰물처럼 경기장을 빠져나갔다. 다이노스 선수들이 경기장에 나와 감사 인사를 했지만 그들을 향해 박수를 쳐 주는 팬들은 소수에 불과했다.

반면 5백여 명의 스톰즈 팬은 끝까지 자리를 지키며 스톰즈 창단 첫 승의 영광을 함께했다.

잠시 후, 방송사가 마련한 인터뷰 공간으로 백종훈 감독이 들어왔다.

"창단 첫 승을 축하드립니다, 감독님."

"고맙습니다."

"오늘 승리 예상하셨나요?"

"다이노스를 상대로 좋은 경기를 펼치고 싶었는데 계획대로 되어서 기쁘게 생각합니다."

"오늘 경기 수훈 선수 한 명을 꼽으신다면요?"

정해인 아나운서가 백종훈 감독에게 마이크를 건넸다. 그러자 백종훈 감독이 몇 차례 헛기침을 하고는 말을 돌렸다.

"스톰즈의 모든 선수가 수훈 선수라고 생각합니다."

"감독님다운 말씀이신데요. 끝으로 하나만 더 여쭐게요. 한정훈 선수, 계속 기용하실 거죠?"

정해인 아나운서의 질문이 끝나기가 무섭게 스톰즈 팬들이 한정훈을 연호했다. 그러자 백종훈 감독도 어쩔 수 없다며 고개를 주억거렸다.

"잘하면 뺄 이유가 없죠."

"앞으로도 계속 한정훈 선수의 활약을 지켜볼 수 있다는 말씀이시네요. 감사합니다."

백종훈 감독에 이어 승리투수 브랜든 파간의 인터뷰가 이어졌다.

"오늘 경기에서 이길 수 있었던 건 한 덕분입니다."

브랜든 파간은 한정훈에게 고마움을 전했다. 그러면서 자신이 등판할 때마다 한정훈이 오늘처럼 홈런을 때려주길 바란다고 덧붙였다.

브랜든 파간의 차례가 끝나고 마지막으로 한정훈의 인터뷰가 시작됐다.

"프로 데뷔 첫 홈런이 데뷔전에서 나왔습니다. 오늘 팀이 창단 첫 승리를 거둬서 더 기분이 좋을 것 같은데요."

"솔직히 아직도 얼떨떨합니다."

"한정훈 선수 홈런이 올해 첫 홈런이라는 사실 알고 계시나요?"

"아뇨, 방금 알았습니다."

"오늘 경기에서 한정훈 선수가 세운 기록이 한두 개가 아닌데요. 일일이 다 알려드리고 싶지만 시간 관계상 그럴 수가 없을 것 같으니까 나중에 집에 가셔서 야구는 사랑이다, 꼭 한번 봐주세요."

정해인 아나운서가 능청스럽게 프로그램을 홍보했다. 덕분에 스톰즈 팬들의 얼굴에도 웃음꽃이 번졌다.

"이제 다시 진지하게 인터뷰를 진행하겠습니다. 혹시 브랜든 파간 선수의 인터뷰 들으셨나요?"

"네, 들었습니다."

"대답을 해주신다면요?"

"최선을 다하겠습니다."

"브랜든 선수 경기 때만 홈런을 치면 다른 투수들이 서운해하지 않을까요?"

"매 경기 홈런을 칠 수는 없겠지만 매 경기 좋은 모습을 보여드릴 수 있도록 노력하겠습니다."

"인터뷰 잘하시네요. 혹시 연습하셨나요?"

"연습은 아니고요. 고등학교 시절에도 몇 번 해봐서 익숙합니다."

"그럼 다른 이야기를 해볼까요? 두 번째 홈런을 치고 빠던을 하셨는데요. 흥분해서 배트 플립이 과했던 건가요? 아니면 일부러 그러신 건가요?"

정해인 아나운서의 날카로운 질문에 순간 관중석이 조용해졌다. 멀리서 인터뷰를 지켜보던 다이노스 팬들도 귀를 쫑긋 세우고 한정훈의 대답을 기다렸다.

정해인 아나운서는 한정훈이 영리하게 빠져나가길 바랐다. 이제 막 프로에 데뷔한 신인이 건방진 이미지로 찍혀서 좋을 건 없었다.

하지만 한정훈은 도망치지 않았다.

"일부러 그랬습니다."

"일부러요?"

"네, 한 점 차로 쫓기면서 팀의 분위기가 가라앉아 있었습니다. 그래서 일부러 던졌습니다. 상대가 우리를 무시하지 못하게 하고 싶었습니다."

한정훈은 팀의 사기를 끌어올리기 위해서였다고 에둘러 말했다. 하지만 스톰즈 팬들은 한정훈이 무슨 말을 하는지 금세 알아챘다.

"오늘 메튜 와이저 진심 별로였어. 삼진 잡을 때마다 실실

웃는 거 봤지?"

"김태곤은 어떻고? 프레이밍도 적당히 해야지 아주 미트가 춤을 추던데?"

"나승범 2루타 치고 어퍼컷 세리머니도 가관이었어. 남들이 보면 역전 홈런이라도 친 줄 알겠더라."

"진짜 생각해 보니까 또 열 받네. 지들이 먼저 시작해 놓고 지금 우리 정훈이 두 번이나 맞힌 거냐?"

스톰즈 팬들이 웅성거리자 인터뷰를 끝내라는 사인이 떨어졌다.

"이제 마무리를 해야 할 것 같은데요. 끝으로 팬들과 가족에게 한 말씀 하신다면요?"

정해인 아나운서가 다급히 한정훈에게 마이크를 내밀었다. 담당 PD가 목을 치는 시늉을 했지만 그렇다고 한정훈의 생애 첫 수훈 선수 인터뷰를 망치고 싶지 않았다.

덕분에 한정훈도 오랫동안 마음속에 담아두었던 말을 꺼낼 수 있었다.

"마산까지 와서 응원해 주신 스톰즈 팬 여러분. 사랑합니다. 앞으로 수훈 선수 인터뷰 자주 할 수 있도록 노력하겠습니다. 그리고 엄마, 세아 누나, 세연이 누나, 세희. 사랑하는 우리 가족들 정말 고맙습니다. 가족들이 없었다면 여기까지 오지도 못했을 것 같아요. 마지막으로 아버지. 하늘에서 보고 계시죠? 아버지하고 약속했던 것처럼 프로 선수가 됐어요. 이제 시작이니까 더 열심히 해서 부끄럽지 않은 아들이 될게요. 믿고 지켜봐 주세요."

한정훈의 벅찬 목소리가 마이크를 타고 울렸다.

그 소리가 들린 것일까. 밤하늘의 별 하나가 유난히도 밝게 반짝였다.

18장
물건일세

1

경기가 끝나고 한정훈은 곧장 병원으로 끌려갔다.

"허벅지 쪽은 괜찮네요. 단순 타박상입니다."

"그럼 경기 출장에는 문제없는 거죠?"

"네, 별문제 없을 것 같습니다."

"다행이네요."

"그래도 혹시 모르니까 2, 3일 정도는 무리하지 않는 게 좋을 것 같습니다."

의사는 입버릇처럼 휴식을 권했다. 한정훈도 대수롭지 않게 의사의 권유를 받아들였다.

하지만 김명석 단장의 판단은 달랐다.

"대대적으로 기사 내보내."

이번 기회에 악의적인 빈볼 문제를 뿌리 뽑겠다며 대대적으로 홍보팀을 움직였다.

[사구 충격, 한정훈 선발 출전 불투명!]
[데뷔전 2홈런 4타점 맹타 한정훈, 사구 후유증으로 결장 유력!]
[다이노스 고의 사구 사태. 결국 한정훈 결장으로 이어져.]
[이래선 안 된다. 동업자 정신 위배된 도 넘는 빈볼!]

기자들은 앞다투어 기사를 쏟아냈다. 전문가들도 조태식의 빈볼은 선수 생명을 위협하는 행위였다며 강도 높게 비난했다.

야구팬들도 빈볼 사태를 두고 갑론을박을 이어갔다.

└솔직히 한정훈 빠던이 과했지.
└맞아. 어린 놈이 벌써부터 건방 떠니까 그런 거라고.
└어제 한정훈 인터뷰 못 들었냐? 먼저 다이노스에서 스톰즈 신생팀이라고 무시하니까 열 받은 거라잖아. 그리고 여기가 메이저리그냐? 빠던 했다고 빈볼 던지게.
└이 댓글을 빠던 장인국 자이언츠가 싫어합니다.
└황재윤 첫 홈런 쳤을 때 메이저리그 중계진이 빠던 안 했다고

실망했다는 말 못 들었음?

     ㄴ그건 농담 삼아 한 이야기지. 만약 진짜 빠던 했음 그다음 타석 때 빈볼 날아들었을걸?

     ㄴ앤디 반즈, 여기가 빠던의 장인들이 있는 자이언츠입니까?

     ㄴㅋㅋㅋㅋㅋㅋㅋㅋ

     ㄴ빠던 타령 그만해라. 메튜 와이저 삼진 잡고 어퍼컷 세리머니 한 건 괜찮고 한정훈 홈런 치고 배트 플립한 건 꼴 보기 싫냐?

     ㄴ이게 다 한정훈이 스톰즈 가서 그래. 타이거즈나 자이언츠 왔어봐라. 지금쯤 다이노스 홈페이지 폭발했을 거다.

     ㄴ논점을 자꾸 흐리는데 중요한 건 빈볼의 정도다. 조태식 얼굴에 공 던지는 거 보고 식겁했다. 그러다 한정훈 못 피했으면 어쩌려고 그랬냐?

     ㄴ만약 조태식 빈볼 없이 성영찬이 허벅지 맞힌 거면 언론이 이 정도로 떠들진 않았을 거다. 그런데 대놓고 얼굴 노려서 퇴장당해 놓고 그다음 번에 또 허벅지 맞히는 건 진짜 비열하지 않냐?

     ㄴ다이노스 니들은 앞으로 빈볼 맞았다고 징징대지 마라.

     ㄴ빠던거리는 놈들은 나승범이나 방성민이 헤드샷 당해봐야 정신 차릴 듯.

     ㄴ물타기 하는 종자들은 분탕질러고 다이노스 팬들도 미안하게 생각하고 있거든?

     ㄴ다이노스 홈피 가 보고 말해라. 한정훈 꾀병 부린다는 글들

넘쳐 나니까.

생각 이상으로 논란이 커지면서 한정훈은 2차전 내내 벤치를 지켜야 했다. 그리고 경기는 다이노스의 6 대 1 승리로 끝이 났다.

다이노스의 선발 마크 시어러는 7이닝 동안 4피안타 1실점으로 스톰즈 타선을 잠재웠다. 반면 스톰즈 선발 제레미 모이어는 구심의 스트라이크 판정에 애를 먹으며 5이닝 8피안타 4실점으로 부진했다.

힘 한번 써보지 못하고 2차전을 내주자 폭풍 월드(스톰즈 팬 사이트)에 폭풍이 몰아쳤다.

└백꼰대 뭐냐? 왜 한정훈 안 내보내는데?
└5회 무사 1, 2루 찬스 때 한정훈 나와서 안타라도 쳤으면 이렇게 허무하게 지지는 않았을 거다.
└님들 스톰즈 팬 맞음? 빈볼 맞아서 쉬는 선수 안 내보냈다고 화내는 거 제정신임?
└솔까 언플이 과한 거지 경기에 못 나올 정도는 아니었잖아. 안 그래?
└한정훈도 그래. 30억이나 쳐 받는 놈이 빈볼 좀 맞았다고 퍼지는 게 말이 되냐?

└영자님, 이 새끼 강퇴좀요. 스톰즈 팬 아님.

└설사 스톰즈 팬이어도 강퇴시켜야 함. 진짜 별 미친놈들 다 보겠네.

└완전히 틀린 말도 아니죠. 한정훈 재능은 있는데 근성은 좀 부족한 듯.

"흠……."

폭풍 월드의 분위기를 살피던 김명석 단장의 표정이 굳어졌다. 경기 전까지만 해도 한정훈을 보호해야 한다던 팬들의 목소리가 몇 시간 만에 달라져 있었다.

하지만 안성민 운영팀장은 크게 신경 쓸 거 없다며 웃어넘겼다.

"원래 팬들 반응이 이렇습니다. 이기면 좋아하고 지면 욕하고. 한국뿐만 아니라 미국도 마찬가지니까요."

"안 팀장 생각은 어때?"

"어떤 거요? 한정훈 선수 결장이요?"

"그래, 안 팀장도 지나쳤다고 생각해?"

"아뇨, 잘하셨습니다. 앞으로 한정훈 선수가 맞아야 할 빈볼만 한 트럭일 텐데 미리미리 케어해 줘야죠."

"한 선수도 그렇게 생각할까?"

"아마 서운하긴 할 겁니다. 경기에 뛰지 못했으니까요. 하지만 이해는 해주지 않을까요?"

"그렇다면 다행일 텐데."

"그건 그렇고 3차전은 어떻게 하실 생각이세요? 3차전도 스타팅에서 빠지는 건가요?"

"솔직히 한 주 정도는 쉬게 해주고 싶어. 회장님도 걱정이 크셨으니까. 괜히 무리했다가 탈이라도 나는 것보다 천천히 컨디션을 끌어올리는 게 낫겠지."

"메이저리그 기준에서 보자면 옳은 말씀이십니다. 하지만 여긴 한국이잖아요. 팬들은 이해 못 할 겁니다."

"그럼 바로 출장시키자고?"

"그래도 뿌려놓은 게 있으니 내일 경기까지는 벤치에 두시죠. 대신 찬스 때 출장은 시키는 게 좋을 거 같습니다. 내일까지도 쉬게 하면 30억 먹튀 소리 나올 거 같으니까요."

김명석 단장이 쓴웃음을 지었다. 그가 걱정하는 것도 바로 그 부분이었다.

30억이라는 계약금은 한정훈의 재능과 미래 가치를 위해 투자한 돈이었다. 하지만 팬들은 한정훈의 현재 가치를 30억이라고 보고 그에 걸맞은 활약을 바라고 있었다.

고작 하루 쉬었다고 팬심이 요동치는 판에 한정훈의 결장을 늘렸다간 무슨 소리가 나올지 장담할 수 없었다.

"백 감독에게 잘 말해둬. 한 선수 내일은 대타로 써달라고."

"굳이 저자세로 나갈 필요 없을 거 같은데요?"

"무슨 소리야?"

"어제 백 감독이 경기 끝나고 저한테 화냈거든요. 한정훈 선수 못 쓰게 한다고."

"그래?"

"그래서 걱정입니다."

"한 선수 덕분에 백 감독 연임될까 봐?"

"솔직히 한정훈 선수 영입했다고 크게 달라질까 싶었는데 개막전 보면서 소름 돋았습니다. 아마 스타즈도 지금쯤 땅을 치고 후회하고 있을걸요?"

"백 감독 문제는 후반기쯤 다시 생각하고 일단은 시즌에 집중하자고."

"알겠습니다."

안성민 팀장은 곧바로 홍보팀을 동원해 보도 자료를 뿌렸다.

그리고 다음 날 아침.

[스톰즈 한정훈. 3차전 출전 가능할 듯.]

[한정훈, 빈볼 충격에도 출전 의욕 강해. 대타 출전 전망.]

[스톰즈 관계자. 한정훈의 출전 의지 꺾기 힘들어.]

한정훈의 출전 가능성을 다룬 기사들이 하나둘 흘러나왔다.

김명석 단장에게 따로 전화를 받은 한정훈도 묵묵히 경기를 준비했다. 경기가 시작되자마자 더그아웃 한쪽 구석에서 방망이를 휘두르며 언제든지 타석에 들어설 수 있도록 몸을 달궈 놓았다.

"정훈이 녀석, 완전히 달아올랐는데?"

"그러게 말이야. 저 모습 보니까 꼭 썬더베이 월드컵 생각난다."

"나도 그 생각 했어."

"그런데 저건 누가 알려준 걸까?"

"대타 준비하는 거?"

"나도 몇 번 대타로 나가봤지만 언제 나갈지 모르니까 미리 준비한다는 게 쉽지 않거든."

"하긴, 중간에 투수 바뀌면 준비해 봐야 짱이고."

"그런데 정훈이는 벤치에 앉아 쉬는 법이 없더라고. 계속해서 타이밍 맞추면서 타자들 들어오면 물어보고. 진짜 가끔은 저 녀석이 내 후배인 게 맞나 싶다."

묵묵히 방망이를 휘두르는 한정훈을 바라보며 강승혁이 혀를 내둘렀다. 지난 2년간 퓨처스 리그를 거치며 충분히 성장했다고 생각했는데 한정훈을 보고 있자니 또다시 막막한 기분이 들었다.

그러자 최주찬이 비교 대상이 틀렸다고 말했다.

"정훈이 저러는 게 어디 하루 이틀이냐? 저 녀석은 난 놈이라니까. 우리하고는 차원이 달라."

"하아……. 나 솔직히 네가 그 말 할 때마다 자괴감 들었는데 요즘은 왠지 모르게 인정하고 싶어진다."

"나처럼 빨리 인정해, 인마. 인정하면 편해."

"그래도 할 때까진 해봐야지. 선배가 되어서 2년 후배한테 벌써 추월당할 수는 없잖아. 안 그래?"

"그런 말은 정훈이보다 홈런 하나 더 때리고 해야 멋지지 않을까? 너나 나나 똑같이 1개거든?"

"젠장. 팩폭이냐? 두고 봐. 오늘 기필코 홈런 2개 칠 테니까."

강승혁이 빠득 이를 갈았다. 다른 건 몰라도 1번 타자인 최주찬과 홈런이 같다는 건 자존심상 용납이 되지 않았다.

하지만 다이노스의 선발 투수 구창호는 생각만큼 만만한 투수가 아니었다.

따악!

1번 타자 최주찬은 원 스트라이크 원 볼에서 한복판으로 떨어지는 스플리터를 건드려 2루수 땅볼로 물러났다.

포심 패스트 볼 타이밍에 맞춰 방망이를 내돌려 봤지만 공은 홈플레이트 앞쪽에서 뚝 떨어지며 최주찬의 타이밍을 빼앗아버렸다.

2번 타자 정수인은 바깥쪽으로 흘러 나가는 커브에 헛스윙 삼진을 당했다.

고등학교 시절 한정훈과 더불어 고교 리그 최고의 정확도를 자랑해 왔지만 프로 투수들의 변화구는 좀처럼 공략해 내지 못했다.

한정훈을 대신해 3번 타순에 배치된 강승혁도 유격수 플라이로 잡혔다. 원 스트라이크 투 볼에서 바깥쪽으로 날아드는 포심 패스트 볼을 힘껏 때려봤지만 구위에 밀리고 말았다.

이후에도 스톰즈 타자들은 3회까지 이렇다 할 공격조차 하지 못하고 구창호에게 끌려다녔다.

삼진 5개, 내야 땅볼 3개, 내야 플라이 1개.

단 하나의 타구도 내야를 벗어나지 못했다.

하지만 마운드를 지배한 건 구창호만이 아니었다. 알렉스 마인도 3이닝 동안 단 하나의 안타만 내준 채 다이노스 타선을 꽁꽁 틀어막았다.

-3회까지 양 팀 투수, 완벽한 피칭을 선보이고 있습니다.

-근래에 보기 드문 명품 투수전이네요. 구창호 선수야 작년부터 다이노스의 좌완 에이스로 인정받았지만 알렉스 마인 선수는 의외네요. 솔직히 이 정도로 잘 던질 줄 몰랐습니다.

-알렉스 마인, 안타 하나를 얻어맞긴 했지만 삼진은 구창호

보다 하나 더 잡아냈습니다.

-빠른 공도 빠른 공이지만 결정구로 던지는 체인지업의 위력이 상당합니다. 홈플레이트 앞에서 춤을 추는 게 마치 타이거즈의 헥토르 노에시 선수를 보는 것 같아요.

-어떻습니까? 4회에도 이 분위기가 이어갈까요?

-타자들이 한 번씩 타석에 들어섰으니까 4회 이후로는 안타가 나올 가능성이 높겠죠. 하지만 오늘 보여준 두 투수의 공이라면 난타전으로 가진 않을 것 같습니다.

이영철 해설위원의 예상은 적중했다.

따악!

4회 초, 스톰즈는 선두 타자로 나선 최주찬이 빠른 발을 이용해 내야 안타와 도루를 성공시키며 무사 2루의 기회를 잡았지만 후속타 불발로 득점에 실패했다.

다이노스도 4회 말 2번 타자 김준한과 3번 타자 나승범의 연속 안타로 무사 1, 3루 기회를 잡았지만 4번 타자 카일 핸드릭스가 2루 플라이로 물러나고 5번 타자 방성민이 뼈아픈 병살타를 치며 천금 같은 득점 기회를 날리고 말았다.

5회 삼자범퇴를 주고받은 스톰즈와 다이노스는 6회 다시한번 기회를 잡았다. 2사 이후 최승일과 박지승이 연속 볼넷을 얻어내며 구창호를 궁지에 몰아넣는 데 성공한 것이다.

하지만.

따악!

최주찬의 잘 맞은 타구가 유격수 이상오의 호수비에 걸리면서 또다시 득점 기회가 무산되고 말았다.

다이노스도 6회 말 1사 이후 박민오가 3루타를 때려내며 절호의 득점 기회를 맞이했다.

그러나 알렉스 마인이 3번 타자 나승범과 4번 타자 카일 핸드릭스를 연속 삼진으로 잡아내며 제 손으로 위기를 탈출했다.

6회까지 스코어는 0 대 0.

팽팽한 투수전이 이어지는 가운데 경기는 중반을 넘어 종반으로 접어들었다.

그때 중계 카메라가 스톰즈 더그아웃을 비췄다. 방망이를 집어 든 채로 선수들과 이야기를 나누는 한정훈을 포착했다.

-한정훈 선수, 오늘 대타 출전이 유력하다는 기사가 났었는데요.

-아까부터 계속 방망이를 들고 있는데요. 경기에 나가고 싶어서 몸이 근질근질한 모양입니다.

-백종훈 감독 입장에서는 확실한 기회에서 한정훈 선수를 기용하고 싶을 텐데요.

-하지만 기회가 만들어지기만을 기다릴 수는 없을 테니까요. 7회에 한정훈 카드를 뽑아 들 가능성도 높아 보입니다.

-7회에 정수인의 타석 때 대타로 등장한다면 9회에 다시 한 번 타석에 들어서게 될 수도 있겠네요.

-관건은 다이노스 벤치의 선택입니다. 구창호 선수를 언제 바꿔주느냐에 따라 스톰즈의 판단도 달라지겠죠.

-다이노스 선발 구창호 선수. 6회까지 82구밖에 던지지 않았는데요. 7회에도 올라오지 않을까요?

-한계 투구수가 100구 정도로 알려져 있으니까 한 이닝 더 끌고 갈 수도 있겠지만 6회에 흔들렸던 걸 감안하면 여기서 바꿔주는 것도 좋을 것 같습니다.

이영철 해설위원의 예상대로 다이노스 벤치는 투수 교체를 두고 고민에 빠졌다.

"바꾸는 게 좋을 것 같습니다."

김평오 수석 코치와 최일헌 투수 코치는 투수 교체를 주장했다. 하지만 김영문 감독은 구창호에게 조금 더 기회를 주고 싶었다.

"언제까지 창호를 6이닝 투수로 쓸 수는 없어. 오늘 같은 날 경험을 쌓게 해줘야지."

결국 구창호는 7회에도 마운드에 올랐다. 그러자 백종훈 감독이 기다렸다는 듯이 한정훈을 내세웠다.

-정수인 선수를 대신해 한정훈 선수가 대타로 타석에 들어섭니다.

-백종훈 감독. 결국 승부수를 꺼내들었네요.

-아, 다이노스 벤치에서도 김영문 감독이 나오는데요.

-김영문 감독도 승부사 기질이 다분하니까요. 구창호 선수를 대신해 필승조를 투입할 모양입니다.

-지금 불펜에 원종헌 선수와 강윤규 선수가 몸을 풀고 있는데요.

-아무래도 원종헌 선수보다는 좌완인 강윤규 선수가 아닐까 예상해 봅니다.

중계진은 투수 교체를 확신했다. 구창호도 김영문 감독이 직접 나선 만큼 강판될 거라 여겼다.

하지만 김영문 감독은 여전히 구창호를 바꿀 생각이 없었다.

"한 이닝 더 던질 수 있지?"

"네? 아, 넵. 던질 수 있습니다."

"힘들면 말하고."

"아닙니다."

"상대는 한정훈이다. 후배라고 만만하게 봤다간 큰코다칠 거야."

"알고 있습니다."

"그래, 어렵게 승부 할 필요 없다. 네 공을 던져라. 팬들에게 에이스의 모습을 보여줘 봐."

"넵, 감독님."

김영문 감독이 구창호의 어깨를 두드린 뒤 마운드를 내려가 자 경기장이 술렁거리기 시작했다.

"뭐야? 교체 아니었어?"

"바꿔야 할 거 같은데. 아직 불펜 준비가 안 됐나?"

"바꾸긴 뭘 바꿔? 82개밖에 안 던졌는데."

"한정훈이고 나발이고 잡아내면 되는 거잖아. 안 그래?"

다이노스 팬들은 구창호가 한정훈을 잡아내 주길 바랐다. 에이스라 부르던 외국인 투수 메튜 와이저가 한정훈의 방망이 에 무릎을 꿇었지만 구창호는 다를 거라 여겼다.

"후우……."

구창호는 길게 숨을 내쉬었다. 쏟아지는 팬들의 기대가 어 깨를 짓눌렀지만 도망치고 싶지 않았다. 여기서 도망치면 지 난 겨우내 쏟았던 땀과 눈물이 전부 허사가 되어버릴 것만 같 았다.

"잡을 수 있다, 잡을 수 있어."

구창호가 마음을 다잡고 홈플레이트를 바라봤다. 그러자 김태곤이 기다렸다는 듯이 손가락을 움직였다.

코스는 바깥쪽, 구종은 슬라이더.

평소 포심 패스트볼로 스트라이크를 잡던 것과는 다른 볼 배합이었다.

김태곤은 일단 한정훈의 방망이를 이끌어 낸 뒤에 승부를 거는 게 좋겠다고 판단했다. 하지만 구창호는 단호하게 고개를 저었다.

다른 때 같았다면 군말 없이 김태곤의 리드를 따랐겠지만 수많은 팬이 지켜보는 가운데 김영문 감독의 기대를 저버리고 싶지 않았다.

김태곤은 재차 바깥쪽으로 빠지는 공을 요구했다. 한정훈의 컨디션을 확인하기 위해서라도 하나 정도는 공을 빼는 게 나아 보였다.

그러나 구창호는 이번에도 고개를 흔들었다.

답답해진 김태곤이 벤치를 바라봤다. 김영문 감독은 두 주먹을 맞부딪치며 피하지 말라고 다그쳤다.

"하아, 미치겠네."

김태곤은 길게 한숨을 내쉬었다. 개막전에서 상대한 한정훈은 만만치가 않았다. 신인 주제에 몸 쪽 바깥쪽 가리지 않고 모든 코스의 공을 정확하게 때려냈다. 그러면서 어지간한 유인구는 눈 하나 깜빡하지 않고 골라내는 인내심까지 갖췄다.

이런 류의 타자를 상대로 초구부터 맞붙는 건 위험천만한 짓이었다. 싸울 때 싸우더라도 노림수가 무엇인지, 어떤 생각을 가지고 있는지 확인하는 작업이 필요했다.

하지만 97년생 구창호는 한정훈만큼이나 피 끓는 청춘이었다.

"좋아, 어디 던져 봐. 대신 던질 거면 제대로 던져."

한참을 고심하던 김태곤이 다시 사인을 냈다.

구종은 포심 패스트볼, 코스는 몸 쪽.

개막전에서 두 개의 홈런을 때려낸 강타자를 상대로 초구부터 몸 쪽 공을 던지는 게 부담스럽긴 했지만 구창호의 간결한 스윙이라면 한정훈도 쉽게 타이밍을 맞추지 못할 거라 여겼다.

그 예상대로 한정훈은 초구에 몸 쪽을 파고든 공을 그냥 지켜보았다.

퍼엉!

홈플레이트를 가로지른 공이 김태곤의 미트 속에 파묻혔다. 그 순간 김태곤이 특유의 프레이밍을 선보이며 미트를 스트라이크존으로 밀어 넣었다.

하지만 오늘의 구심은 김태곤의 미트질에 쉽게 넘어가지 않았다.

"볼."

"들어왔어요!"

"낮았어."

김태곤은 고개를 흔들며 구창호에게 공을 돌려주었다. 그러고는 질렸다는 눈으로 한정훈을 바라봤다.

구창호가 이를 악물고 내던진 공은 스트라이크존에서 공하나 정도 낮게 들어왔다. 그 정도면 타자가 어떻게든 반응을 보여야 했다. 설사 치지 않더라도 어느 정도 방망이는 끌려 나와주는 게 예의였다.

그러나 한정훈은 테이크 백 이후로 그대로 공을 흘려보냈다. 구창호의 손에서 공이 빠져나오는 순간 볼이라고 확신이라도 한 것처럼 굴었다.

'그냥 초구를 지켜본 건 분명 아냐. 못 친 게 아니라면 안 친 거겠지. 그렇다면 초구에 낮은 공을 칠 필요가 없다고 생각한 거야.'

김태곤은 어렵잖게 한정훈의 속내를 유추해 냈다. 그래서 구창호에게 다시 바깥쪽으로 빠져나가는 슬라이더를 요구했다.

하지만 구창호는 이번에도 고개를 흔들어댔다. 초구에 놓친 스트라이크를 어떻게든 잡겠다며 고집을 부렸다.

'몸 쪽을 보여줬으니 바깥쪽을 노리고 있을지도 몰라. 그렇다면 다시 한번 몸 쪽으로 붙여보자.'

한참을 고심하던 김태곤이 조심스럽게 손가락을 움직였다. 그러자 구창호가 단단히 고개를 주억거렸다.

"후우……."

길게 숨을 고르며 구창호는 그립을 고쳐 쥐었다.

김태곤의 요구는 스플리터.

작년 이후 물이 올랐다고 평가받는 제2의 결정구였다.

구창호는 평소보다 검지와 중지를 벌려 공에 밀착시켰다. 경기 초반에 비해 악력이 떨어진 만큼 혹시라도 공이 손에서 빠지지 않도록 만반의 채비를 갖췄다. 그러고는 이를 악물고 김태곤의 미트를 향해 공을 내던졌다.

후앗!

구창호의 손끝에서 새하얀 공이 빠져나갔다. 순간 구창호가 입가를 비틀어 올렸다. 마지막 순간 제대로 채였다는 느낌이 든 것이다.

실제로 한정훈의 머리 뒤쪽에서 날아든 공은 10미터 지점부터 빠르게 가라앉기 시작했다.

'좋았어!'

김태곤의 눈에도 스플리터의 움직임은 흠잡을 데 없이 완벽했다. 한정훈이 아니라 프로 리그 최고의 좌타자로 군림하고 있는 최현우라 해도 이 공만큼은 어쩌지 못할 것 같았다.

게다가 한정훈은 포심 패스트볼에 초점을 맞춰 타격에 들어간 상태였다.

건드리면 땅볼, 헛치거나 놓치면 스트라이크.

김태곤이 자신만만하게 미트를 내밀었다. 그런데.

후웅!

반 박자 늦게 허리를 빠져나온 한정훈의 방망이가 그대로 공을 집어삼켜 버렸다.

따악!

묵직한 파열음과 함께 공이 높이 치솟았다. 그와 동시에 중견수 김준한이 펜스 쪽으로 내달리기 시작했다.

하지만 제아무리 수비가 좋은 김준한이라 해도 전광판을 직격하는 타구를 잡을 재주 같은 건 없었다.

-큽니다! 쭉쭉 뻗어갑니다!

-하하. 넘어갔네요.

-호옴러언! 한정훈! 0 대 0의 균형을 무너뜨리는 선제 홈런을 터뜨립니다!

-정말 말이 안 나오네요. 방금 공은 스플리터였는데요. 제대로 떨어지는 공을 기다렸다는 듯이 받아쳤습니다.

중계진의 감탄 속에 한정훈은 천천히 3루를 돌아 홈을 밟았다. 그리고 강승혁과 격하게 손뼉을 부딪쳤다.

-한정훈 선수, 이번 시리즈만 벌써 세 번째 홈런입니다.

-정말 무시무시한 파괴력이네요. 제가 시즌 초에 한정훈 선수의 홈런을 20개 정도로 예상했었는데요. 정정하겠습니다.

-이제 몇 개를 예상하시나요?

-예측 불가입니다. 한정훈 선수, 왠지 사고 한번 제대로 칠 것 같습니다.

-3D 리플레이 화면으로 다시 한번 보시죠. 구창호 선수가 스플리터를 던졌는데요.

-보시면 아시겠지만 공은 제대로 들어갔습니다. 한복판으로 몰리지도 않았고 잘 떨어졌습니다.

-어지간한 타자들은 헛스윙이 나올 만한 공이었는데요.

-문제는 저 공이 스트라이크존으로 들어갔다는 점입니다.

-성급하게 스트라이크를 잡으러 들어갔다는 말씀이시군요.

-초구가 볼 판정을 받았어도 상대가 한정훈이라면 유인구를 던져야 했어요. 풀카운트 상황도 아니고 원 볼에서 굳이 스트라이크를 던질 필요는 없으니까요. 만약 저 공이 낮은 코스로 들어갔다면 한정훈 선수의 밸런스를 무너뜨릴 수 있었겠지만, 보세요. 치기 좋은 코스로 들어가니까 한정훈 선수가 받쳐 놓고 때리잖아요.

-마치 노리고 있었던 것 같은데요.

-스플리터를 노리지는 않았을 겁니다. 구창호 선수의 스플리터 구사 비율은 10퍼센트 수준이고 좌타자를 상대로는 잘 던지지 않으니까요. 다만 대응이 완벽했습니다. 포심 패스트볼 타이밍에 타격을 준비하다가 스플리터가 들어오자 무게중심을 뒤에 남겨두고 최대한 공을 끌어들였어요. 그리고 완전히 떨어진 공을 정확하게 때려냈습니다.

-기술적인 타격이 이루어졌다는 말씀인데요. 한정훈 선수, 도무지 신인처럼 느껴지지 않습니다.

-저 역시도 저 선수가 스무 살이라는 게 믿어지지 않습니다.

-아, 김영문 감독. 다시 더그아웃을 나섭니다. 이러면 투수 교체인데요.

-경험을 쌓는 것도 중요하지만 구창호 선수를 위해서라도 여기서 바꿔주는 게 좋습니다. 여기서 더 얻어맞았다간 기껏 잘 던진 게 허사가 될지도 몰라요.

잠시 구심에게 들러 공을 받아 든 뒤 김영문 감독은 마운드로 올라갔다. 구창호는 마치 죄지은 사람처럼 고개를 들지 못하고 있었다.

"괜찮다. 잘 던졌어."

"죄송합니다, 감독님."

"저 녀석이 잘 친 거야. 그러니까 실망할 것 없다."

"죄송합니다."

"죄송할 거 없다니까. 어쨌든 오늘 수고했다."

김영문 감독이 구창호의 엉덩이를 두드리며 독려했다. 농담이 아니라 오늘 구창호가 보여준 피칭은 기대 이상이었다. 100점 만점에 100점을 주고 싶을 정도였다.

그러나 구창호의 표정은 좀처럼 밝아지지 않았다. 오히려 더 그아웃에 들어가기가 무섭게 눈물을 터뜨리며 기회를 준 김영문 감독을 머쓱하게 만들었다.

"저 녀석하고 승부를 하게 놔두는 게 아니었어."

김영문 감독의 시선이 스톰즈 더그아웃으로 향했다. 그러다 동료들의 환대를 받으며 활짝 웃고 있는 한정훈을 발견하고는 미간을 찌푸렸다.

"건방진 녀석 같으니."

김영문 감독은 한정훈이 얄미웠다. 에이스 역할을 기대했던 메튜 와이저에 이어 미래의 에이스감으로 불리는 구창호까지 무너뜨렸으니 속이 부글부글 끓어올랐다.

"두고 보자."

강윤규에게 공을 넘겨준 뒤 김영문 감독은 불펜에 직접 전화를 넣어 필승조를 준비시키라고 일렀다.

-전부 다 말씀이십니까?

"연장으로 갈 수도 있으니까 미리미리 준비시켜."

선취점을 내주긴 했지만 아직 7회였다. 다이노스가 3번의 공격 기회가 남아 있는 만큼 한 점 정도는 얼마든지 만회할 수 있다고 여겼다.

하지만 믿었던 강윤규가 강승혁에게 초구를 얻어맞으면서 경기는 걷잡을 수 없게 변해 버렸다.

-초구, 잡아당겼습니다! 우측 갑니다! 쭉쭉 뻗어 나갑니다!

-아, 이것도 넘어갈 것 같은데요.

-넘어갔습니다! 강승혁! 시즌 2호! 잠잠했던 방망이가 여기서 폭발합니다!

-강윤규 선수의 포심 패스트볼을 제대로 찍었습니다. 공이 조금 높다 싶었는데 강승혁 선수, 그걸 놓치지 않네요.

-스톰즈! 한정훈과 강승혁의 백투백 홈런으로 단숨에 2 대 0으로 달아납니다!

-팬들이 HK포 HK포 해서 아직 이름을 붙이기는 시기상조라고 생각했거든요. 그런데 오늘 보니까 HK포라 불러도 될 것 같습니다.

강승혁은 빠르게 베이스를 돌아 홈을 밟았다. 그리고 더그아웃에 돌아와 한정훈과 기분 좋게 손뼉을 부딪쳤다.

"부담되게 왜 자꾸 홈런치고 그래요? 형 때문에 나 먹튀 소리 들으면 책임질 거예요?"

"이제 두 개 쳤다, 인마. 그리고 나도 알게 모르게 많이 받았 거든?"

"치사한 놈들. 너희들끼리 홈런 치니까 좋냐?"

최주찬이 퉁명스럽게 한마디 했다. 그러자 강승혁이 기다렸 다는 듯이 최주찬을 놀려댔다.

"우리 차니, 좀 분전해야 할 거 같은데?"

"저리 안 가?"

"이러다 최정혁 트리오 해체되겠는데?"

"지금은 너나 나나 도긴개긴이거든?"

"한 달만 기다려라. 너 그 소리 못하게 멀찍이 따돌려 줄 테 니까."

"젠장할. 그런데 빠던이 좀 과한 거 아니야?"

"던진 거 아냐. 손에서 미끄러진 거야."

"어쨌든 빈볼 조심해라."

"괜찮아, 인마. 정훈이 때문에 난리 났는데 설마하니 또 빈 볼 던지겠냐."

"그런데 진짜 미끄러진 거 맞아? 아예 대놓고 던지던데?"

"미끄러진 거라니까."

강승혁이 멋쩍게 웃었다. 하지만 한정훈은 강승혁이 자신의 짐을 덜어주기 위해 일부러 배트 플립을 했다는 사실을 알고 있었다.

"그래도 살살해요, 형."

"너부터 살살하면 안 되겠냐?"

"둘 다 입 다물어. 너희들 때문에 나만 우리 아버지한테 욕 먹고 있으니까."

"아버지가 왜?"

"최정혁은 얼어 죽을 놈의 최정혁이냐고 뭐라고 하시잖아. 하아, 젠장할. 오늘 또 한소리 듣게 생겼네."

최주찬이 툴툴거리는 사이 미구엘 산토스가 안타를 치고 1루에 나갔다.

-한정훈, 강승혁에 이어 미구엘 산토스까지 안타를 때려냅니다!

-하하. 이번엔 운이 좋았네요. 완전히 먹힌 타구였는데요. 미구엘 산토스 선수의 장타력을 의식해 외야수들이 뒤쪽에 자리를 잡은 게 안타로 이어졌어요.

-원종헌 선수, 투 스트라이크까지는 잘 잡았는데요.

-유인구보다는 힘으로 미구엘 산토스를 잡아보겠다고 몸쪽 공을 던진 것 같은데 결과가 아쉽게 됐습니다.

-아, 김영문 감독. 또다시 마운드에 올라오는데요. 이번에도 투수를 바꿀까요?

-고작 한 타자 상대했으니까요. 또다시 바꾸지는 않을 겁니다. 분위기를 한번 끊어주기 위해 나온 것이겠죠.

이영철 해설위원의 짐작대로 김영문 감독은 원종헌을 달랜 뒤 더그아웃으로 돌아갔다. 그리고 원종헌은 5번 타자 황성민과 6번 타자 최승일, 7번 타자 안시원을 범타로 돌려세우고 이닝을 끝마쳤다.

"아직 경기 안 끝났어! 고작 두 점이야! 뒤집을 수 있다고!"

공수가 교대되는 동안 주장인 나승범은 다이노스 타자들을 불러 모아 파이팅을 외쳤다. 김영문 감독도 4번 타자 카일 핸드릭스부터 공격이 시작되는 만큼 다이노스가 충분히 점수를 만회할 수 있다고 기대했다.

그러나 알렉스 마인-박지승 배터리가 영리하게 볼 배합을 바꾸면서 다이노스의 7회와 8회 공격은 삼자범퇴로 끝나 버렸다.

-유격수 최주찬이 1루로! 김태곤! 유격수 땅볼로 물러납니다.

-알렉스 마인, 대단하네요. 6회까지 체인지업을 던져 다이노스 타자들의 타이밍을 빼앗더니 7회부터는 커브로 꼼짝 못하게 만들고 있습니다.

-미국에 있을 때도 커브가 좋다는 평가를 받아왔는데요.

-오늘 경기에서 커브를 잘 던지지 않아서 커브에 문제가 있나 싶었는데 완전히 허를 찔린 기분이에요.

-이번 이닝 11개의 공을 던지며 투구수가 정확하게 110구가 됐는데 데뷔 첫 완봉승, 가능할까요?

-글쎄요. 투구수도 적지 않은 데다가 다시 상위 타선으로 연결되는 만큼 바꿔주지 않을까 싶은데요.

-현재 스톰즈 불펜에는 오승일 선수가 몸을 풀고 있습니다.

-스톰즈 구단의 공식 마무리죠. 고교 시절 제2의 오승완이라 불리던 기대주입니다.

불펜의 상황을 전하던 중계 카메라가 다시 스톰즈 더그아웃을 비췄다. 때마침 알렉스 마인의 고개를 흔드는 모습이 포착됐다.

-알렉스 마인 선수, 차영석 코치와 대화를 하는 것 같은데요.

-표정을 보아하니 더 던지겠다는 것 같은데요. 하기야 한국 데뷔 첫 완봉승 기회를 이대로 놓치고 싶진 않겠죠.

-오승일 선수도 아직까지 프로 데뷔전을 치르지 못하고 있는데요.

-그렇다면 이번 9회가 관건이겠네요. 여기서 스톰즈가 더 달아난다면 알렉스 마인 선수에게 다시 한번 기회를 주겠지만

점수를 뽑아내지 못한다면 예정대로 오승일 선수가 투입될 것 같습니다.

  -그렇다면 이 선수의 방망이에 두 투수의 운명이 걸려 있다고 해도 과언이 아닐 거 같은데요.

  이기수 캐스터의 말이 떨어지기가 무섭게 중계 카메라가 타석을 잡았다. 타석에는 선두 타자로 나온 한정훈이 방망이를 단단히 움켜쥐고 서 있었다.

  -원종헌 선수, 정면 승부는 위험합니다. 추가점을 내주면 힘든 만큼 최대한 어렵게 승부 해야 해요.

  이영철 해설위원의 목소리가 중계 화면을 타고 흘렀다. 그이야기를 듣기라도 한 듯 원종헌은 유인구 위주로 공을 던지며 한정훈의 방망이를 끌어내려 애를 썼다.
  하지만 한정훈은 눈 하나 까딱하지 않고 모든 유인구를 걸러냈다.

  -스트레이트 볼 넷! 한정훈, 1루로 나갑니다.
  -원종헌 선수, 유인구도 좋지만 스트라이크존을 너무 많이 벗어났어요. 저런 공에 선구안이 좋은 한정훈 선수가 속아주

길 바라는 건 무리겠죠.

-어쨌든 한정훈 선수가 1루에 나가면서 스톰즈가 다시 한번 기회를 잡게 됐는데요.

-여기서 안정적으로 한 점을 뽑으려면 주자를 바꿔주는 게 좋을 것 같은데요.

-아무래도 개막전 빈볼 때문에 주루 플레이에 제한이 있을 테니까요.

중계진은 한정훈의 교체를 예상했다. 하지만 스톰즈 더그아웃은 그대로 한정훈을 1루에 내버려 두었다.

스톰즈에서 대주자로 쓸 만큼 발이 빠른 선수는 최주찬과 정수인, 송기하, 고영진 정도였다. 그중 최주찬과 정수인은 선발 출전했고 송기하와 고영진은 정수인과 안시원을 대신해 대수비로 나간 상태였다.

-한정훈 선수를 교체하지 않고 그냥 가는 것 같은데요?

-지금 대주자가 없나요?

-엔트리에는 장철승 선수와 이정문 선수가 남아 있는데요.

-하하. 바꿔줄 선수가 없네요. 장철승 선수는 걸음이 느리기로 유명하고 이정문 선수는 백업 포수거든요. 발도 느리고요.

-경기 후반에 무슨 일이 일어날지 모르니까 이정문 선수는

아껴두더라도 장철승 선수와는 바꿔주는 게 낫지 않을까요?

  -아마 장철승 선수를 대타로 쓰려고 하는 것 같은데요. 백종훈 감독, 여기서 승부수를 거는 모양입니다.

  이영철 해설위원의 말대로 백종훈 감독은 모처럼 흥분한 상태였다.

  "승혁이가 원종헌이 공을 칠까?"

  백종훈 감독이 김재연 타격 코치를 불렀다.

  "아까 홈런도 쳤고 워낙에 우완 투수에게 강하니까 쉽게 죽진 않을 것 같습니다."

  "그래서? 칠 거 같다 이거야?"

  "제 생각에는 어렵게 승부 하다 거르지 않을까 싶은데요."

  "그럼 산토스는?"

  "산토스는 좀 힘들지 않을까요?"

  "그럼 산토스를 빼고 철승이를 넣는 게 어때?"

  "그렇다고 4번 타자를 빼는 건 좀 그럴 것 같은데요."

  "그럼 기하를 빼자고?"

  "기하가 빠지면 중견수를 볼 선수가 없습니다."

  "젠장. 그럼 승일이를 빼야 하잖아!"

  "승일이도 빼긴 곤란할 것 같은데요."

  "승일이는 또 왜?"

"그렇게 되면 정훈이를 1루로 돌려야 합니다."

김명석 단장은 한정훈의 대타 출전을 허락하며 지명타자로 써야 한다는 조건을 달았다. 빈볼 사태를 잔뜩 키워놨는데 한정훈이 멀쩡하게 수비까지 해낸다면 엄살을 피웠다는 역풍이 몰아칠 수 있었다.

하지만 백종훈 감독은 한정훈보다 좀처럼 방망이가 터지지 않는 애제자 장철승이 더 신경 쓰였다.

"일단 승혁이 타석 보자고. 죽으면 곧바로 철승이 집어넣고 아니면 한 타석 더 지켜보고."

백종훈 감독의 시선이 그라운드로 향했다. 김재연 코치도 조마조마한 눈으로 경기를 지켜봤다.

다행히도 강승혁은 원종헌에게서 볼넷을 얻어냈다. 초구 몸쪽 공을 잡아당겨 큼지막한 파울 홈런을 때려내자 다이노스 불펜에서 걸러도 좋다는 사인이 떨어진 것이다.

반면 미구엘 산토스는 원종헌의 슬라이더에 연거푸 헛스윙을 하다 삼진으로 물러났다.

1사 주자 1, 2루 상황에서 5번 타자 송기하가 타석에 들어섰다.

딱!

벤치의 지시대로 송기하는 초구에 기습 번트를 대고 1루로 내달렸다. 하지만 타구가 하필 투수 정면으로 구르면서 주자를 2, 3루로 보내겠다는 계획은 수포로 돌아갔다.

-3루에서 포스 아웃! 다이노스! 여기서 두 번째 아웃 카운트를 잡아냅니다!

-송기하 선수, 시도는 좋았는데 코스가 나빴어요. 2루 주자가 한정훈인 걸 감안하면 3루 쪽으로 완전히 꺾었어야죠.

-한정훈 선수가 열심히 뛰어봤습니다만 공이 먼저 3루 베이스에 도착했습니다.

-아, 여기서 장철승이 나오는데요. 백종훈 감독, 뭔가 계획이 꼬인 듯한 느낌입니다.

이영철 해설위원의 예상은 적중했다. 장철승이 원종헌의 초구를 건드려 내야 플라이로 물러나면서 무사 1, 2루의 황금 같은 기회가 무산되고 말았다.

"젠장할."

괜히 초조해진 백종훈 감독은 알렉스 마인을 마운드에 올리는 강수를 띄웠다. 프로 데뷔조차 못 한 오승일보다 알렉스 마인을 믿고 가는 게 낫겠다고 판단한 것이다.

하지만 알렉스 마인이 박민오에게 홈런을 얻어맞으면서 백종훈 감독의 계획은 또다시 틀어졌다.

-침묵하던 공룡 타선이 드디어 포효합니다! 박민오! 시즌 첫 홈런을 9회 말에 때려냅니다!

-앞서 이상오 선수를 상대할 때부터 말씀드렸지만 9회에 들어 공이 높았어요.

-이상오 선수의 중견수 쪽 플라이도 상당히 컸는데요.

-스톰즈 벤치에서 한 차례 끊어주지 못한 게 아쉽네요.

-어쨌든 이제 점수는 한 점 차이입니다. 이제 무슨 일이 벌어질지 그 누구도 장담할 수 없을 것 같은데요.

-설마 계속해서 알렉스 마인으로 가는 건가요? 아, 바꾸네요.

-네, 차영석 투수 코치가 올라옵니다.

백종훈 감독을 대신해 마운드에 오른 차영석 코치가 알렉스 마인에게서 공을 건네받았다. 그리고 잠시 후 불펜에서 오승일이 뛰어나왔다.

"승일아, 긴장하지 말고 편하게 던져. 알았지?"

"네, 알겠습니다."

"한 점 정도는 줘도 괜찮아."

"네, 편히 던지겠습니다."

"그렇다고 너무 편히 던지지는 말고."

"넵."

차영석 코치는 특유의 입담으로 오승일의 긴장을 풀어주려 노력했다. 하지만 이번에는 차영석 매직이 통하지 않았다.

따악!

초구 포심 패스트볼이 한복판으로 몰리고 그 공을 김준한이 정확하게 받아치면서 다시 루상에 주자가 출루했다.

"우어어어어어!"

"김준한! 김준한!"

사방에서 다이노스 팬들의 함성이 울려 퍼졌다. 그 소리가 어찌나 크던지 1루 수비에 들어간 한정훈도 귀가 먹먹해질 지경이었다.

그때 오승일이 사인도 없이 견제구를 던졌다.

후앗!

오승일의 손을 빠져나간 공이 지면으로 낮게 깔려 날아들었다. 그와 동시에 1루 주자 김준한이 귀루하며 오른손을 쭉 뻗었다.

공과 김준한의 동선이 겹칠 듯하자 한정훈은 태그 플레이를 포기하고 앞으로 뛰쳐나갔다. 그리고 지면에 닿기 직전의 공을 건져 올렸다.

-위험했습니다. 하마터면 공이 뒤로 빠질 뻔했는데요.

-한 점 차 리드 상황에서 1루에 동점 주자가 있는 것과 스코어링 포지션에 나가는 건 차이가 큽니다. 이번에 한정훈 선수

가 큰 걸 하나 막아줬네요.

　-오승일 선수, 프로 데뷔전이라서인지 몰라도 긴장이 되는 모양입니다.

　-제2의 오승완이 될 재목이라고 평가받고 있긴 하지만 오승완 선수도 하루아침에 만들어진 건 아니니까요.

　-그렇다면 방금 전 한정훈 선수가 악송구를 잡아준 게 더욱 고마울 것 같은데요.

　-그렇죠. 경기 결과를 떠나 프로 데뷔전에서 악송구를 했다는 건 아마 선수 생활 내내 트라우마로 남을지도 모릅니다. 오승일 선수, 끝나고 한정훈 선수한테 술 한잔 사야 할 것 같네요.

　중계진에서 조금 전 송구를 되돌려 보는 사이 한정훈은 직접 공을 들고 마운드로 다가갔다.

　"미안하다, 정훈아."

　"뭘요. 공이 빠질 수도 있죠. 그러니까 신경 쓰지 말고 편하게 던져요. 형은 국가대표 마무리 투수잖아요."

　한정훈의 활약에 가려지긴 했지만 오승일도 2017년 썬더베이 우승의 주역이었다. 송창신, 정우남과 함께 필승조를 이루며 대표팀의 뒷문을 든든히 지켰다.

　"고맙다."

오승일이 피식 웃었다. 전무후무한 18세 이하 야구 월드컵 MVP 2연패를 달성한 한정훈에게 국가대표 마무리라는 소리를 들으니 왠지 모르게 힘이 났다.

"후우……."

투구판을 밟으며 오승일이 길게 숨을 내쉬었다. 타석에는 다이노스의 3번 타자 나승범이 서 있었다.

포수 박지승은 초구에 바깥쪽 꽉 찬 공을 요구했다. 오승일은 가볍게 고개를 끄덕였다. 그리고 박지승의 미트를 향해 정확하게 공을 꽂아 넣었다.

"스트라이크!"

구심의 요란한 콜 소리가 경기장에 울려 퍼졌다.

"좋아! 좋아! 하나만 더!"

한정훈도 글러브를 두드리며 크게 소리쳤다. 낮고 빠른 공이 스트라이크존의 경계선상을 파고드니 타격감이 좋은 나승범도 꼼짝을 하지 못했다.

초구 스트라이크를 잡은 오승일은 2구째 다시 한번 바깥쪽을 노렸다. 비슷한 공을 던지면 나승범의 방망이를 끌어낼 수도 있다고 판단했다.

하지만 나승범이 2구를 침착하게 골라내면서 볼카운트는 원 스트라이크 원 볼로 바뀌었다.

'바깥쪽 빠른 공을 두 개 보여줬으니까 여기서 뭔가 변화를

줘야 하는데…….'

한정훈은 자세를 낮추고 박지승의 가랑이를 뚫어져라 바라보았다. 박지승도 같은 생각을 했는지 3구째 몸 쪽 공을 요구했다.

사인을 확인한 오승일은 1루수를 견제하는 척 뜸을 들였다. 그러고는 나승범의 몸 쪽을 향해 느린 커브를 내던졌다.

예상치 못한 공이 들어오자 나승범은 재빨리 방망이를 멈춰 세웠다. 하지만 공은 느긋하게 스트라이크존을 통과해 구심의 콜을 이끌어 냈다.

-허허, 오승일 선수. 대단한 배짱입니다. 큰 것 한 방이면 경기가 뒤집힐 수도 있는 상황에서 나승범을 상대로 커브를 던졌어요.

-나승범 선수도 웃고 마는데요.

-이건 박지승 선수의 볼배합을 칭찬해 줘야 할 것 같습니다. 만약에 몸 쪽에 떨어지는 커브를 던졌다면 나승범의 스윙 궤적에 걸렸을지도 모릅니다. 하지만 높은 코스의 커브가 들어오니까 나승범 입장에서는 볼이라고 생각해 방망이를 내밀지 못했거든요. 그런데 그 공이 스트라이크 판정까지 받았으니 이제는 오승일이 주도권을 쥐었다고 해도 과언이 아닐 것 같습니다.

-볼카운트 원 앤 투. 오승일 선수가 여기서 어떤 공을 던질까요?

-볼카운트가 유리하다고 해서 곧바로 몸 쪽으로 들어가는 건 위험합니다. 나승범 선수가 몸 쪽으로 하나 더 들어오길 노리고 있을 테니까요.

이영철 해설위원의 예상대로 나승범은 몸 쪽 공을 기다렸다. 100퍼센트 홈런을 장담할 수 없는 만큼 1루 주자를 홈까지 불러들이기 위해 우중간을 노렸다.

박지승은 그런 나승범의 속내를 꿰뚫어 봤다. 그래서 바깥쪽을 파고드는 슬라이더 사인을 냈다.

'바깥쪽이라. 그렇다면……'

오승일이 투구 동작에 들어가자 한정훈은 1루 주자 김준한의 등 뒤로 돌아가 빈 공간을 커버했다. 나승범이 타격 스타일대로 바깥쪽 공을 잡아당긴다면 선상보다는 1, 2루 간으로 흐를 가능성이 높다고 봤다.

그런 줄도 모르고 나승범은 백도어성 슬라이더가 들어오자 군말 없이 방망이를 내돌렸다.

따악!

방망이 끝부분에 걸린 타구가 정확하게 1, 2루 간으로 흘렀다.

"내가!"

한정훈은 한발 앞서 나가 타구를 잘라냈다. 잔디 부근에서 수비를 하고 있는 2루수 고영진에게 맡겼다간 더블플레이가 어려울 것 같았다.

"정훈아!"

때마침 최주찬이 2루 베이스 아래쪽에서 글러브를 들어 보였다.

한정훈은 2루로 내달리는 김준한을 피해 유격수 최주찬에게 공을 던졌다.

파앗!

한정훈의 송구가 살짝 높았지만 최주찬은 당황하지 않고 팔을 쭉 뻗어 공을 받아냈다. 그리고 1루 커버에 들어간 2루수 고영진의 글러브 속에 정확하게 공을 꽂아 넣었다.

"아웃!"

1루심의 선언과 함께 두 개의 아웃 카운트가 동시에 올라갔다. 그렇게 치열했던 경기의 마침표가 찍혔다.

-1루에서 아웃! 스톰즈! 다이노스를 2 대 1로 제압하고 창단 첫 위닝 시리즈를 달성합니다!

-한정훈 선수 대단하네요. 공격은 물론이고 수비에서도 한 건 해냈습니다.

-쉽지 않은 타구였는데요.

-일단 타구 판단이 좋았고 공을 쫓아가는 자세도 훌륭했습니다. 보통 덩치 큰 1루수들은 수비 자세가 높아서 낮게 깔리는 타구를 놓치는 경우가 많은데 한정훈 선수는 2루수나 유격수처럼 공을 깔끔한 핸들링으로 타구를 건져 올렸습니다.

-이렇게 되면 한정훈 선수가 또다시 수훈 선수 인터뷰를 해야 할 분위기인데요.

이기수 캐스터가 기대 어린 목소리로 말했다.

하지만 정작 중계 화면에 나타난 MVP는 한정훈이 아니라 강승혁이었다.

-강승혁 선수, 오늘 한정훈 선수를 대신해 3번 타순에 배치되어 좋은 활약을 펼쳤습니다. 작년에 이어 올해도 팀의 주장으로 뽑힌 만큼 수훈 선수 자격 충분합니다.

-그럼요! 강승혁 선수의 홈런이 없었다면 오늘 경기를 이렇게 이기진 못했을 겁니다.

중계진은 에둘러 강승혁을 칭찬했다.

하지만 정작 강승혁은 수훈 선수 선정이 달갑지 않았다.

"정훈이가 수훈 선수가 될 거라 생각해서 아무 생각도 안 하고 있었습니다. 솔직히 제가 이 자리에 서도 될까 싶네요. 아무튼 이곳까지 와서 응원해 주신 스톰즈 팬분들에게 진심으로 감사드립니다. 더 열심히 하겠습니다."

강승혁은 담담히 소감을 밝히고 인터뷰를 마쳤다. 그러자 최주찬이 괜히 다가와 심술을 부렸다.

"그게 뭐야?"

"뭐가?"

"기왕 인터뷰하기로 한 거 좀 그럴 듯하게 해야지. 집에서 TV 보고 있을 부모님 생각은 안 하냐?"

"후우……. 나도 아는데 정훈이 인터뷰 뺏어서 하는 거 같아서 그렇더라."

"짜식, 배부른 소리 하고 있네. 난 아직 인터뷰 단상조차 밟지 못했는데."

"아무튼 다음에 정말 잘해서 인터뷰할 거다. 너도 사이클링 히트 한 번 해라. 그래야 인터뷰하지."

"뭐냐, 그 소린. 사이클링 히트가 아니면 인터뷰할 기회는 없다 이거냐?"

"그렇게 들었다면 다행이고."

"그럼 너도 한만두 해야겠네."

"한만두? 한 경기에 만루 홈런 두 개 치라고?"

"그렇게 안 하고 저 녀석 이길 자신 있냐?"

최주찬이 기자들과 인터뷰 중인 한정훈을 가리켰다. 이제 겨우 두 경기를 뛴 신인인데도 한정훈의 주변에는 제법 많은 기자가 모여 있었다.

"후우…… FA되면 이적할까?"

"진지하게 하는 소리냐?"

"처음엔 정훈이하고 같은 팀이 되어서 좋았는데 이러다 만년 2인자로 사는 거 아닌가 싶다."

"니들한테 치여서 3인자로 밀린 나는 어쩌고."

"넌 발이라도 빠르잖아."

"하긴, 넌 정훈이하고 완전히 겹치지. 그래도 걱정 마라. 곧 좋은 날이 올 거니까."

"곧?"

"저 괴물 같은 녀석이 FA까지 남아 있겠냐? 두고 봐라. 아마 내후년쯤 되면 팬들이 난리 칠걸? 메이저리그 가라고."

최주찬이 대수롭지 않게 주절거렸다. 하지만 강승혁은 그 말을 가볍게 웃어넘길 수가 없었다.

"메이저리그라……."

그곳에서도 한정훈과 다시 경쟁해야 한다고 생각하니 왠지 모를 막막함이 밀려들었다.

"짜식, 왜? 메이저리그 가서도 부딪칠 생각하니까 겁나냐?"

"겁은 무슨."

"그럼 나처럼 일찌감치 포기하든가. 난 말이다. 나 정도면 메이저리그에 얼굴 정도는 내밀 수 있지 않을까 싶었거든? 그런데 한뚱 저 자식 보고 있으니까 겸손해지더라. 메이저리그에 가려면 한뚱 정도는 되어야지. 못 해도 우리 혁이 정도는 해야지."

"못 해도냐?"

"그게 중요하냐? 내가 널 메이저리그급으로 인정해 줬다는 게 중요하지."

"퍽이나 고맙다, 이 자식아."

"어쨌든 피할 수 없으면 즐겨, 인마. 즐기다 보면 저 녀석보다 잘나가는 날이 오겠지."

"후우……."

"그런 의미에서 내일 소개팅 어떠냐?"

최주찬이 슬쩍 운을 뗐다. 그러자 강승혁이 우뚝 걸음을 멈췄다.

"왜? 싫어? 난 너 생각해서……."

"예쁘냐?"

"……?"

"세연 씨만큼 예쁘냐고."

"야, 그 정도는 아니지, 인마. 우리 세연이만 한 여자가 흔한 줄 아냐?"

"안 예쁘단 얘기네."

"예쁘장하게 생겼어. 게다가 세연이 베프야. 잘만 하면 넷이 놀러 다닐 수도 있고 좋잖아. 안 그래?"

"그러니까 나더러 니들 연애 들러리 서라 이거냐?"

"우리 혁이 오늘따라 왜 이렇게 삐딱하실까?"

"됐어, 인마. 가서 시원이 놈이나 꼬셔라."

강승혁이 코웃음을 쳤다. 시도 때도 없이 한세연을 자랑하는 최주찬 덕분에 여자 보는 눈이 높아졌는데 아무나 만나고 싶진 않았다.

하지만 그것도 잠시.

"진짜 싫어? 스튜어디스인데?"

"······뭐?"

"네가 하도 하늘 위의 천사니 어쩌니 노래를 불러서 세연이 어렵게 설득했는데 싫음 말아라."

"뭐, 뭐야! 세연 씨 친구라며!"

"그래, 고등학교 친구. 대학 친구라고는 안 했다."

"그럼 진즉 말하지 그랬어."

강승혁이 언제 그랬냐며 최주찬의 팔을 꼭 끌어안았다. 여승무원 출신 여성들과 결혼한 선배들을 볼 때마다 부러움에 몸부림을 쳤던 터라 더는 자존심을 세울 수가 없었다.

"그런데 진짜 안 예뻐?"

"예뻐, 이 새끼야. 그만 좀 말해."

"예쁜 건 아니고 예쁜 편이라며."

"그럼 인마, 우리 세연이보다 예쁘다고 하겠냐!"

"올~ 그러니까 세연 씨 수준이라 이 말이로군?"

"더 이상 캐묻지 말고 네가 직접 봐. 누차 말했지만 난 우리 세연이가 더 예쁘다고 했다."

"걱정 마, 인마. 말실수 안 할 테니까. 그런데 넌 결혼도 하기 전부터 그렇게 꽉 잡혀 사냐?"

"에효……. 어쩌겠냐. 내 팔자가 그런 것을."

최주찬이 땅이 꺼져라 한숨을 내쉬었다. 그때 최주찬의 등 뒤에서 한정훈의 목소리가 들려왔다.

"한숨이 좀 큰데?"

"앗! 깜짝이야. 넌 언제 왔어?"

"아까부터 형들 무슨 이야기하나 듣고 있었는데요?"

"등치는 산만 한 게 음흉해 가지고는……."

"어쨌든 지금 우리 누나 만난 걸 후회한다는 거죠?"

"아, 아닌데? 나 완전 행복한데? 후회 안 하는데?"

"그런데 웬 한숨? 왜요? 누나가 돈 벌어오라고 갈궈요?"

한정훈이 짓궂게 웃었다. 하지만 최주찬은 차마 따라 웃지 못했다.

'그래, 인마. 매형이 되어서 처남보다 못 한다고 날마다 잔소

리 듣는다. 아주 너 때문에 미쳐 돌아가시겠다, 이 자식아!'

최주찬은 목 끝까지 치밀었던 울분을 애써 되삼켰다. 이제와 한정훈한테 푸념해 본들 달라지는 건 아무것도 없었다.

"너…… 미국 언제 가냐?"

"프로 데뷔한 지 며칠 지났다고 미국 타령이에요?"

"어차피 갈 거잖아. 안 그래?"

"그야 때가 되면……"

"그럼 기왕 가는 김에 좀 빨리 가라. 응?"

"뭐지? 무슨 꿍꿍인데요?"

"꿍꿍이는 무슨. 얼른 가서 코리안 메이저리거 타자의 명맥을 이으라고."

"아닌데. 뭔가 있는 거 같은데."

"그런 거 없거든?"

최주찬이 괜히 툴툴거렸다. 그러자 강승혁이 이해한다며 최주찬의 어깨를 두드렸다.

"짜식, 너도 힘들구나."

"지금 동정하는 거냐?"

"동정은 무슨. 그런 의미에서 날 잡자."

"날? 진짜?"

"그래, 우리끼리 대동단결하자!"

"오케이! 콜!"

강승혁과 최주찬은 보란 듯이 어깨동무를 하고 앞서 걸었다. 그 모습을 보며 한정훈이 피식 웃음을 흘렸다.

"그래, 연애하기 좋을 때다."

순간 한정훈의 머릿속으로 옛 인연들의 얼굴이 스쳐 지났다. 하지만 한정훈은 담담하게 과거를 흘려보냈다.

"아직은 아니야, 아직은."

의미 모를 혼잣말을 중얼거리며 한정훈은 클럽 하우스로 발걸음을 옮겼다.

그렇게 스톰즈와 다이노스와의 원정 3연전이 끝났다.

2

[스톰즈 위닝 시리즈! 나눔 리그 공동 2위!]

[한정훈 강승혁 백투백! 스톰즈 다이노스에 2 대 1 신승!]

[투타 완벽 조화! 스톰즈 다이노스 또 잡았다!]

언론은 앞다투어 스톰즈의 위닝 시리즈 소식을 전했다. 몇몇 기자는 9회 말 다이노스가 역전할 것을 기대하고 기사를 작성했다가 스코어를 잘못 기재하는 촌극을 빚기도 했다.

전문가들은 예상보다 스톰즈의 전력이 탄탄하다며 혀를 내둘렀다.

"솔직히 스톰즈가 이 정도로 잘할 줄은 몰랐습니다. 개막전이 스톰즈의 패기를 보여준 경기였다면 오늘 경기는 스톰즈가 왜 다크호스인지를 정확하게 보여준 경기가 아니었나 싶습니다."

"어제 경기에서는 6 대 1로 패배했거든요. 그것도 개막전에서 이긴 게 맞나 싶을 정도로 무기력하게 끌려갔습니다. 저는 분명 그 후유증이 오늘 경기에도 영향을 미칠 거라 봤는데 다이노스를 상대로 한 점 차 승리라니. 정말 대단합니다."

"한정훈 선수에 대한 칭찬은 안 하겠습니다. 개막전 때 너무 많이 해서요. 시청자들이 한정훈 팬클럽 운영자냐고 하더라고요. 대신 마운드 이야기 좀 하겠습니다. 알렉스 마인의 투구도 좋았지만 오승일 선수의 마무리도 깔끔했습니다."

"보통 그런 상황이라면 대부분의 마무리 투수들은 삼진 욕심을 내거든요. 타격을 허용하면 야수들에게 맡겨야 하니 자신의 힘으로 해결하려는 거죠. 그런데 오승일 선수는 침착하게 포수 박지승 선수의 리드대로 공을 던졌습니다. 그리고 야수의 도움을 받아 깔끔하게 팀의 창단 첫 세이브를 완성시켰습니다."

"야수의 도움을 언급하니 말을 안 할 수가 없겠네요. 9회 한정훈 선수의 호수비가 좋았습니다. 앞서 빠지는 견제구도 잘 잡아줬지만 나승범 선수의 타구를 빠르게 처리해서 2루 주자를 잡아준 게 컸습니다."

"거기서 조금만 머뭇거렸다면 2루 주자가 살았겠죠."

"2사 2루에서 4번 타자 카일 핸드릭스를 상대해야 하니까요. 오승일 선수 입장에서도 부담이 컸을 겁니다."

"카일 핸드릭스는 찬스에 강한 선수죠. 지난해 득점권 타율이 시즌 타율보다 5푼 이상 높았으니까요. 게다가 결승타만 13개를 때려내서 타이거즈 최현우 선수와 함께 이 부분 공동 1위를 기록하기도 했습니다."

"분명 어렵게 승부를 봤겠죠. 거른다 해도 방성민이니까 오승일 선수 입장에서는 죽을 맛이었을 겁니다."

"만약 한정훈 선수의 호수비가 없었다면 창단 첫 세이브가 창단 첫 블론 세이브가 됐을지도 몰라요."

"어쨌든 주축 선수들의 활약 속에 다이노스를 잡아냈다는 건 의미가 큽니다. 오늘 경기에서 얻은 자신감은 선수들에게 충분한 동기 부여가 될 테니까요."

야구 팬들도 스톰즈의 고군분투에 박수를 보냈다.

└12구단 체제 전환하면 수준 떨어질 거라던 사람들 어딨냐? 왜 말이 없어?

└스톰즈 2승 1패. 스타즈 1승 2패. 둘이 합쳐서 5할 승률. 이 정도면 성공작 아닌가?

└전문가랍시고 나불대는 놈들이 문제지.

└원래 전문가들은 맞추는 법이 없음.

└전문가가 아니라 야알못임.

└진짜 한정훈은 물건이다. 어떻게 나왔다 하면 홈런이냐?

└스톰즈가 괜히 30억 줬겠냐?

└난 아직도 강승혁 입단 인터뷰 기억난다. 서린 고등학교에 정말 무서운 후배가 쫓아오고 있어서 이 악물고 열심히 해야 한다고. 그 후배가 프로 왔을 때 자랑스러운 선배가 되고 싶다고. 그때 말한 그 무서운 후배가 바로 한정훈임.

└그거 강승혁 아니고 최주찬 인터뷰인데

└노놉. 강승혁도 비슷한 인터뷰했음. 오히려 최주찬이 나중에 따라 한 거임.

└벌써 신인상 경쟁은 끝난 듯한 느낌이 드는 건 뭘까.

└난 솔직히 한정훈 강승혁 2파전으로 봤는데 강승혁이 안 될 듯.

└고작 세 경기 했다. 벌써부터 한정훈 빠는 놈들은 뭐냐?

└내가 하고 싶었던 말임. 홈런 하나당 천만 원 잡고 30억 받았으면 기본 300개는 때려야 하는 거 아닌가?

└홈런 하나당 천만 원? 크보 대표 홈런 타자들 연봉/홈런이 얼마인 줄이나 보고 말해라.

└그건 아니지. 그 선수들은 몇 년간 꾸준히 잘해서 연봉 오른 거고. 한정훈은 시작부터 30억이잖아.

└3경기 지났는데 홈런 3개임. 지금 페이스대로라면 152개 칠수 있음

└아니지. 한정훈 2차전 결장했으니 226개 페이스임.

└왜? 쓰는 김에 한 300개 쓰지.

└300 받고 400 콜!

└한정훈 홈런왕 하려면 초반에 부지런히 때리는 게 중요함. 시즌 중반쯤 되어서 한정훈 분석 끝나면 홈런 페이스 뚝 떨어질 가능성 높음.

└체력적인 문제도 고려해야 할 듯. 강승혁도 퓨처스 첫해에 7월 8월 홈런 3개였음.

└이번 홈 3연전이 중요함. 만에 하나 트윈스에게 스윕 당하면 동네 밥으로 전락할지도 모름.

└트윈스한테 스윕? 님아, 요즘 야구 안 봐요?

└트윈스 무시하냐? 스톰즈 따위가 깔 구단이 아니다.

└트윈스가 위닝은 할지 몰라도 스윕은 힘들지도.

└트윈스 타자들 낯가림 어마어마함. 그리고 제구력 좋은 투수들에게 쥐약임. 장일준부터 시작해 조석훈, 김성진 순서인데 쉽지 않을 거라고 봄.

└그래도 기본은 하겠죠. 설마 신생팀한테 깨지려고요.

적잖은 야구팬의 관심이 스톰즈와 트윈스 간의 주중 3연전

으로 향했다. 스톰즈 팬들도 폭풍 마당에 모여 주중 3연전을 예상하느라 정신이 없었다.

└트윈스 선발 로테이션 어떻게 되나요?

└류지국-임찬구-김대헌 순서인 걸로요.

└카를로스 론돈 안 나오나요?

└양파고도 6선발 체제 선언했음.

└트윈스 그만하면 선발 짱짱하지 않아요? 6선발 할 필요는 없을 거 같은데.

└류지국도 내일모레 마흔이라 관리를 해줘야 한다네요.

└류지국도 류지국이지만 김대헌도 아직 경험이 부족해서 두어 달 정도만 6선발 쓸 듯.

└이러다 6선발 트렌드 되는 거 아닌가 모르겠네요.

└1군 로스터가 28인 등록 26인 출전으로 확대됐으니까 가능성은 충분할 듯.

└어쨌든 내일 경기는 꼭 잡아야 합니다. 이럴 때 연승하지 언제 연승해 보겠어요. 안 그래요?

└류지국이 시범 경기 때 별로라 저도 기대 중입니다.

└류지국만 털면 뭐 해요. 장일준이도 잘해야죠.

└장일준이 새가슴이라 문제이긴 한데 트윈스가 좌완에 약하고 워낙에 낯가림이 심해서 잘하면 퀄스는 할지도 몰라요.

┗내일은 정훈이 선발일까?

┗ㅇㅂㅇ 닥치고 선발!

┗선발 ㄱㄱ!

┗내일도 대타로 쓰면 진짜 백꼰대 집 찾아갈 거임.

다음 날.

성남 스톰즈 파크에서 스톰즈의 프로 데뷔 개막전이 열렸다. 팬들의 우려와는 달리 백종훈 감독은 스톰즈가 가용할 수 있는 최고의 선수들을 내보냈다.

"홈 개막전은 잡아야지."

최정한 회장이 직접 시구까지 하는 마당에 제 라인을 챙기긴 어려웠던 것이다.

덕분에 한정훈도 별일 없이 3번 타자 1루수로 선발 출전했다.

"오늘의 시구는 스톰즈의 구단주이시죠! 정한 그룹 최정한 회장님이십니다. 여러분 힘찬 박수로 환영해 주십시오!"

시간이 되자 장내 아나운서가 큰 목소리로 최정한 회장을 호명했다. 최정한 회장은 마스코트와 함께 입장해 관중들을 향해 손을 흔들어 보인 뒤 한정훈이 서 있는 1루 쪽으로 걸음을 옮겼다.

"한정훈 선수, 몸은 좀 어때요?"

"네, 걱정해 주신 덕분에 괜찮습니다."

"그럼 그 핑계로 부탁 하나만 합시다."

"부탁이요?"

"경기 끝나고 나하고 기념사진 하나 찍어줘요. 우리 손자 놈들이 할아버지가 구단주라는 걸 안 믿어서 말이지."

최정한 회장이 환하게 웃으며 한정훈의 어깨를 두드렸다. 그러자 팬들이 한정훈과 최정한 회장을 연호했다.

"알겠습니다. 오늘 경기 꼭 이기고 찾아뵙겠습니다."

"아니, 아니, 그렇게 부담 가질 필요 없어요."

"아닙니다. 홈 개막전이고 회장님까지 오셨는데 최선을 다해야죠."

한정훈도 웃으며 화답했다.

은퇴 후 지도자 생활만 10년 가까이 해와서일까. 구단주를 대하는 게 자연스러웠다.

"하하, 그럼 한정훈 선수만 믿고 있겠습니다."

최정한 회장은 기분 좋게 시구를 마친 뒤 그라운드를 내려갔다. 뒤이어 성악가 홍만태의 애국가 제창까지 마무리됐다.

선발 투수 장일준이 연습 투구에 들어가자 한정훈은 슬쩍 고개를 돌려 1루 쪽 관중석을 바라봤다.

A열 10번, 11번, 12번, 13번. 한정훈이 손수 구매한 그 자리에 가족들이 앉아 있었다.

"처음으로 가족들이 경기장에 왔는데 이겨야지."

한정훈은 질끈 입술을 깨물었다. 이 순간을 그토록 고대했던 아버지는 없지만 나머지 가족들을 위해서라도 오늘 경기에서 좋은 모습을 보여주고 싶었다.

"일준이 형, 힘내요."

"그래, 고맙다. 그런데 너도 부모님 오셨냐?"

"네, 저쪽에요. 형도 오셨어요?"

"몰라, 오긴 왔다는데 진짜 떨려서 죽겠다."

선발 투수 장일준은 좀처럼 긴장을 감추지 못했다. 홈 개막전에 대한 부담감에 얼굴이 반쯤 질려 있었다.

"청심환 좀 줄까요?"

"진짜? 있으면 하나만 주라."

"더그아웃 가서 줄게요."

"야, 인마. 난 지금 필요하다고."

"에이, 장일준이 왜 이렇게 엄살이에요?"

한정훈이 툭 하고 농담을 던졌다.

고등학교 재학 시절 장일준은 제2의 김강현으로 불렸다. 비록 한정훈이라는 괴물 때문에 전국 대회 MVP 수상에는 실패했지만 4번이나 최우수 투수상을 휩쓸며 2018년 고교 랭킹 1위에 올랐다.

고교 시절 장일준은 한정훈에게도 부담스러운 존재였다. 제구가 다소 들쑥날쑥하긴 했지만 제대로 긁힌 공이 몸 쪽을 파고들면 한정훈도 제대로 방망이를 내밀지 못했다.

한정훈은 눈앞의 장일준이 그때 잘나가던 장일준이길 바랐다.

"짜식이, 내가 너보다 키는 작아도 1년 선배거든?"

다소 긴장이 풀어진 장일준이 길게 숨을 골랐다. 그리고 박지승의 리드대로 침착하게 트윈스 타자들을 상대했다.

전략가라 불리는 트윈스 양상운 감독은 1번 타순부터 4번 타순까지 오른손 타자를 전진 배치시켰다. 상대적으로 우타자가 좌투수에게 강한 만큼 경기 초반에 승부를 짓겠다는 계산이었다.

하지만 장일준의 바깥쪽 슬라이더가 던지는 족족 스트라이크존을 통과하면서 1회 초 트윈스의 공격은 삼자범퇴로 끝나버렸다.

"나이스 피칭!"

"너도 하나 때려라."

"노력해 볼게요."

"노력만 하지 말고 제발 하나만 쳐 줘, 응? 부탁이다."

장일준이 한정훈에게 사정했다. 한정훈이 1회에 홈런 한 방 때려준다면 마운드에서 한결 편하게 공을 던질 수 있을 것 같았다.

"걱정 마요, 형. 나도 오늘 잘해야 한다고요."

한정훈도 마음을 단단히 먹었다. 가능하다면 수많은 홈 관중들 앞에서 자신의 가치를 똑똑히 보여주고 싶었다.

그러나 한정훈이 상대해야 할 류지국은 만만한 투수가 아니었다. 전성기에서 내려오긴 했지만 제구 능력과 완급 조절 능력은 리그 최고로 꼽혔다.

따악!

한정훈의 첫 번째 타석은 중견수 플라이로 끝났다. 2사 주자 없는 가운데 원 스트라이크 원 볼 상황에서 3구째 몸 쪽을 파고드는 싱커를 노렸지만 방망이 끝부분에 공이 걸리며 워닝 트랙 앞쪽에서 타구가 잡혀 버렸다.

"생각보다 묵직하네."

선두 타자로 나선 두 번째 타석에서도 한정훈은 별다른 재미를 보지 못했다.

시작은 좋았다. 초구 몸 쪽 포심 패스트볼을 잡아당겨 큼지막한 파울 홈런을 때려내며 류지국을 움찔하게 만들었다.

하지만 류지국도 괜히 백전노장이 아니었다. 초구 이후 작심하고 바깥쪽만 공략하며 한정훈의 선구안을 무너뜨리려 노력했다.

한정훈은 비슷비슷하게 들어오는 공 3개를 골라내며 류지국의 전략에 대응했다. 하지만 5구째 바깥쪽 높게 빠져나간 커브에 구심의 팔이 올라가면서 풀카운트로 몰리고 말았다.

이어지는 6구째 승부에서 류지국은 바깥쪽 싱커를 던졌고 한정훈은 어쩔 수 없이 그 공을 받아쳤다. 그리고 타구는 또다시 워닝 트랙 근처까지 뻗어 나가 좌익수 서상호의 글러브 속으로 빨려 들어갔다.

-아, 한정훈 선수. 또다시 플라이로 물러납니다.

-이번에도 류지국의 싱커였는데요. 류지국 선수, 참 영리하게 공을 던졌습니다.

-스톰즈 팬들 아쉬움이 가득한 표정인데요.

-그래도 류지국 선수의 저 싱커에 대응하고 있는 타자는 한정훈 선수뿐이니까요. 다음 타석 때는 다른 결과가 나올지도 모릅니다.

화끈한 타격전을 예상했던 경기는 중반까지 팽팽한 투수전 양상으로 진행됐다.

5회를 넘기느냐가 고비라던 류지국은 5회까지 2피안타 1사사구 무실점으로 스톰즈 타선을 막아냈다. 탈삼진은 단 2개에 그쳤지만 땅볼을 무려 8개나 유도하며 땅볼 공장장의 명성을 이어갔다.

경기 초반이 관건이던 장일준도 1회를 퍼펙트로 틀어막은 뒤 5회까지 2피안타 2사사구 무실점으로 마운드를 지켰다. 2회부터 매 이닝 선두 타자를 내보냈지만 결정구인 슬라이더 가 통하면서 위기를 넘겼다.

그렇게 아슬아슬하게 이어지던 0의 행진이 깨진 건 6회 초 였다.

따악!

따악!

선두 타자 문천재의 안타에 이어 4번 타자 호세 페르자의 적 시타가 터지면서 트윈스가 먼저 선취점을 뽑아갔다.

-양상운 감독, 기뻐하네요. 뚝심으로 밀어붙인 우타자 작전 이 통했습니다.

-타자들이 슬라이더를 노리고 들어오니까 승부구를 체인지 업으로 바꾼 것 같은데 공이 높았어요. 라인 드라이브성으로 날아갔으니 망정이지 발사각이 조금만 높았더라도 홈런이 됐 을지 모릅니다.

-스톰즈 팬들, 망연자실한 표정인데요.

-하지만 아직 경기가 끝난 건 아니니까요. 장일준 선수가 추 가 실점 없이 이번 6회를 잘 막아내 준다면 분명 스톰즈에게 도 기회는 올 겁니다.

먼저 점수를 내줬지만 장일준은 흔들리지 않았다. 관중석 어딘가에서 부모님이 지켜본다는 생각으로 이를 악물었다.

그리고 5번 타자 이찬웅과 6번 타자 서상호를 연속 범타로 잡아내고 이닝을 마쳤다.

-서상호, 1루에서 아웃! 잔루 3루! 트윈스의 6회 초 공격이 이렇게 끝이 납니다.

-바깥쪽에 걸쳐 들어오는 포심 패스트볼이었는데요. 장일준 선수가 까다로운 타자들을 잘 잡아냈습니다.

-이제 6회 말 스톰스의 공격이 1번 타자 최주찬부터 시작될 텐데요. 어떻게 보십니까?

-글쎄요. 이제 세 번째 타순이긴 하지만 오늘 류지국의 싱커가 너무 좋아요. 싱커에 대한 해결책 없이는 류지국을 상대로 점수를 뽑아내기가 쉽지 않을 것 같습니다.

-그렇다면 스톰즈 타자들이 류지국 선수의 싱커를 어떻게 공략해야 할까요?

-글쎄요. 중계석에서 보는 것과 실제 타석에서 보는 느낌은 다를 테니까 딱 꼬집어서 말할 수는 없겠지만 지금 류지국 선수의 싱커는 대부분 유리한 볼카운트에서 유인구로 들어오고 있거든요. 그걸 스톰즈 타자들이 유의할 필요가 있을 것 같습니다.

김재연 타격 코치도 선수들을 불러 모아놓고 비슷한 조언을 했다. 하지만 곧바로 타석에 들어가야 하는 최주찬은 피부로 와닿지가 않았다.

"야, 한뚱. 나 좀 살려줘라."

"코치님이 말씀해 주셨잖아요. 코치님 말씀대로 하면 될 거예요."

"류지국 선배 공은 거의 다 무릎 높이로 들어오고 있다고. 그런데 낮은 공을 치지 말라는 게 가능해?"

"물론 쉽지 않죠. 하지만 투 스트라이크 이후에는 거의 대부분 유인구니까 골라낼 수 있을 거예요."

"그냥 투 스트라이크 되기 전에 치는 건 어때?"

"그것도 좋은 방법이겠지만 류지국 선배가 좋은 공을 줄까요?"

"그렇게 남의 일처럼 말하지 말고 좀 살려줘라. 지금 관중석에 처가 식구들 와 있단 말이야."

"처가 식구들 아니고 우리 집 식구들인데요."

"그거나 그거나. 그러니까 좀 알려줘, 응?"

최주찬이 한정훈의 팔을 붙잡고 매달렸다. 이번 타석까지 범타로 물러난다면 경기 끝나고 한정훈의 가족을 볼 면목이 없을 것 같았다.

"눈치 보이게 자꾸 그러지 마요. 형이 이러면 코치님이 얼마나 무안하시겠어요?"

"알았어. 알았으니까 빨리 말해. 시간 없다고."

"으이그, 지난 타석 때 형하고 바깥쪽 승부만 했으니까 이번에는 2구 이내로 몸 쪽 포심이 들어올 가능성이 높아요. 그러니까 그걸 노려봐요."

"싱커 말고 포심을 노리라고?"

"그 싱커는 내가 어떻게든 해볼 테니까 형은 일단 밥상부터 차리라고요."

"쳇, 나쁜 자식. 멋있는 건 꼭 자기가 하려고 그래."

최주찬이 툴툴거리며 타석에 나갔다. 그리고 한정훈이 말한 몸 쪽 포심 패스트볼이 들어오길 기다렸다.

파앙!

류지국의 초구는 언제나처럼 바깥쪽으로 날아들었다.

"스트라이크!"

살짝 낮은 듯 보였지만 포수 주강남이 팔을 쭉 뻗어 받쳐 들면서 스트라이크 콜을 이끌어 냈다.

"젠장. 저걸 또 잡아주네."

최주찬이 보란 듯이 미간을 찌푸렸다. 오늘 구심의 스트라이크존은 낮아도 너무 낮았다. 느낌상 원바운드로 들어오는 공까지도 스트라이크로 잡아줄 것만 같았다.

'낮은 공이 불만이라 이거지? 그렇다면 하나 더 던져 줘야겠는데?'

최주찬을 힐끔 쳐다보던 주강남이 2구째 다시 한번 바깥쪽 사인을 냈다.

하지만 류지국은 고개를 저었다.

'쓸데없이 공 버리지 말자.'

5회까지 류지국의 투구수는 68구. 이닝당 평균 13.6구를 던졌다. 총 18타자를 상대했으니 타자당 3.77개 수준이었다.

이 정도면 나무랄 데가 없었지만 류지국은 욕심을 냈다.

벤치에서 정해준 한계 투구수는 95구. 이제 70구째를 앞둔 상황에서 7회까지 공을 던지려면 지금부터 최대한 버리는 공을 줄여야 했다.

류지국의 속내를 알아챈 주강남도 몸 쪽으로 붙어 앉았다.

구종은 포심 패스트볼.

기왕에 몸 쪽으로 붙일 거면 확실하게 스트라이크를 잡고 가는 게 낫다고 여겼다.

사인을 확인한 류지국이 고개를 끄덕였다. 그러고는 주강남의 미트를 향해 힘껏 공을 내던졌다.

후앗!

류지국의 손끝을 빠져나간 공이 한복판을 지나더니 급격하게 최주찬의 무릎 쪽으로 붙어 들었다.

노리고 있지 않는 한 때려내기조차 쉽지 않은 공이었다. 하지만 최주찬은 기다렸다는 듯이 방망이를 내돌렸다.

따악!

방망이 중심에 제대로 걸린 타구가 3루 베이스를 타고 외야로 뻗어 나갔다. 그사이 최주찬은 1루를 밟고 2루까지 내달렸다.

"타임!"

눈 깜짝할 사이에 위기 상황이 찾아오자 양상운 감독이 더그아웃을 박차고 나와 비디오 판독을 요청했다. 타구가 파울라인을 타고 날아갔던 만큼 판정이 번복될 가능성이 있다고 판단했다.

하지만 5분여간의 비디오 판독 결과는 페어였다.

-원심이 유지됐습니다. 최주찬의 2루타가 인정됐습니다.

-이거 좋지 않네요. 판정이라도 뒤집혔다면 모르겠는데 너무 많은 시간이 지체됐어요.

-트윈스 야수들. 비디오 판독이 진행되는 동안 가볍게 몸을 풀긴 했었는데요.

-야수도 야수지만 마운드 위에 있는 류지국 선수가 걱정입니다. 5분이라는 시간이 류지국 선수에게 어떤 영향을 미칠지가 관건이에요.

-이제 타석에 2번 타자 정수인 선수 들어옵니다.

-다음 타자가 한정훈인 걸 감안하면 최주찬을 안전하게 3루로 보내는 게 좋을 것 같은데요.

이영철 해설위원의 조언대로 스톰즈 벤치에서 희생 번트 사인이 나왔다.

정수인은 초구를 지켜본 뒤 2구째 바깥쪽으로 흘러 나가는 공에 방망이를 가져다 댔다. 그리고 타구는 또다시 3루 베이스 라인을 따라 굴러갔다.

"잡지 마!"

3루수 호세 페르자가 타구를 향해 달려들자 류지국이 다급히 소리쳤다. 정수인의 빠른 발을 감안했을 때 파울이 되길 기다리는 편이 낫다고 여겼다.

하지만 파울라인을 벗어날 것처럼 굴었던 공은 마지막 순간에 방향을 바꿔 페어 라인 안쪽으로 들어왔다. 그사이 정수인이 2루까지 내달리면서 스톰즈는 무사 2, 3루라는 천금 같은 기회를 잡게 됐다.

"젠장할. 도대체 경기장 관리를 어떻게 한 거야?"

양상운 감독이 짜증을 내며 더그아웃을 나섰다. 그러자 구심이 다가와 투수 교체 여부를 물었다.

그러나 양상운 감독은 들은 체도 하지 않고 곧장 마운드로 걸음을 옮겼다.

"괜찮냐?"

"네, 감독님. 저 아직 더 던질 수 있어요."

"줄 점수 주고 가자. 아직 3이닝이나 남았으니까 다 줘도 충분히 역전할 수 있어."

"알겠습니다."

"무리하지 말고 여차하면 채워 버려. 그래야 야수들도 편하니까."

"네, 그렇게 할게요."

"그래, 이번 이닝은 죽이 되든 밥이 되든 너한테 맡길 테니까 걱정 말고 편하게 던져라. 알았지?"

"네, 감사합니다."

양상운 감독이 류지국의 어깨를 두드렸다. 류지국도 피식 웃으며 애써 여유를 부렸다.

물론 상황은 좋지 않았다. 무사 2, 3루. 그것도 짧은 안타에 홈을 파고들 수 있는 발 빠른 주자들만 나가 있었다.

게다가 타석에는 나눔 리그 홈런 선두인 한정훈이 들어서 있었다.

"한뚱! 홈런! 한뚱! 홈런!"

"한뚱! 홈런! 한뚱! 홈런!"

스톰즈 파크는 벌써부터 뜨겁게 달아올랐다. 관중들은 한

목소리로 한정훈의 역전 홈런을 염원했다.

"후우……."

류지국은 마운드 뒤쪽으로 내려가 길게 숨을 골랐다.

"잡아야 해. 무슨 수를 써서라도."

점수를 내주지 않으려면 어렵게 승부해야 했다. 양상운 감독의 말처럼 1루를 채워놓고 4번 타자 미구엘 산토스의 범타를 유도하는 것도 나쁠 것 같지 않았다.

하지만 그렇다고 해서 제대로 싸워보지도 않고 한정훈을 거르고 싶진 않았다.

"일단 아슬아슬하게 몇 개 던져 보자."

마운드로 돌아온 류지국이 홈플레이트를 바라봤다. 그러자 주강남이 기다렸다는 듯이 바깥쪽 싱커 사인을 냈다.

류지국은 단단히 고개를 끄덕였다. 그리고 눈으로 주자들을 견제한 뒤 주강남의 미트를 향해 힘껏 공을 내던졌다.

후앗!

류지국의 손끝을 빠져나온 공이 한복판을 지나 바깥쪽으로 날아들었다.

포심 패스트볼이라면 낮은 코스의 스트라이크.

싱커라면 공 두어 개 정도 낮은 볼.

어느 쪽이든 초구에 노릴 만한 공은 아니었다.

그러나 한정훈은 망설이지 않고 방망이를 내돌렸다. 큰 것보다 외야 플라이를 때린다는 기분으로 마음을 비우고 정확하게 공을 맞혀냈다.

따악!

둔탁한 파열음과 함께 새하얀 공이 좌익수 방면으로 뻗어나갔다.

"짧아!"

최주찬은 냉큼 3루 베이스를 밟고 태그 업 플레이를 준비했다. 3루 베이스 근처까지 왔던 정수인도 타구가 잡힐 것 같자 냉큼 2루로 몸을 돌렸다.

이때까지만 해도 한정훈의 타구는 평범한 좌익수 플라이로 끝이 날 것 같았다. 좌익수 서상호도 충분히 잡을 수 있다는 생각을 가지고 타구를 쫓았다.

하지만 마지막 순간에 바람을 탄 타구는 계속해서 펜스 쪽으로 뻗어 나갔다.

-아, 큽니다! 커요!

-이거…… 잘하면 넘어가겠는데요?

-좌익수 뒤로! 좌익수 뒤로! 좌익수우우우우!

-넘어갔네요.

-호오옴런! 한정훈! 역전 쓰리런 홈런이 여기서 터집니다!

-대단하네요, 한정훈 선수. 플라이를 치겠다는 기분으로 가

볍게 때려낸 타구였는데요. 저게 넘어갔어요.

　-좌익수 서상호 선수가 마지막 순간에 뛰어올라 봤습니다만 소용이 없었습니다.

　-어쨌든 이건 큽니다. 한정훈 선수. 중심 타자로서 결정적인 순간에 제 몫을 다해줬어요.

　-최주찬과 정수인에 이어 한정훈까지 홈을 밟습니다. 스코어 3 대 1. 스톰즈가 단숨에 승기를 잡습니다!

　스톰즈 파크는 그야말로 열광의 도가니였다.

　"한뚱! 한뚱! 한뚱! 한뚱!"

　"한뚱! 한뚱! 한뚱! 한뚱!"

　스톰즈 팬들은 한목소리로 한정훈을 연호했다. 응원단장이 낯선 응원가를 선창했지만 따라 부르는 팬은 소수에 불과했다. 대다수의 팬은 한정훈의 별명, 한뚱을 부르짖으며 짜릿한 역전의 순간을 즐겼다.

　VIP석에서 경기를 지켜보던 최정한 회장의 얼굴도 덩달아 환해졌다.

　"역시 한정훈 선수야. 김 단장, 잘했어. 정말 잘 데려왔어."

　"과찬이십니다. 그리고 한정훈 선수를 데려오자고 한 건 사장님이십니다. 전 그냥 계약만 했습니다."

　"하하. 이 친구, 사회생활을 아주 제대로 하는구먼그래. 조 사장도 수고 많았어. 주변에서 자리 잡으려면 10년은 기다려야 한다고 겁을 줘서 걱정이 많았는데 이대로만 가면 어깨 펴고 다닐 만하겠어."

여러 임원이 지켜보는 가운데 최정한 회장은 조상민 사장과 김명석 단장을 칭찬했다. 트윈스라는 프로야구 원년팀을 상대로 신생팀인 스톰즈가 이토록 흥미진진한 경기를 펼치고 있다는 사실이 그저 뿌듯하기만 했다.

동석한 임원들도 냉큼 장단을 맞추듯 칭찬 릴레이를 이어갔다. 그러자 최정한 회장의 둘째 아들인 최승민 본부장이 못마땅한 얼굴로 딴죽을 걸었다.

"회장님, 아직 경기 안 끝났습니다. 그런 말씀은 나중에 하시죠."

"본부장님 말씀이 맞습니다, 회장님."

"모기업에서 그만큼 투자했으면 성과를 내는 게 당연하지요."

최승민 본부장과 가까운 임원들도 나서서 조성민 사장과 김명석 단장을 견제했다. 그러나 이미 한정훈의 홈런에 홀딱 넘어가 버린 최정한 회장의 귀에 그런 삐딱한 말들이 들어올 리 없었다.

"시답잖은 소리들 말고 김 단장은 경기 끝나면 선수들에게 크게 한턱 쏴. 결제는 내가 할 테니까. 알았지?"

"네. 알겠습니다, 회장님."

최정한 회장은 내친김에 즉석에서 카드를 꺼내어 김명석 단장에게 내밀었다.

"회장님! 체면 좀 지키시라니까요!"

최승민 본부장이 다시금 최정한 회장을 말렸지만 소용없었다.

"젠장할. 이렇게 된 거 확 져 버려라."

졸지에 구석으로 내몰린 최승민 본부장이 어린아이처럼 어깃장을 부렸다. 이렇게 된 거 올 시즌을 시원하게 말아먹고 연말에 사장과 단장을 교체하는 게 나을 것 같았다.

하지만 스톰즈는 8회 말 최주찬의 안타와 한정훈의 볼넷, 그리고 미구엘 산토스의 몸에 맞는 공으로 만들어낸 1사 주자 만루 상황에서 강승혁이 팀 창단 첫 만루 홈런을 쏘아 올리며 최승민 본부장을 더욱 짜증 나게 만들었다.

9회 초. 트윈스가 연속 3안타로 3점을 따라붙었지만 이틀 연속 마운드에 오른 오승일이 1사 만루를 틀어막으면서 경기는 그대로 끝나 버렸다.

최종 스코어 7 대 4.

스톰즈가 트윈스를 꺾고 창단 첫 홈 승리를 기록했다.

3

경기가 끝나고 선수들은 김명석 단장이 통째로 빌린 고깃집에 모여 홈경기 첫 승리를 자축했다. 선수들을 응원하기 위해 경기장을 찾아온 가족들도 겸사겸사 자리를 함께했다.

한정훈의 가족은 최주찬의 가족과 한 테이블을 차지했다. 최주찬과 한세연이 3년째 연애를 해오면서 두 집안은 서로 거리낌 없이 지내고 있었다.

"정훈이 어머님, 그냥 이번 기회에 날 잡으시죠!"

"주찬이 아버님도 참. 아직 우리 세연이 가르칠 게 얼마나 많은데요."

"세연이 보내주시면 절대 시집살이 안 시킵니다. 주찬이가 당분간은 성남에 있어야 하니까요. 함께 지내면 좋지 않겠습니까."

"일단 세연이 졸업부터 시키고 이야기해요. 어서 드세요. 고기 타겠어요."

최주찬의 아버지 최철승은 틈만 나면 최주찬과 한세연을 결혼시키자고 굴었다. 일찍이 아내를 보내고 자식이라고는 아들 들뿐이니 애교 많고 싹싹한 한세연을 한시라도 빨리 며느리로 삼고 싶었다.

하지만 신지연은 한세연을 일찍 출가시킬 생각이 없었다. 게다가 한세연은 둘째였다. 장녀인 한세아보다 먼저 시집보내는 것도 내키지 않았다.

"우리 최 서방도 얼른 먹어. 왜 그렇게 먹는 게 시원찮아."

신지연이 잘 익은 고기를 두어 점 집어 최주찬의 접시에 내려놓았다. 그러자 최주찬이 싱글벙글 웃으며 좋아했다.

"역시 사위 사랑은 장모죠."

이른 결혼은 반대하면서도 신지연은 최주찬을 최 서방이라 불렀다. 3년이나 연애를 했고 양 집안이 서로 왕래하고 있으니 예비 사위 대접을 해주는 것이다.

그러나 한세연은 아직 최주찬이 미덥지가 않았다.

"최주찬 씨, 아직 결혼 전이거든요?"

"또 그런다. 좀 봐줘라. 그래도 나 오늘 안타 두 개나 쳤다니까?"

"그런데 왜 인터뷰를 못 하는 거야?"

"하아, 나도 하고 싶다 인터뷰. 그러니까 제발 네 옆에 있는 놈 좀 말려주라. 진짜 어지간히 해야지 힘들어서 야구 못 하겠다."

최주찬의 불만 가득한 시선이 한정훈에게 향했다. 팀에서 유일하게 2개의 안타를 때려냈는데 정작 인터뷰는 한정훈과 강승혁의 몫이니 서럽기만 했다.

그러나 한정훈은 최주찬의 투정을 받아줄 마음이 눈곱만큼도 없었다.

"그러니까 웨이트 좀 해요. 몸 좀 불리고."

"너까지 잔소리냐?"

"난 형이 기주찬 선배같이 될 수 있다고 봐요. 지금도 늦지 않았다니까요?"

"그렇지! 우리 정훈이 말 한번 잘했다. 기주찬이 얼마나 기똥차게 야구를 잘허냐. 게다가 몸 관리도 철저해서 아직까지 현역으로 뛰잖냐. 그런데도 주찬이 이놈은 기주찬 이야기만 하믄 정색을 한다."

최철승이 냉큼 장단을 맞췄다. 타이거즈의 골수팬인 최철승에게 기주찬은 이정범 이후 최고의 야구 선수였다.

하지만 최주찬은 기라성 같은 선배와 이름이 같다는 게 부담스럽기만 했다.

"그러니까 누가 이름을 주찬으로 바꾸래요."

"이놈의 자식이! 다 저 잘되라고 한 거잖아! 그리고 이름 바꾸고 잘됐잖아."

"그게 왜 이름 덕이에요. 내가 고생한 건데. 암튼 한뚱 너는 왜 기주찬 선배 이야기를 꺼내고 난리야?"

최주찬이 다시 한정훈을 걸고넘어졌다. 한세연에게 구박받는 것도 서러운데 아버지한테까지 한소리 들었으니 정말로 한정훈이 얄미워졌다.

그러나 한정훈도 괜히 기주찬 이야기를 꺼낸 게 아니었다.

"형은 3번이 딱이에요."

"난 1번 체질이야. 클린업은 싫다니까 그러네."

"암튼 올겨울에 나하고 웨이트 좀 해요."

"싫어, 인마. 난 지금이 좋아. 세연이도 좋다는데 네가 왜 난리야?"

"형은 워낙에 배트 스피드가 좋아서 조금만 해도 20개 이상은 충분하다니까요?"

"그러다 이도 저도 아니게 되면 네가 책임질래?"

평소 최주찬은 한정훈의 조언을 철저하게 따랐다. 한정훈의 말을 들어 손해 볼 게 없다는 믿음이 있었기 때문이다.

하지만 단 하나, 타격 스타일에 있어서만큼은 고집을 부렸다.

서린 고등학교 시절부터 최주찬은 정교한 타격을 선호했다. 힘으로는 동기인 강승혁이나 후배 한정훈을 이길 자신이 없으니 철저하게 맞히는 걸로 승부를 봤다. 그 결과 프로에 와서도 스톰즈의 1번 타자 자리를 꿰차고 있었다.

최주찬은 지금까지 해왔던 대로만 하면 프로에서 최소한의 성공을 보장받을 수 있다고 여겼다. 뱁새가 황새 쫓아가다 가랑이가 찢어지는 것처럼 홈런에 욕심내다 타격 밸런스가 무너지게 될까 봐 겁냈다.

그러나 한정훈은 최주찬이 기주찬 못지않은 중장거리형 타자가 될 재능을 가지고 있다고 확신했다.

실제 김운태 감독도 최주찬의 3번 기용을 진지하게 고민해

왔다. 최주찬-한정훈-강승혁으로 이어지는 클린업 타선이라
면 대학 리그 팀들과도 충분히 경쟁해 볼 만하다고 여겼다.

만약 강승혁이 외야 포지션 겸업을 받아들이지 않았다면
김운태 감독은 과감하게 한정훈을 4번으로 돌리는 강수를 두
었을 것이다.

하지만 강승혁이 포지션을 양보하고 한정훈도 3번 타순에
서 자리를 잡으면서 최주찬 3번 기용 전략은 구상으로만 끝나
버렸다.

강승혁과 최주찬이 졸업을 한 이후에도 김운태 감독은 종
종 최주찬이 살려면 타격 스타일을 바꿔야 한다고 말했다.

한정훈도 그 말에 전적으로 공감했다. 충분한 재능을 갖추
고 있는데도 불구하고 살아남기 위해 맞히는 데 급급해 봐야
프로에서 오래 버티기 어려웠다.

"내가 책임질게요. 어떻게든 성공할 수 있도록 누나하고 같
이 잔소리할 테니까 걱정 마요."

"으으, 끔찍한 소리 하지 마라. 생각만 해도 치가 떨리니까."

"형도 홈런 욕심 있잖아요. 안 그래요?"

"타자치고 홈런 치고 싶지 않은 사람이 어딨냐? 오늘만 봐도
그래. 너하고 승혁이 홈런 하나씩 치는 동안 난 두 번이나 안
타 치고 나갔는데 나만 쏙 빼놓고 인터뷰했잖아."

"나도 볼넷으로 한 번 더 나갔거든요?"

"어쨌든, 생각 없어. 그리고 내가 3번 치면 넌 몇 번 칠 건데?"

"5번 치죠, 뭐."

"뭐? 그럼 승혁이는?"

"승혁이 형은 4번으로 올라가야죠. 아님 내가 4번 쳐도 좋고."

"와, 무서운 놈. 미구엘 산토스가 저기 두 눈 시퍼렇게 뜨고 고기를 흡입하고 있는데 그런 말이 나오냐?"

최주찬의 시선이 잠시 건너편 테이블로 향했다. 외국인 선수들과 자리를 잡은 미구엘 산토스는 경쟁하듯 젓가락을 놀리고 있었다.

한정훈도 최주찬을 따라 고개를 돌렸다. 그러자 미구엘 산토스가 어떻게 알고는 한정훈 쪽을 향해 손을 흔들어 보였다.

"으이그, 저 천진난만한 놈. 아무것도 모르고."

최주찬이 쯧쯧 혀를 찼다. 하지만 한정훈은 미구엘 산토스가 퇴출되어야 한다고 말하려는 게 아니었다.

"우리끼리 하는 말이지만 미구엘은 4번감은 아니에요. 힘은 좋은데 정확도가 너무 떨어져요. 그래도 찬스 때는 강한 편이니까 6번 정도에서 클린업을 받쳐 주는 편이 훨씬 나을 거라고요."

"저 녀석이 6번을?"

"요즘은 6번까지도 중심 타선으로 쳐주잖아요."

"그렇다 치고. 그럼 성민 선배하고 철승 선배는?"

"지금 같은 플래툰 시스템에서 지명 타순이 굳이 6번일 필요는 없지 않겠어요?"

"그럼 7번으로 밀린단 말인데 승일이 형은 어디로 가는 거냐?"

"형이 3번으로 내려오면 누가 1번을 치겠어요?"

"그거야 지금으로선 수인이밖에 없잖아."

"수인이 형이야말로 타고난 1번 타자죠. 그리고 승일 선배라면 수인이 형의 뒤를 잘 받쳐 줄 거라고 봐요."

"넌 언제 또 그런 생각을 다 했나?"

최주찬이 자신도 모르게 감탄을 터뜨렸다. 처음에는 그저 해본 말인 줄 알았는데 계속 듣다 보니 자신도 모르게 한정훈의 이야기 속에 빠져들어 버렸다.

그러나 한정훈도 농담처럼 꺼낸 말은 아니었다. 지도자 시절 버릇처럼 어떻게 하면 팀을 강하게 만들 수 있고 어떻게 하면 선수를 성장시킬 수 있는지에 대해 연구하고 고민한 끝에 나온 나름의 결론이었다.

"형 생각은 어때요?"

"듣고 보니 일리는 있어. 수인이 입단하기 전까진 승일 선배가 2번 쳤으니까. 네가 4번 치고 승혁이 5번 치는 것도 나쁘진 않을 것 같아. 솔직히 미구엘 산토스가 4번 치는 건 순전 오른손 타자라서잖아."

"꼭 그런 이유만은 아니겠죠. 힘 하나는 확실하니까."

"그래도 4번은 아냐. 나도 그 생각은 했었으니까. 팀의 4번이라면 너 정도는 되어야지."

최주찬이 슬쩍 한정훈을 띄워주었다. 예비 처남 매형 사이라서가 아니라 전문가들도 한정훈을 미래의 4번 타자로 점찍고 있었다.

하지만 한정훈은 4번 타순이 굳이 욕심나진 않았다.

"난 승혁이 형이 4번 쳐도 상관없어요."

"너 그거 승혁이 배려하는 거 아니잖아. 승혁이 내보내고 홈런 쳐서 타점 올리려는 거잖아. 안 그래?"

"꼭 그런 이유는 아니거든요?"

"아니긴 뭐가 아니야. 내가 너 알고 지낸 게 몇 년째인데 어디서 이빨을 까려 들어?"

"어쨌든 나는 형이 3번으로 들어가는 게 가장 이상적이라고 봐요."

"젠장. 돌고 돌아서 다시 그 소리냐?"

"형은 재능 있어요. 김운태 감독님도 그러셨고요."

"김 감독님이?"

"나 없었음 형 3번으로 키웠을 거라고 하셨어요."

"그래? 그런데 왜 그땐 아무 말씀도 없으셨지?"

"그야……."

한정훈이 대답 대신 최철승을 바라봤다.

"아, 그렇지 참."

최주찬이 이해했다며 고개를 주억거렸다.

최철승은 서린 고등학교 학부형들 중에서도 극성스러운 축에 들었다. 게다가 후원회에서 제법 영향력이 컸다. 다른 건 몰라도 최주찬이 손해 보는 건 용납할 성격이 아니었다.

"아버님도 아버님이지만 형이 1번에서 잘했잖아요. 국대 가서도 1번을 쳤을 정도니까요."

"그럼 난 1번 체질이란 이야기네."

"물론 형은 지금의 스타일을 고수해도 잘할 거라고 봐요. 그런데 그걸로 정말 만족해요?"

"응, 만족해."

"형이 정말 만족한다면 나도 더는 권하지 않을게요. 하지만 아니잖아요."

"네가 어떻게 알아?"

"알죠. 형 수훈 선수 인터뷰 하고 싶잖아요. 그것도 나하고 승혁이 형 병풍으로 세워놓고."

"헉, 너 그거 어떻게 알았냐?"

"형 지난번에 차에서 잠꼬대하는 거 들었거든요."

"그, 그거 승혁이도 들었냐."

"주변에 있는 사람들 다 들었을걸요?"

"젠장. 다들 비웃었겠네."

"남들은 그랬을지 몰라요. 하지만 나하고 승혁이 형은 아니에요. 그러니까 안주하지 마요. 형은 지금보다 더 잘할 수 있어요."

"……."

최주찬은 순간 말문이 막혔다. 안주하려 든다는 한정훈의 말이 비수가 되어 가슴에 틀어박힌 것이다.

"정훈아, 여기까지만. 우리 자기 체하겠다."

잠자코 듣고 있던 한세연이 나서서 분위기를 정리했다. 한정훈도 쓰게 웃고는 다시 젓가락을 집어 들었다.

"일단…… 이번 시즌 끝나고 다시 한번 이야기하자."

최주찬이 한참 만에 입을 열었다. 다른 사람도 아니고 한정훈이 이렇게까지 말하는데 한 번쯤은 도전해 봐야 할 것만 같았다.

"그래요. 천천히 생각해요. 아직 시간 많으니까."

한정훈은 적어도 이번 시즌이 끝나기 전까지 타순 변경은 일어나지 않을 거라 여겼다. 다른 걸 떠나 백종훈 감독의 스타일상 용병을 6번에 내리는 파격을 선택할 것 같지 않았다.

실제로 트윈스와의 홈 3연전에서 위닝 시리즈를 거두고 원정 6연전에서 반타작을 할 때까지만 해도 백종훈 감독은 기존의 엔트리를 고집했다.

하지만 히어로즈와의 홈 3연전에서 루징 시리즈를 기록한데 이어 타이거즈와의 원정 3연전을 스윕 당하자 라인업에 변화를 주었다.

2할대 초반의 빈타에 시달리는 미구엘 산토스를 5번으로, 한정훈과 함께 불방망이를 뿜어대고 있는 강승혁을 4번으로.

백종훈 감독의 강승혁 4번 기용은 성공을 거두는 듯했다. 집중 견제를 받는 한정훈이 욕심부리지 않고 출루에 집중하고 강승혁이 어떻게든 불러들이면서 뚝 떨어졌던 득점 생산력이 살아난 것이다.

완벽해진 HK포를 앞세워 스톰즈는 스타즈를 스윕하고 위즈에게 위닝 시리즈를 거두며 홈 6연전을 5승 1패로 끝마쳤다. 그리고 4월 성적 13승 11패를 거두며 승률 5할을 다시금 넘어섰다.

하지만 스톰즈의 상승세는 그리 오래가지 않았다. 타선이 좋은 히어로즈-다이노스와의 6연전을 치르면서 강승혁의 타격 페이스가 뚝 떨어져 버린 것이다.

「5월 1일 히어로즈 4차전 4타석 4타수 1안타 1타점
5월 2일 히어로즈 5차전 4타석 3타수 0안타 0타점 1볼넷
5월 3일 히어로즈 6차전 4타석 3타수 1안타 1타점

5월 4일 다이노스 4차전 5타석 4타수 1안타 1홈런 1타점

5월 5일 다이노스 5차전 4타석 4타수 1안타

5월 6일 다이노스 6차전 5타석 4타수 0안타 1볼넷」

"흠……."

기록지를 살피던 김명석 단장이 무겁게 한숨을 내쉬었다.

강승혁의 4월은 준수했다.

홈런 6개와 17타점. 0.312 / 0.353 / 0.559 / 0.912의 타격 지표는 다른 팀의 중심 타자들과 비교해도 손색이 없었다.

하지만 5월 초 강승혁은 전혀 다른 타자가 되어 있었다.

"지금 강 선수 타율이 얼마야?"

"아직 2할 8푼 7리입니다."

"생각보다 크게 떨어지진 않았네."

"계속 하락세라는 게 문제죠."

"하락세라고 말하긴 좀 이르지 않을까? 히어로즈와 다이노스, 둘 다 만만치가 않잖아."

"그래도 이렇게까지 부진하면 4번으로 올린 의미가 없습니다. 덕분에 한정훈 선수에 대한 견제만 심해졌다고요."

안성민 운영팀장이 한숨을 내쉬었다. 강승혁의 재능을 모르는 바는 아니지만 이런 식으로 가다간 5월이 끝나기 전에 최하위로 주저앉을 것만 같았다.

"아직 이글스하고 두 경기 차이지?"

"아뇨, 어제 져서 한 경기 차이입니다. 다다음 주에 강팀들을 연달아 만나는데 그 전에 경기력을 끌어올리지 못한다면 순위 싸움 자체가 어려워집니다."

30경기를 치른 현재 나눔 리그 1위는 타이거즈였다. 그리고 리빌딩을 선언한 이글스가 최하위에 처져 있었다.

4월까지 스톰즈는 이글스를 5경기 차이로 따돌리고 히어로즈와 함께 공동 3위를 달리고 있었다. 그래서 전문가들은 5월에도 이글스가 나눔 리그 최하위에 머물 가능성이 높다고 내다봤다.

하지만 스톰즈가 충격의 6연패를 당한 사이 이글스가 연속 위닝 시리즈를 거두면서 두 팀의 격차는 어느새 1경기까지 좁혀져 있었다.

"백 감독은 뭐래?"

"뭐라긴요. 당장에라도 외국인 타자 한 명 더 데려와야 한다고 난리죠."

"미구엘은? 그냥 가겠다고 해?"

"일단은 킵 해놓겠다는 거죠. 새 용병 타자가 잘해준다는 보장도 없으니까요."

개정된 KBO 규약상 신생팀 스톰즈와 스타즈는 최대 5명의 용병을 보유할 수 있었다.

물론 1군 등록이 가능한 건 4명까지였다. 그 4명이라는 숫자만 놓고 보자면 기존의 신생팀 혜택과 별반 다를 게 없는 것처럼 느껴질지 몰랐다.

　하지만 해마다 수많은 용병이 중도 퇴출당한다는 점을 감안하면 이야기는 달랐다. 그 여분의 용병 보유 자원 덕분에 스톰즈는 기존 용병을 퇴출하고 새 용병을 데려와야만 하는 위험 부담에서 벗어날 수 있었다.

　"투수 쪽은 뭐래? 제레미 모이어를 바꾸자고 하지 않았어?"

　"케빈 루이스도 두 차례 선발 등판에서 별다른 재미를 못 봤잖아요. 게다가 지금은 총체적인 난국이고요."

　"백 감독 말처럼 타자 두 명으로 갔어야 했나?"

　"아뇨, 전 단장님 결정이 옳았다고 봐요. 용병 타자 한 명 늘어난다고 해서 지금의 상황이 크게 나아질 것 같지도 않으니까요."

　"그래서 대안은 뭐야? 계속 이대로 가자고?"

　김명석 단장이 분위기를 환기시켰다. 용병 교체가 어렵다면 차선책을 강구해야만 했다.

　"일단 1안은 미구엘 산토스의 4번 복귀입니다."

　"진심으로 하는 말은 아니지?"

　"임시방편이긴 하지만 강승혁 선수를 5번으로 내려 부담감을 덜어주면 좀 나아질지도 모르니까요."

"차라리 강 선수가 부담감을 이겨내길 기다리는 게 빠를 것 같은데?"

"참고로 그게 2안입니다."

"후우…… 설마 양자택일하라는 건 아니지?"

"그래서 3안을 짜오긴 했습니다만 백 감독이 허락할지 모르 겠습니다."

안성민 팀장이 뜸을 들였다. 스톰즈가 단장 중심의 야구를 하고 있긴 하지만 현장의 의견을 무시할 수는 없는 노릇이었다.

하지만 김명석 단장은 단호했다.

"일단 말해봐. 괜찮다 싶으면 내가 총대 멜 테니까."

지금은 찬밥 더운밥 가릴 때가 아니었다.

"간단합니다. 우리 팀에서 제일 강한 선수를 4번에 놓는 거 죠."

"제일 강한 선수? 설마 한 선수 말하는 거야?"

"지금으로서는 한정훈 선수밖에 없습니다."

"흠…….."

"좀 이르긴 하지만 3번에 있으나 4번에 있으나 견제받을 거 라면 차라리 4번이 나을지도 모릅니다."

"그럼 3번은? 강 선수를 올리자는 거야?"

"아뇨, 강승혁 선수가 3번으로 가면 지금보다 더 힘들어질지 모릅니다."

"하기야 한 선수가 뒤에 버티고 있으니 어떻게든 강 선수를 잡으려 들겠지."

"데이터상으로도 강승혁 선수는 한정훈 선수 뒤에 있는 게 베스트입니다. 게다가 HK포잖습니까. KH포는 어감이 별로입니다."

안성민 팀장이 슬쩍 농담을 던졌다. 하지만 김명석 단장은 조금도 웃어주지 않았다. 한정훈이 빠진 3번 자리를 채워줄 만한 선수가 마땅찮았기 때문이다.

"강 선수가 아니라면 미구엘 산토스를 3번에 쓰자는 거야?"

"어이고, 큰일 날 소리 마십시오. 그랬다간 득점이 반토막이 날 겁니다."

"그럼 3번이 누구야?"

"그 문제에 대해서는 운영팀도 의견이 엇갈리긴 했는데 저는 개인적으로 최주찬 선수 추천합니다."

"최 선수? 그럼 1번은?"

"정수인 선수 키워야죠."

"하, 그야말로 돌려 막기로구만."

김명석 단장이 헛웃음을 흘렸다. 이런 식으로 선수들을 돌려쓰다간 끝도 없을 것 같았다.

그러나 안성민 팀장은 한정훈을 4번에 배치하는 게 최선이라는 점을 다시 한번 강조했다.

"일단 테스트라도 해보시죠? 한정훈 선수가 4번 타순에서 버텨준다면 밀고 나가는 거고 아니다 싶으면 새 용병 타자를 물색하면 그만이니까요."

"아니, 그런 식이면 백 감독이 절대 허락 안 할 거야."

"그럼요?"

"반대로 가. 새 용병 타자 구해줄 테니까 보름만 한정훈 선수로 버텨보라고 해."

"역시 단장님이십니다."

안성민 팀장은 김명석 단장이 내놓은 묘안을 들고 백종훈 감독을 찾아갔다.

"뭐? 누굴 4번으로 쓰라고?"

처음에는 발끈하던 백종훈 감독도 한 달 안에 새 용병 타자를 구해주겠다는 사탕발림에 홀딱 넘어가 버렸다.

"감독님, 정말 한정훈이를 4번으로 쓰실 생각이십니까?"

"그럼? 다른 대안이라도 있어?"

"차라리 철승이에게 기회를 주는 게 어떻겠습니까?"

"타율이 2할대 초반인 놈을 어디에 가져다 붙이는 거야?"

"그래도 한정훈에게 4번을 맡기는 건 좀⋯⋯."

"왜? 불안해? 잘할까 봐?"

"그럴 리가요. 강승혁이도 감당 못 하는데 한정훈이 감당할 리가 있겠습니까?"

"그럼 신경 꺼. 구단에서도 그럴듯한 핑곗거리가 필요한 모양이니까 장단 맞춰주자고."

때마침 KBO에서 4월의 MVP와 최우수 신인을 발표했다.

드림 리그의 수상자는 베어스가 싹쓸이했다. 4경기 선발 등판해 3승을 거둔 최정환이 MVP를 차지했고 불펜에서 좋은 피칭을 선보인 조재식이 최우수 신인에 뽑혔다.

그리고 나눔 리그는 한정훈이 두 개의 상을 모두 휩쓸었다.

[슈퍼 루키 한정훈! 4월 나눔 리그 MVP 및 최우수 신인 선정!]
[스톰즈의 역사 한정훈! 이번에는 구단 최초로 월간 MVP 수상!]
[이변은 없었다. 한정훈 나눔 리그 4월 최고의 선수로 선정!]

언론사들은 앞다투어 한정훈의 수상 소식을 전했다.

└한정훈 열일하네.
└ㅇㅂㅇ 진짜 한정훈 없었으면 어쩔 뻔했냐.
└이 정도면 소년가장 아님?
└적어도 류현신급 WAR 찍고 말해라.
└최우수 신인상이라면 몰라도 월간 MVP? 한정훈 빽 있냐?
└이딴 개솔은 집에 가서 일기장에 적어라.
└뭐래, 병신아.

└병신은 니가 더 병신이지. 어그로 끌고 싶으면 조용히 찌그러지고 진짜로 한정훈이 MVP 받는 게 불만이면 가서 성적부터 확인하고 와라.

└한정훈 4월 성적 모르시는 분들을 위해. 4월 23경기에서 0.353/0.396/0.753/1.149 홈런 9개 22타점 기록 중.

└참고로 나눔 리그 4월 타율 10위, 출루율 12위, 장타율 1위, 홈런 1위, 타점 1위입니다.

└솔직히 이 정도면 월간 MVP 받을 만하지. 홈런 단독 1위잖아.

└한정훈 실력은 인정. 그런데 한정훈한테 월간 MVP 줄 거면 최우수 신인은 다른 사람 뽑아야 하는 거 아닌가?

└기사 안 보나? 중간에 나오잖아.

└최우수 신인상 말고 우수 신인상을 줄까도 했는데 그러면 너무 번잡해져서 그냥 한정훈한테 준다고 함.

└결국은 귀찮다 이거지.

└협회가 하는 일이 그렇죠.

└한정훈이 상 받는 건 좋은데 진짜 스톰즈 타선을 어쩌면 좋냐.

└진짜 암구엘 5번 내렸을 때 소리 질렀는데 강승혁도 답이 없다.

└강승혁 정도면 잘하고 있는 거지. 스톰즈 놈들 배가 불렀네.

└타선 핑계 대지 마라. DTD는 과학이다.

└DTD가 뭐예요?

└다운 팀 이즈 다운. 내려올 팀은 내려온다고.

└확실히 한정훈은 기대보다 훨씬 잘해주고 있는 느낌인데 계속 지는 이유가 뭘까.

└야구 혼자 하나? 한정훈만 잘하면 뭐해. 나머지가 병풍인데.

└내가 보기에는 타선 문제임. 계속 4번에서 맥이 끊겨.

└나도 같은 생각임. 진짜 4번 없이 경기를 치르든가 해야지 원.

스톰즈 팬들은 모였다 하면 한탄을 늘어놓았다. 불과 일주일 전까지만 해도 충분히 가능해 보였던 포스트 시즌 진출에 먹구름이 꼈으니 답답함을 참을 길이 없었다.

반면 타 구단 팬들은 욕심이 과한 결과라고 응수했다.

└스톰즈 주제에 포스트 시즌이 가당키나 해?

└내 말이. 30억짜리 선수 하나 데려다 놓으면 우승하는 줄 착각하는 모양임.

└원래 신생팀은 밑바닥 깔아주는 게 예의다.

└ㅋㅋ 우리가 또 한 예의 하는 민족이지.

└선수는 없고 감독은 백꼰대. 이쯤 하면 말 다 한 거 아닌가?

└특단의 조치를 내놓지 않는 이상 지금 분위기 그대로 시즌 막판까지 간다고 본다.

└또 모르지. 미구엘 산토스 바꿀지도.

전문가들도 타선 보강이 시급하다고 입을 모았다.

"미구엘 산토스는 확실히 힘이 좋은 타자입니다. 5개 홈런의 평균 비거리가 125미터나 되니까요. 힘 하나만큼은 타고났다고 봐야 합니다. 하지만 정확도가 심각하게 떨어집니다. 시즌 초반이고 한국 무대에 적응하는 과정이라 하더라도 지금 상태로는 어려울 것 같습니다."

"미구엘 산토스를 대신해 한정훈의 뒤를 받쳐 줄 견고한 타자를 데려와야 합니다. 장타력은 좀 부족하더라도 정확도가 높은 타자가 필요해요. 투수들이 한정훈과 승부를 볼 수밖에 없도록 만들지 못한다면 반등은 어렵습니다."

"당장 쓸 만한 외국인 선수를 구하기 어렵다면 트레이드도 고려해 봐야 합니다. 신인들을 내주는 한이 있더라도 일단 즉시 전력감이 필요해 보입니다."

일부 언론은 전문가들의 의견을 좇아 스톰스발 대규모 트레이드가 이루어질지 모른다고 설레발을 떨어댔다.

하지만 스톰즈의 선택은 용병 타자 교체도, 트레이드도 아니었다.

[한정훈 4번 배치! 프로야구 최연소 4번 타자 등극!]

[백종훈 감독의 승부수! 4번 타자 한정훈!]

[한정훈, 김태윤 제쳤다. 프로야구 역대 최연소 4번 타자!]

2020년 5월 8일.

라이온즈와의 시즌 1차전에서 한정훈은 당당하게 4번 타순에 이름을 올렸다. 그리고 4번 타자 한정훈으로서의 새 막을 열어젖혔다.

19장
4번 스타일

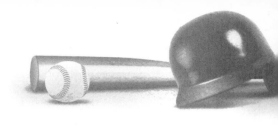

1

　-이어서 스톰즈의 스타팅 라인업 알려드립니다. 1번 타자 정
수인, 2번 최승일, 3번에 유격수 최주찬, 그리고 4번 타자 한정
훈 순서입니다. 라인업의 변동이 큰데 이영철 해설위원께서는
어떻게 보시는지요?

　-타순의 변화가 있긴 하지만 새로운 선수들이 라인업에 들
어온 건 아닙니다. 순서만 조금씩 바뀐 거죠.

　-아무래도 최근 스톰즈의 타격 슬럼프를 감안한 변화라는
생각이 드는데요.

　-글쎄요. 개인적으로는 강승혁 선수에게 조금 더 기회를 줬
으면 어땠을까 하는 아쉬움이 드네요.

-경기 전 인터뷰에서 강승혁 선수는 홀가분하다는 반응이었습니다.

-아쉬움은 크겠죠. 미구엘 산토스와 한정훈이 오기 전까지 스톰즈의 4번 타자는 강승혁 선수였으니까요.

-몇몇 언론에서는 성적에 집착해 무리수를 뒀다는 평가도 나오고 있는데요.

-일단 지금까지 한정훈 선수가 3번 타순에서 잘해주고 있었으니까요. 4월 나눔 리그 MVP와 최우수 신인상도 수상하지 않았습니까?

-이영철 해설위원께서 말씀해 주신 4월 나눔 리그 우수 선수에 대한 시상식이 바로 조금 전에 진행이 됐는데 한정훈 선수는 부상으로 총 800만 원의 상금을 받았다고 합니다.

-어쨌든 3번에 자리를 잡은 한정훈 선수를 굳이 4번으로 올릴 필요가 있었는지에 대해서는 의문입니다.

-선수마다 잘 치는 타순이 따로 있다고들 하던데요.

-잘 모르시는 분들은 중심 타선이면 다 똑같다고 생각하실지 모르겠지만 3번과 4번, 그리고 5번은 전혀 다릅니다.

-현대 야구에서는 강한 3번이 트렌드 아닌가요?

-가장 강한 선수가 1회 공격에 나와야 한다는 이유로 3번을 높이 평가하고 있긴 하지만 타순의 중심은 4번 타자입니다. 제대로 된 4번 타자가 있는 것과 없는 것은 느낌부터가 다르니까

요. 그런 점에서 한정훈 선수는 아직 경험이 부족하다는 생각이 듭니다.

-이글스의 김태윤 선수도 데뷔 첫해에 4번 타자 자리를 꿰차긴 했었는데요. 스톰즈 구단도 한정훈 선수를 미래의 4번 타자감으로 데려왔다고 밝혔고요.

-물론 한정훈 선수의 재능만큼은 부정할 생각이 없습니다. 다만 4번이라는 무거운 짐을 이제 막 프로 무대에 적응 중인 신인에게 떠넘기는 건 조금 무책임해 보입니다.

-말씀은 그렇게 하셨지만 정작 한정훈 선수를 오늘 경기 키 플레이어로 꼽으셨는데요.

-개인적으로는 한정훈 선수가 4번 타자에 고정되기를 바랍니다. 이런 식으로 계속 타순만 바꾸다간 스톰즈의 야구는 해 보지도 못하고 시즌이 끝나 버릴 것 같으니까요.

이영철 해설위원의 아쉬움이 마이크를 타고 흘렀다. 때마침 중계 화면에는 '슈퍼 루키 한정훈, 신계에서 인간계로'라는 제목으로 한정훈의 4월과 5월 성적이 비교되어 나왔다.

-중계팀이 재미난 제목을 달았는데요. 일단 한정훈 선수의 시즌 성적 살펴보겠습니다. 4월 한 달까지 9개의 홈런과 22타점, OPS 1.149로 신인답지 않은 활약을 선보였습니다만 지난

6경기에서는 타격 페이스가 다소 주춤했습니다. 타율은 0.333으로 2푼 정도 하락했고 4월에 0.753이었던 장타율이 0.571까지 낮아졌습니다. 물론 0.571도 결코 낮은 수치는 아닙니다만 괴물 소리를 듣던 4월과는 사뭇 다른 느낌인데요.

-홈런 숫자만 놓고 봐도 알 수 있는데요. 4월 23경기에 나와서 9개의 홈런을 때렸는데 5월 6경기에서는 하나에 그쳤습니다.

-타율과 장타율이 하락한 반면 출루율은 7푼 가까이 늘어났습니다.

-아무래도 투수들의 견제가 심해진 결과겠죠. 스톰즈의 4번 타순이 시원치 않으니 투수들도 굳이 한정훈 선수와 승부를 볼 이유가 없었을 겁니다.

-이걸 보면 조금 더 확실해질 것 같은데요. 4월 타석당 홈런 수치가 9.4퍼센트 정도였는데 지난 6경기에서는 3.9퍼센트로 낮아졌습니다. 10타석당 하나이던 홈런 페이스가 25타석당 한 개로 뚝 떨어진 건데요.

-이런 점들 때문에 한정훈 선수의 4번 기용에 우려를 표한 겁니다. 가뜩이나 투수들의 견제 속에 힘들어하는 선수에게 4번이라는 막중한 부담감까지 짊어지게 했으니까요.

-하지만 스톰즈 팬들은 대체적으로 한정훈 선수의 4번 기용에 긍정적인 반응을 보이고 있습니다. SNS를 통해 실시간으로 올라오는 의견을 살펴보자면 '이날을 기다렸다'라는 의견도 있

고 '역시 한정훈은 4번이 답이다'라는 의견도 있습니다.

　-글쎄요. 팬들은 신이 났겠지만 한정훈 선수가 4번 타자로서 얼마나 준비가 됐을지는 지켜봐야 할 것 같습니다.

　-한정훈 선수의 4번 기용만큼이나 눈여겨볼 만한 게 최주찬 선수의 3번 기용인데요. 서린 고등학교 시절 최정혁 트리오라 불리던 세 선수가 한 팀에서 클린업을 이루게 됐습니다.

　-지난 경기 때도 말씀드렸지만 최주찬 선수의 타격 스타일만 놓고 보자면 테이블 세터보다는 중심 타선 쪽이 어울린다는 생각이 듭니다. 하지만 결과는 지켜봐야겠죠.

　-최주찬 선수가 3번으로 자리를 옮기면서 정수인 선수가 1번 타자로 올라왔습니다. 리드오프로서 정수인 선수의 역할이 막중할 것 같은데요.

　-청소년 대표팀 시절에 1번 타자로 활약했던 경험이 있으니까 1번 타순이 낯설진 않을 겁니다. 다만 최주찬 선수를 대신해 얼마나 활약을 해줄 수 있을지가 관건입니다.

　이영철 해설위원의 말을 듣기라도 한 것일까. 데뷔 이후 처음으로 1번 타순에 배치된 정수인의 표정은 딱딱하게 굳어 있었다.

　반면 마운드에 선 라이온즈의 선발 투수 에딘 버클러는 여유가 넘쳤다. 최근 분위기가 좋지 않은 신생팀을 상대로 승수를 챙길 수 있다는 생각에 벌써부터 들뜬 모습이었다.

"이 녀석은 잘 덤벼든다고 했지? 그렇다면 유인구를 던져 잡는 게 좋겠어."

포수 이자영이 초구에 바깥쪽 포심 패스트볼 사인을 내자 에딘 버클러는 가볍게 고개를 끄덕였다. 그러고는 이자영의 미트보다 공 한 개 정도 바깥쪽을 겨냥해 공을 내던졌다.

퍼엉!

147㎞/h의 낮게 깔린 공이 홈플레이트를 살짝 벗어나 이자영의 미트 속에 파묻혔다.

'어깨에 힘이 들어갔나? 좀 빠지네.'

이자영은 2구째 다시 한번 바깥쪽 포심 패스트볼을 요구했다.

초구가 볼이 된 만큼 2구째는 정확하게 스트라이크존을 통과하길 바랐다.

하지만 에딘 버클러의 손을 빠져나온 공은 다시 한번 아슬아슬한 궤적을 그리며 홈플레이트를 벗어나 버렸다. 덕분에 프로 첫 1번 타자 데뷔에 바짝 긴장해 있던 정수인도 여유를 가질 수 있게 됐다.

'제구가 좋은 투수다. 유인구에 속지 말자.'

정수인은 김재연 타격 코치의 조언을 속으로 되뇌었다. 그토록 소원하던 1번 타자로 올라왔는데 첫 타석부터 허무하게 죽고 싶진 않았다.

"후우……"

길게 숨을 고른 뒤 정수인이 방망이를 짧게 움켜쥐었다. 볼카운트 노 스트라이크 투 볼. 볼넷을 내줄 생각이 아니라면 스트라이크가 들어와야만 하는 상황이었다.

그러나 에딘 버클러의 공은 이번에도 몸 쪽 낮게 떨어져 내렸다.

체인지업.

움직임은 좋았지만 절대적으로 유리한 볼카운트에서 굳이 건드릴 만한 공은 아니었다.

-3구째도 볼입니다. 정수인, 공 3개를 침착하게 골라냅니다.

-에딘 버클러 선수, 정직한 스트라이크보다는 타자의 허를 찌르는 유인구를 던져 파울을 유도하려던 모양인데요. 결과가 좋지 않았습니다.

-이제 볼카운트는 쓰리 볼입니다. 이제는 스트라이크를 던져야 할 텐데요.

-정수인 선수도 스트라이크가 들어오면 과감하게 방망이를 휘두를 필요가 있습니다. 볼넷을 생각하고 무작정 기다렸다가 스트라이크를 놓치기라도 한다면 역으로 쫓기게 될지도 모릅니다.

중계석에 긴장감이 감도는 가운데 에딘 버클러가 힘차게 공을 내던졌다.

후앗!

에딘 버클러의 손끝을 빠져나온 공이 순식간에 홈플레이트를 향해 날아들었다. 그러고는 홈플레이트 코앞에서 뚝 하고 떨어져 이자영의 미트 속에 파묻혔다.

하드 싱커.

지난해 에딘 버클러를 13승 투수로 만들어준 결정구를 결정적인 순간에 선보인 것이다.

그러나 정수인은 이 공에도 방망이를 내밀지 않았다. 유리한 볼카운트에서 바깥쪽 낮은 코스는 버리라는 김재연의 조언을 잊지 않은 결과였다.

"젠장할. 덤비는 스타일이라며?"

에딘 버클러가 불만스러운 얼굴로 더그아웃 쪽을 바라봤다. 사흘 전에 받은 전략 분석 자료에 따르면 스톰즈의 1번 타자는 배드볼 히터였다. 눈에 들어오는 공은 일단 때리고 보는 편이라 유인구 승부가 효과적이라고 했다.

에딘 버클러는 전략 분석 자료를 믿고 공을 던졌다.

하지만 결과는 스트레이트 볼넷이었다.

"후우……."

에딘 버클러가 애써 짜증을 삭였다. 하지만 라이온즈 더그아웃은 에딘 버클러의 불편함을 제대로 파악하지 못했다.

"경기 시작부터 볼넷이라니."

"아무래도 에딘이 구심의 스트라이크존을 넓게 본 모양입니다."

"그래도 3구와 4구는 나쁘지 않았습니다. 스트라이크를 잡으러 들어가다가 얻어맞을 수도 있으니 맞춰 잡겠다는 계산이었을 테니까요."

"흠……"

김한우 감독은 나직이 신음했다. 자신보다 나이도 많고 코치 경력도 많은 김태환 수석 코치와 김성진 투수 코치가 한 목소리로 에딘 버클러를 두둔하는데 이견을 내기 어려웠다.

그사이 에딘 버클러는 2번 타자 최승일을 상대로 투 스트라이크를 잡았다. 공격적인 피칭에 약하다는 전략 분석 자료를 믿고 연달아 바깥쪽 포심 패스트볼을 꽂아 넣은 게 이번에는 효과를 보았다.

'번트는 못 댈 테니까 공 하나 정도는 빼보는 게 좋겠어.'

이자영은 스톰즈 벤치에서 작전이 나올 것을 대비해 피치아웃 사인을 냈다. 그러나 에딘 버클러는 고개를 흔들었다.

'타자는 투 스트라이크 이후에는 소극적으로 변하는 스타일이잖아. 그런데 왜 자꾸 쓸데없이 공을 버리자는 거야?'

에딘 버클러는 고집을 부려 기어코 몸 쪽 포심 패스트볼 사인을 받아냈다. 그는 눈으로 1루 주자 정수인을 견제한 뒤 삼진을 꿈꾸며 있는 힘껏 공을 내던졌다.

하지만 결과는 또다시 에딘 버클러의 기대를 저버렸다.

따악!

최승일이 기다렸다는 듯이 방망이를 내돌려 1, 2루 간을 꿰뚫는 안타를 만들어낸 것이다.

"젠장할!"

에딘 버클러의 입에서 욕지거리가 터져 나왔다.

볼카운트가 불리해지면 때리는 걸 포기하고 맞히는 데 집중하는 성향의 타자인 만큼 투 스트라이크 이후 몸 쪽 빠른 공 승부가 효과적일 거라는 전략 분석 자료를 다시 한번 믿어 봤는데 또다시 뒤통수를 맞고 말았다.

"대체 분석을 어떻게 하는 거야? 5년 연속 정규 시즌 우승한 팀이 맞긴 한 거야?"

에딘 버클러는 3루 측 더그아웃을 노려보며 신경질적으로 로진백을 내던졌다.

그러나 라이온즈 벤치는 이번에도 별다른 반응을 보이지 않았다.

"이해하십시오. 에딘이 좀 다혈질이지 않습니까."

"공이 조금 정직하게 들어가긴 했지만 시도는 나쁘지 않았습니다. 먹힌 타구가 나왔다면 바로 더블플레이가 가능했을 테니까요."

김태환 코치와 김성진 코치는 이번에도 대수롭지 않게 웃어 넘겼다. 작년에 13승을 거둔 에딘 버클러가 이 정도 위기 상황에 흔들리지는 않을 거라 믿었다.

"설마…… 뭐가 문제인지조차 모르는 건가?"

다른 때 같았으면 냉큼 더그아웃을 박차고 나왔을 김성진 투수 코치가 조용하자 에딘 버클러는 고개를 절레절레 흔들었다. 엉터리 자료에 의존하느니 자신의 공을 믿고 던지는 게 낫다고 판단했다.

때마침 타석에는 문제의 3번 타자가 들어와 있었다.

"좌타자라더니 우타자잖아. 스위치히터라도 되는 거야?"

오른쪽 타석에 들어선 최주찬을 바라보며 에딘 버클러가 눈살을 찌푸렸다. 때마침 이자영은 초구부터 유인구를 요구했다. 최주찬의 적극성을 역이용해 땅볼을 유도하자고 제안했다.

"어쩔 수 없지."

잠시 고심하던 에딘 버클러가 마지못해 고개를 주억거렸다. 전략 분석 자료의 신뢰도를 떠나 지금으로서는 더블플레이를 노리는 게 최선이었다.

"후우……."

길게 숨을 고른 뒤 에딘 버클러는 이자영의 미트를 향해 정확하게 공을 내던졌다.

후앗!

에딘 버클러의 손끝을 빠져나온 공이 한복판을 지나 홈플레이트 바깥쪽으로 향했다.

그 순간.

'칠 수 있어!'

최주찬이 기다렸다는 듯이 방망이를 내돌렸다.

따악!

방망이 끝부분에 걸린 타구가 낮은 포물선을 그리며 내야를 넘어갔다. 2루수 강한열이 부지런히 뒷걸음질을 쳐 봤지만 글러브 끝을 스쳐 지나는 타구를 잡아내지 못했다.

최주찬의 행운의 안타에 주자들은 한 베이스씩 더 진루했다.

무사 만루.

루상이 가득 채워진 가운데 4번 타자 한정훈이 타석으로 들어왔다.

순간 라이온즈 파크가 술렁였다. 뒤늦게 입장한 관중들도 예상치 못한 광경에 당혹감을 감추지 못했다.

"뭐야? 경기 시작한 지 얼마나 됐다고 만루야?"

"말 시키지 마. 짜증 나 죽겠으니까."

"에딘이 왜 저래? 제구 좋았잖아."

"그러니까 짜증이라고. 스톰즈한테 이게 뭐야?"

"근데 왜 한정훈 타석이야? 만루면 한정훈이 1루에 나가 있어야 하는 거 아냐?"

"한정훈 오늘부터 4번이야."

"젠장할. 그럼 완전 심각한 거 아냐?"

"후우…… 모르지. 한정훈이 여기서 병살 쳐 줄지도."

"병살은 바라지도 않아. 그냥 희생 플라이로만 끝났으면 좋겠다."

"그런데 감독은 뭐 하고 있는거야? 무사 만루면 나와서 뭐라도 해야 하는 거 아냐?"

"그러게 말이야. 진짜 감독질 몇 년째인데 아직도 저러고 있으니……."

라이온즈 팬들의 분노가 이내 김한우 감독에게 향했다. 그런 팬들을 달래듯 김한우 감독을 대신해 포수 이자영이 마운드를 찾았다.

"젠장할! 대체 전략 분석 자료가 어떻게 된 거야? 왜 맞는 게 없는 거냐고!"

이자영이 다가오자 에딘 버클러가 기다렸다는 듯이 불만을 쏟아냈다.

그러자 통역이 당혹스러운 표정을 지었다.

"전략 분석 자료가 틀리다니? 그게 무슨 소리야?"

"내 말 똑똑히 전해. 전략 분석 자료가 엉터리라고! 까다롭다던 3번은 왼손 타자라며! 그런데 오른손 타자가 나왔어!"

"에, 에딘! 그거 언제 받은 자료야?"

"언제 받긴! 삼 일 전에 받았지."

"설마 타순으로 정보를 외운 거야?"

"뭐야? 뭐가 문제인데?"

"스톰즈가 오늘 갑자기 타순을 바꿨다고."

"……뭐?"

"그리고 네가 말한 그 3번이 저 녀석이야, 에딘."

"미치겠네."

에딘 버클러가 헛웃음을 흘렸다. 설마하니 자신이 전략 분석 자료를 잘못 파악하고 있었을 줄은 생각하지 못한 모양이었다.

"그럼 왜 수정된 자료를 주지 않은 거야?"

"그야 네가 불펜 투구를 시작할 무렵에 바뀌었으니까 그랬지. 투수 코치에게 아무 말도 못 들은 거야?"

"아무 말도 없었어. 그저 포수의 리드를 따르라는 말뿐이었다고."

에딘 버클러는 모든 잘못을 구단 탓으로 돌렸다. 하지만 통역은 애딘 버클러에게도 책임이 있다고 여겼다.

에딘 버클러가 지난해 13승 11패를 거두면서 라이온즈는 2016년부터 이어져 왔던 용병 투수 잔혹사에 마침표를 찍었다.

라이온즈 팬들은 시즌이 끝나기도 전부터 에딘 버클러와 재계약을 해야 한다고 목소리를 높였다. 언론도 에딘 버클러를 중심으로 보다 안정적인 마운드 운영이 필요하다고 장단을 맞췄다.

하지만 구단은 에딘 버클러를 썩 달가워하지 않았다. 성적은 준수했지만 한국 문화에 대한 적응력이 떨어졌기 때문이다.

한국 음식을 즐기고 한국어를 독학한다는 타 구단의 외국인 선수들과 달리 에딘 버클러는 철저하게 미국식을 고집했다. 자신이 원하는 음식이 나오지 않으면 식사도 거부했다. 국내에 오래 있을 생각이 없다는 듯 한국에 대한 관심 자체를 갖지 않았다.

그래서 통역은 김성진 투수 코치가 이자영의 리드를 따르라고 권한 것도 충분히 이해가 갔다. 처음 상대하는 팀의 전략 분석 자료를 언제 바뀔지 모를 타순 기준으로 대충 훑어보는 투수에게 여러 말 해봐야 입만 아플 터였다.

"자영아, 당황하지 말고 들어. 에딘이 타순을 헷갈렸단다."

"왠지 그런 것 같았어요. 평소답지 않게 고집을 부리더라고요."

"고집이야 항상 부렸지 뭘. 어쨌든 이제 이해한 거 같으니까 잘 리드해. 감독님께는 경기 끝나고 말씀드릴 테니까."

"알았어요. 내가 어떻게든 수습해 볼 테니까 에딘한테 이제부터라도 저 좀 믿고 따라와 달라고 말해줘요."

이자영이 에딘 버클러의 어깨를 툭 치고 마운드를 내려갔다. 에딘 버클러도 로진백을 주무르며 애써 흥분을 가라앉혔다.

"그러니까 그 3번이 저 녀석이라 이거지?"

에딘 버클러의 시선이 한정훈에게 향했다.

앞서 상대했던 타자들과 체격이 달라서일까. 확실히 타석이 꽉 들어찬 느낌이었다.

만약 루상에 주자가 없는 상황이라면 한번 제대로 맞붙어 보고 싶었다.

하지만 여차하면 대량 실점으로 이어질지 모르는 상황에서 무턱대고 승부를 걸긴 어려웠다.

"후우……."

손바닥에 묻은 로진 가루를 길게 불어낸 뒤 에딘 버클러가 투구판을 밟았다. 그러자 이자영이 조심스럽게 손가락을 움직였다.

초구 코스는 바깥쪽, 구종은 포심 패스트볼.

에딘 버클러의 주무기인 싱커를 몸 쪽에 찔러 넣기 위해서라도 한정훈의 시선을 바깥쪽으로 돌릴 필요가 있다고 여겼다.

"좋아. 던지라는 대로 던져 주지."

에딘 버클러도 고개를 주억거렸다. 그리고 눈으로 주자들을 견제한 뒤 빠르게 공을 내던졌다.

퍼엉!

지면을 따라 낮게 깔려 들어온 공이 이자영의 미트에 파묻혔다.

"볼."

구심이 짧게 소리쳤다. 이자영이 마지막 순간에 살짝 미트를 들어 올렸지만 구심은 눈 하나 까딱하지 않았다.

'역시 안 속네.'

에딘 버클러에게 공을 돌려주며 이자영은 한정훈을 힐끔 훑었다. 아슬아슬한 코스라고 말하긴 어려웠지만 한정훈은 바깥쪽 공에 아무런 반응조차 보이지 않았다. 마치 몸 쪽 공이 들어오기를 기다리기라도 하는 것 같았다.

'하긴. 4번 타자 데뷔전인데 제대로 한 방 때려주고 싶겠지.'

이자영은 한정훈의 속내가 훤히 보였다. 그래서 볼배합을 바꿔 2구째 몸 쪽 커브 사인을 냈다.

퍼억!

에딘 버클러는 이자영이 원하는 코스로 정확하게 공을 찔러 넣었다.

"스트라이크."

잠시 뜸을 들이던 구심이 오른팔을 올렸다. 다소 높긴 했지만 한정훈의 체격 조건상 스트라이크를 줘도 무방하다고 판단한 것이다.

-에딘 버클러, 커브로 스트라이크를 잡습니다.

-한정훈 선수, 허를 찔렀네요. 몸 쪽 빠른 공을 노리고 있었던 것 같은데요.

-밑에 자막에도 나오고 있지만 에딘 버클러 선수의 커브 구사율은 10퍼센트가 되지 않는데요. 한정훈 선수를 상대로 그 커브를 던졌습니다.

-만약에 에딘 버클러 선수가 커브가 주무기인 투수였다면 조금 전 공은 위험했을지도 모릅니다. 하지만 에딘 버클러 선수는 전형적인 싱커볼러이고 제구를 낮게 가져가면서 타자의 범타를 유도해내는 스타일이다 보니 한정훈 선수도 높은 코스의 커브에 미처 대응을 하지 못했을 겁니다.

이영철 해설위원의 말을 확인하기라도 하듯 중계 카메라가 한정훈의 얼굴을 비췄다.

"확실히 커브가 좋네."

한정훈도 가볍게 고개를 주억거렸다. 에딘 버클러의 손끝을 빠져나올 때까지만 해도 머리 쪽으로 날아들 것 같았던 공이 홈플레이트 앞쪽에서 뚝 하고 떨어져 내리는데 차마 손이 나가질 않았다.

'커브가 이 정도면 싱커는 더 좋겠지.'

한정훈은 대기 타석에서 세웠던 작전을 바꿨다.

본래 포심 패스트볼 타이밍에 싱커까지 대처할 생각이었는데 커브의 무브먼트로 봐서는 보다 확실한 노림수가 필요할 것 같았다.

'스트라이크존으로 싱커가 들어오진 않을 거야. 아마 무릎 높이로 들어오겠지.'

느슨해진 장갑을 고쳐 낀 뒤 한정훈은 다시 방망이를 움켜들었다. 그사이 이자영은 바깥쪽 포심 패스트볼을 요구했다. 몸 쪽 느린 공을 보여줬으니 바깥쪽 빠른 공으로 스트라이크를 잡자는 이야기였다.

에딘 버클러는 이번에도 고개를 주억거렸다. 그리고 요란한 기합을 내지르며 있는 힘껏 공을 내던졌다.

퍼엉!

눈 깜짝할 사이에 홈플레이트를 가로지른 공이 이자영의 미트를 흔들어 놓았다.

전광판에 찍힌 구속은 무려 148㎞/h. 그야말로 전력을 다한 공이었다.

하지만 애석하게도 구심은 꿈쩍도 하지 않았다. 스트라이크존에서 공 반 개 정도 빠졌다고 본 것이다.

"빌어먹을."

에딘 버클러가 질근 입술을 깨물었다. 스트라이크를 잡으려고 던진 공이 볼 판정을 받으니 그저 짜증만 났다.

"후우……."

이자영의 입에서도 깊은 한숨이 흘러나왔다. 무사 만루인 건 차치하더라도 투 스트라이크 원 볼과 원 스트라이크 투 볼은 볼배합이 완전히 다를 수밖에 없었다.

한참을 고심하던 이자영은 스트라이크존에 걸쳐 들어오는 바깥쪽 체인지업을 요구했다. 앞선 커브만큼만 던져 준다면 한정훈의 허를 찌를 수도 있을 것 같았다.

그러나 에딘 버클러는 고개를 저었다.

'승부 하겠어.'

자신 없는 공을 던져 요행을 바라느니 차라리 싱커를 던지는 게 낫다고 판단했다.

'좋아. 까짓것 한번 부딪쳐 보자.'

이자영은 에딘 버클러의 바람대로 사인을 바꿨다.

구종은 싱커, 코스는 몸 쪽 낮은 쪽.

싱커를 던지더라도 스트라이크존에 들어오는 건 절대 안 된다고 신신당부를 했다.

'그 정도는 나도 안다고.'

에딘 버클러가 눈매를 굳히고는 그립을 고쳐 쥐었다. 그리고 이자영의 미트를 향해 힘껏 공을 내던졌다.

후앗!

에딘 버클러의 손끝을 빠져나온 공이 한정훈의 무릎 쪽으로 빠르게 날아들었다. 순간 이자영의 입가로 웃음이 번졌다. 흥분해서 높게 던지면 어쩌나 걱정했던 것과는 달리 싱커의 궤적은 완벽에 가까웠다.

'이건 못 칠 거다.'

이자영은 내심 한정훈이 헛치길 바랐다. 하지만 한정훈은 반쯤 내밀던 방망이를 그대로 멈춰 세우며 이자영을 쓴웃음 짓게 만들었다.

-한정훈! 이 공을 골라냅니다!

-좋은 선수네요. 볼카운트에 따라 어떻게 대처해야 하는지를 정확하게 알고 있습니다.

-볼카운트상 한 번쯤은 욕심을 낼 줄 알았는데요.

-원 스트라이크 투 볼이 배팅 찬스인 건 맞습니다. 하지만 그럴수록 자신만의 정확한 히팅 존을 만들어 놓고 때리는 게 중요합니다. 아무 공이나 들어오는 대로 친다면 볼카운트가 무의미하겠죠.

-어쨌든 이제 볼카운트가 원 스트라이크 쓰리 볼이 됐는데요.

-한정훈 선수, 서두를 거 없습니다. 어차피 상대가 좋은 공을 줄 리 없으니까요. 여차하면 걸어 나간다는 각오로 스트라이크존을 좁힐 필요가 있습니다.

-그래도 스트라이크존으로 공이 들어온다면 타격을 해야겠죠?

-물론입니다. 명색이 4번 타자가 볼넷이 되길 기다리고만 있어서는 안 되니까요.

-그러니까 좋은 공이 들어오면 놓치지 말고 치되 좋지 않은 공은 참아낼 줄 알아야 한다는 말씀이신 거죠?

-그렇습니다. 말처럼 쉽지 않겠지만 적어도 4번 타자라면 그래야 합니다.

-그렇다면 라이온즈의 배터리는 한정훈 선수를 어떻게 상대해야 할까요?

-지금으로서는 가장 확실한 공을 던져야 합니다. 스트라이크존을 공략할 자신이 없다면 한정훈 선수의 방망이가 나올 만한 코스를 노려서 어떻게든 풀카운트까지 끌고 가야 합니다.

-말씀드리는 동안 투포수가 사인 교환을 마쳤습니다. 어떤 결과가 나올지 이번 공으로 결판이 날 것 같은데요.

장우영 캐스터가 긴장감을 높였다.

순간 모든 이의 시선이 투구 동작에 들어간 에딘 버클러에게 향했다.

후앗!

에딘 버클러의 손끝을 빠져나온 공이 4구째보다 조금 높게 몸 쪽으로 날아들었다.

'싱커.'

예상했던 공이 들어오자 한정훈도 망설이지 않고 방망이를 내돌렸다.

따악!

홈플레이트 앞쪽에서 공과 방망이가 매섭게 부딪쳤다. 그리고 타구는 구심의 마스크를 때린 뒤 벡네트 쪽으로 튕겨 나갔다.

"크으……."

한정훈의 입에서 아쉬움이 흘러나왔다. 직전에 들어온 싱커의 궤적을 예상했는데 공이 생각보다 덜 떨어진 느낌이었다.

"후우……."

이자영은 반대로 안도의 한숨을 내쉬었다.

'하마터면 큰일 날 뻔했어.'

평소보다 높게 제구를 해야 한다는 부담감이 컸던지 에딘 버클러는 공을 제대로 채지 못했다. 그 결과 포심 패스트볼도 싱커도 아닌 공이 스트라이크존으로 들어와 버렸다.

만약 한정훈이 포심 패스트볼을 노렸다면 타구는 담장 밖으로 사라졌을지 몰랐다.

하지만 한정훈의 방망이가 싱커 타이밍에 나와주면서 요행으로 스트라이크를 건지게 됐다.

'어쨌든 풀카운트다. 이제 제대로 승부 할 수 있겠어.'

이자영은 신중하게 손가락을 움직였다. 그리고 바깥쪽 높은 코스의 포심 패스트볼을 요구했다.

본래라면 결정구인 싱커 사인을 냈겠지만 4구와 5구째 연달아 던진 만큼 더 이상의 싱커는 위험했다. 게다가 한정훈이 싱커를 노리고 있다면 빠른 공에 충분히 방망이가 따라 나올 것 같았다.

그러나 에딘 버클러는 투구판에서 발을 빼며 이자영의 사인을 거부했다.

'설마 또 싱커를 던지겠다 이거야?'

이자영은 고개를 돌려 더그아웃을 바라봤다. 무사 만루에 풀카운트였다. 더는 물러설 곳이 없는 상황에서 혼자만의 판단으로 승부를 결정짓는 건 부담스럽기만 했다.

다행히도 세리자와 신지 코치는 이자영과 생각이 같았다.

'걸러도 좋으니까 어렵게 승부 해라.'

어리지만 한정훈의 클러치 능력을 높게 평가한 것이다.

하지만 김성진 투수 코치의 생각은 달랐다.

'승부 해. 이럴 땐 투수에게 맞춰주는 게 맞아.'

"후우……."

잠시 고심하던 이자영이 이내 손가락을 움직였다.

코스는 바깥쪽, 구종은 싱커.

바깥쪽 승부를 원하는 자신과 싱커를 원하는 에딘 버클러의 생각을 반씩 섞은 결과였다.

'그래, 그거라면.'

에딘 버클러도 고개를 끄덕였다. 코스를 떠나 싱커라면 한정훈에게 얻어맞지 않을 자신이 있었다.

고개를 돌려 주자들의 위치를 확인한 뒤 에딘 버클러가 왼발을 가볍게 차올렸다. 그러고는 이자영의 미트를 향해 힘껏 공을 내던졌다.

후앗!

에딘 버클러의 손끝을 빠져나온 공이 한복판을 지나 바깥쪽으로 미끄러져 나갔다.

그 순간.

따악!

한정훈이 팔을 쭉 뻗어 도망치는 공을 걸어 올렸다.

-한정훈이 퍼 올렸습니다. 이 타구가…… 좌익수 쪽으로 날

아갑니다! 담장 쪽! 담장! 담자아아아앙! 넘어갑니다! 홈런! 한 정훈! 시즌 11호포를 만루홈런으로 장식합니다!

-허허. 이걸 넘기네요. 정말 대단한 힘입니다.

-스톰즈의 새로운 4번 타자 한정훈이 무사 만루의 기회를 놓치지 않았습니다.

-바깥쪽 싱커였던 거 같은데요.

-리플레이 화면으로 다시 한번 보시죠.

-싱커가 맞네요. 몸 쪽으로 2개의 싱커를 보여줬기 때문에 코스를 바꿔서 바깥쪽으로 흘러 나가는 싱커를 던졌는데 한 정훈 선수가 정확하게 받아쳤습니다.

-이 공을 노리기가 쉽지 않았을 것 같은데요.

-앞서 몸 쪽 공이 2개가 들어왔으니까 바깥쪽 공에 대비는 하고 있었을 겁니다. 중요한 건 이번 공이 싱커라는 점인데요. 보통 풀카운트에서 저런 공이 들어오면 허리가 빠지는 경우가 많습니다. 어떻게든 맞혀보겠다고 팔로만 스윙을 하다 보면 평 범한 플라이가 되게 마련인데 한정훈 선수는 마지막까지 완벽 한 스윙을 했습니다.

-이영철 해설위원께서 극찬하신 스윙을 4D 액션으로 다시 한번 감상하시죠.

-이렇게 보니까 더 칭찬해 줘야 할 것 같은데요. 스트라이드 동작부터 시작해 테이크백, 그리고 히팅에 이르기까지 군더더

기가 하나도 없습니다. 정말 이상적인 스윙입니다.

-제가 보기에도 이 정도면 스윙 교과서에 실려도 될 것 같은 데요.

-그렇습니다. 이 경기를 시청하고 있는 아마추어 지도자들에게 정말 좋은 참고 자료가 될 것 같습니다.

중계석의 극찬을 뒤로하고 한정훈은 3루 베이스를 밟은 뒤 홈으로 들어왔다. 홈플레이트 앞에는 최주찬과 최승일, 정수인이 일렬로 서서 기다리고 있었다.

"이 괴물 같은 자식!"

가장 먼저 최주찬이 한정훈의 헬멧을 두드렸다.

"잘했다!"

"나이스 홈런!"

최승일과 정수인도 활짝 웃으며 한정훈과 손뼉을 부딪쳤다.

"진짜 넌 못 이기겠다."

대기 타석에 서 있던 강승혁은 아예 질렸다는 표정을 지었다. 한정훈이라면 어떻게든 해결해 줄 거라 예상하고 있었지만 4번 타자 데뷔 첫 타석에서 만루 홈런을 때려낼 줄은 몰랐던 것이다.

하지만 지금은 한정훈의 홈런에 넋을 놓고 있을 때가 아니었다.

"형도 하나 때리고 들어와요. 주찬이 형 안타 쳤다고요. 형 빈손으로 들어오면 다음 타석 때까지 계속 놀림받을걸요?"

"아, 그랬지 참."

"그리고 에딘 버클러 싱커가 생각보다 늦게 떨어져요."

"네 타이밍 보고 어느 정도 예상은 했다. 낙폭은 어때?"

"심할 땐 공 세 개 정도까지 떨어지는 느낌이에요."

"그러니까 홈플레이트 근처에서 뚝 하고 떨어진다 이거지?"

"네, 수준급 스플리터라고 생각하면 될 것 같아요."

"오케이, 고맙다."

한정훈의 조언을 받은 강승혁은 초구와 2구를 지켜본 뒤 3구째 몸 쪽을 파고드는 싱커를 걷어 올려 2루타를 때려냈다.

그리고 미구엘 산토스의 적시타 때 홈을 밟으며 스톰즈의 5번째 득점을 만들어냈다.

이후에도 스톰즈의 방망이는 멈추지 않았다. 7번 타자 장철 승이 중견수 플라이로 물러났지만 8번 타자 안시원과 9번 타자 박지승이 연속 안타를 치며 다시 한번 1사 만루의 기회를 만들어냈다.

신생팀 스톰즈를 상대로 1회부터 끌려가자 라이온즈 파크 가 부글부글 끓어올랐다.

"미치겠네. 또 만루야!"

"지금 뭐 하자는 건데? 장난하나!"

"야, 내가 오늘 야구장 오지 말랬지!"

"왜 나한테 성질이야! 나도 보기 싫거든!"

라이온즈 팬들의 거센 불만이 관중석을 넘어 그라운드 안으로 쏟아졌다. 그러자 김한우 감독도 더 이상은 못 봐주겠다며 입을 열었다.

"바꿉시다."

"벌써요?"

"다시 한번 생각해 보시죠. 아직 투구수가 많지 않습니다."

"여기서 점수 내주면 오늘 경기는 이대로 포기해야 합니다. 스톰즈 투수들 중에 제일 잘 던지고 있다는 브랜든 파간인데 6점 이상 뽑을 자신 있습니까?"

"그렇긴 하지만……."

"그래도 이번 이닝은 맡기는 게 낫지 않을까요."

"답답한 소리들 하십니다. 다시 상위 타선이고 여차하면 한정훈 차례까지 올지도 모르는데 계속 지켜보자는 게 말이 됩니까?"

김한우 감독은 만류하는 김태환 수석 코치와 김성진 투수 코치를 뿌리치고 더그아웃을 나섰다. 누군가의 말처럼 이기는 날도 있고 지는 날도 있겠지만 경기 결과를 떠나 홈 팬들을 더 이상 실망시키고 싶지 않았다.

-김한우 감독, 결국 마운드에 오릅니다. 구심에게 바로 공을 받아 드는데요.

-바꿔줘야죠. 지금은 투수를 아낄 때가 아닙니다.

-라이온즈의 에이스 에딘 버클러 선수, 올 시즌 3승 2패로 준수한 성적을 기록하고 있었지만 오늘은 달랐습니다. 아홉 타자를 상대하는 동안 아웃 카운트를 단 하나밖에 잡아내지 못했습니다.

-만약 제가 감독이었다면 미구엘 산토스 선수에게 적시타를 얻어맞았을 때 바꿨을 텐데 조금 늦은 감이 없지 않아 있습니다.

-김한우 감독, 지난해 3년 12억 원에 구단과 재계약을 했는데요.

-구단에서는 리빌딩을 완성시킬 적임자라고 평가했고 언론에서도 내후년에나 승부를 걸어볼 만하다고 전망하고 있습니다만 팬들의 입장은 다르겠죠. 팬들이 원하는 리빌딩은 신구교체를 이루면서 최소한의 성적을 내는 겁니다. 올해처럼 양대 리그 체제로 개편된 첫해부터 바닥을 쳐 버리면 과거 라이온즈 왕조의 영광과 함께했던 팬들은 자존심이 상해서 견딜 수가 없을 겁니다.

-불펜 문이 열립니다. 한정훈 선수에게 홈런을 맞은 이후부터 정인운 선수가 몸을 풀고 있었는데요.

-네, 정인운 선수네요. 올 시즌 선발 경쟁에서 탈락하긴 했습니다만 긴 이닝을 소화할 수 있는 투수니까요. 1사 만루 위기를 최소 실점으로 막아준다면 라이온즈도 충분히 반격의 기회를 잡을 수 있을 겁니다.

에딘 버클러에 이어 마운드에 오른 정인운은 90년생 우완 투수였다. 일찍이 군복무를 해결하고 돌아와 라이온즈의 선발진을 꿰찰 거란 기대가 많았지만 내부 경쟁에서 밀리며 올해도 불펜에서 시즌을 시작하고 있었다.

"정신 차리자, 정인운."

정인운은 스스로를 다독였다. 에이스가 무너진 오늘 같은 날 좋은 모습을 보여줘야 다시 한번 선발 기회를 잡을 수 있었다.

타석에 들어선 정수인도 방망이를 단단히 움켜쥐었다.

"나하고 철승 선배 빼고 전부 안타를 쳤어. 여기서 뭔가 하나 보여줘야 해."

절박함은 정인운이 더 컸다. 하지만 리드오프로 자리를 잡느냐 마느냐의 기로에 선 정수인도 정인운에게 양보를 할 만한 처지가 아니었다.

결국 풀카운트까지 이어진 정인운과 정수인의 싸움은 무승부로 끝이 났다.

-정수인 선수! 퍼 올렸습니다! 우익수 구자운 선수가 잡을 채비를 하는데요.

-이건 승부가 될 것 같은데요.

-구자운 선수! 잡았습니다. 미구엘 산토스도 뛰기 시작! 공 홈으로 연결됩니다! 홈에서……! 홈에서어! 세이프! 스톰즈! 1사 만루 기회에서 다시 한 점을 추가합니다.

-미구엘 산토스 선수가 기가 막힌 슬라이딩을 선보였네요. 그냥 밀고 들어갔다면 아웃이 됐을 가능성이 높았는데 몸을 날리는 헤드 퍼스트 슬라이딩으로 득점을 만들어냈습니다.

"크하하하. 럭키. 럭키이이!"

더그아웃에 들어온 미구엘 산토스는 마치 홈런을 친 것처럼 좋아했다. 스톰즈 동료들도 웃으며 미구엘 산토스의 몸 이곳저곳을 손바닥으로 두드려 주었다.

평소 미구엘 산토스가 밥값도 못한다고 구박하던 브랜든 파간도 모처럼 다가와 니킥을 날려주었다.

"오우! 노오! 거기 위험한 부위!"

"어차피 넌 결혼도 안 했잖아!"

"그러니까 조심해야지! 그리고 결혼은 너도 안 했잖아!"

"난 애인은 있지."

"젠장할. 나도 미국에 애인 있거든?"

"거짓말하지 마. 내가 알아보니까 너 여자한테 인기 없기로 유명하던데?"

"아, 아니거든? 나 미국에서 잘나갔거든?"

"좋아. 그럼 이번 올림픽 브레이크 때 같이 귀국하자고. 알았지?"

"싫어! 내가 왜 너랑 같이 가야 하는데?"

브랜든 파간과 미구엘 산토스가 투덕거리는 사이 스톰즈의 길고 길었던 1회 초 공격이 끝이 났다. 2번 타자 최승일이 정인운의 4구 포심 패스트볼을 힘껏 잡아당겼지만 우익수 구자운의 호수비에 걸리고 만 것이다.

"다들 정신 차려, 이제 1회라고."

"여섯 점 금방이야. 뒤집자! 뒤집을 수 있어!"

라이온즈 선수들은 한데 모여 파이팅을 외쳤다. 신생팀 스톰즈도 빅이닝을 만들어냈는데 자신들이라고 못할 건 없다고 서로를 독려했다.

그러나 브랜든 파간은 타자들이 경기 초반부터 만들어준 이 승기를 놓칠 생각이 없었다.

-삼진입니다! 브랜든 파간, 박해인과 배영석에 이어 구자운까지 연속 삼진으로 돌려세웁니다!

-포심 패스트볼의 위력이 상당합니다. 150㎞/h를 넘나드는 공이 구석구석을 찌르니 라이온즈 타자들이 꼼짝을 못하고 있습니다.

-1회 투구만 놓고 보자면 브랜든 파간에게 점수를 빼앗기가 쉽지 않을 것 같은데요.

-라이온즈 타자들도 브랜든 파간은 처음 상대하니까요. 적어도 두 번째 타순까지는 기다려 봐야 할 것 같습니다.

이영철 해설위원은 라이온즈가 이대로 호락호락 물러서지는 않을 거라 여겼다.

하지만 브랜든 파간은 8회까지 단 3개의 안타만 내주고 라이온즈 타선을 꽁꽁 묶었다. 그리고 브랜든 파간으로부터 바통을 이어받은 셋업맨 김성진이 9회 말을 잘 틀어막으며 경기를 마무리 지었다.

2

"이렇게 대구 경기는 스톰즈의 9 대 0 완승으로 끝이 났습니다."

"솔직히 예상 밖의 대승이었습니다. 스톰즈는 6연패 중이었고 라이온즈는 에이스 에딘 버클러 선수가 나왔으니까요. 최근 스톰즈 타선이 침체되어 있었기 때문에 라이온즈의 우세를 점쳤는데 경기 결과는 정반대로 나왔네요."

"오늘 한정훈 선수가 4번 타순에서 만루 홈런 포함 4타수 2안타의 맹타를 휘둘렀는데요."

"그 활약이 결정적이었던 것 같습니다. 사실 지난 6연패 기간 동안 스톰즈의 공격이 4번 타순에서 끊기는 경우가 많았거든요. 그런데 한정훈 선수가 4번에서 중심을 잡아주면서 타선에 안정감이 생긴 느낌입니다."

"한정훈 선수가 4번으로 옮겨 가면서 타순 변동이 심했잖아요. 1번을 치던 최주찬 선수가 3번으로 가고 잠깐 4번을 맡았던 강승혁 선수가 5번으로 내려갔는데요. 스톰즈 팬들은 최정혁 트리오가 부활했다고 좋아하시던데 어떻게 보셨나요?"

"일단 오늘 경기만 놓고 보자면 합격점을 주고 싶습니다. 한 경기 가지고 평가를 한다는 게 이르긴 하지만 세 선수 모두 멀티 안타를 때려냈으니까요. 특히나 3안타를 몰아친 최주찬 선수의 활약이 인상적입니다. 바로 다음 타순이 한정훈 선수니까 투수들이 어떻게든 잡으려고 들어오는데 그 부담감을 잘 이겨냈다는 생각이 듭니다."

"스톰즈의 백종훈 감독은 당분간 지금의 타선을 유지하겠다는 뜻을 밝혔는데요."

"미구엘 산토스가 리그에 적응할 때까지는 일단 최주찬, 한정훈, 강승혁으로 이어지는 클린업 트리오도 가도 나쁘지 않을 것 같습니다. 게다가 세 선수 모두 서린 고등학교 출신이거든요. 어쩌면 그 끈끈한 케미가 기대 이상의 시너지 효과를 낼지도 모릅니다."

라이온즈와 스톰즈의 1차전이 끝나고 대다수 야구 전문 프로그램에서 한정훈의 4번 배치를 신의 한 수로 꼽았다. 야구팬들도 한정훈이 4번에서 이렇게 잘할 줄은 몰랐다며 혀를 내둘렀다.

└진짜 한정훈은 대단하긴 대단하다. 어떻게 4번 첫 타석에서 만루 홈런을 때리냐?

└원래부터 멘탈 갑이었음. 최인섭이 1학년 때 한정훈 뽑자고 난리 친 것도 클러치 능력 때문이었다고 함.

└클러치 타령 좀 그만해. 그거 무의미하다고 결론 났다니까?

└세이버 메트릭스 통계상 한 시즌이 아니라 전체 시즌을 두고 득점권 타율을 뽑으면 시즌 평균 타율에 수렴한다는 이야기가 있긴 하지만 무의미하진 않지.

└에딘 버클러가 만루 만들어 놓고 당황하다 얻어맞은 거지 한정훈이 잘 친 건 아니지 않냐?

└야알못은 찌그러져 계세요.

└에딘 버클러 바깥쪽 싱커 걸어 올린 거 못 봤냐? 그거 제대로

치는 좌타자 거의 없거든?

└ 어쨌든 이대로만 가자. 이제 좀 숨통이 트인다.

└ ㅇㅂㅇ 하도 최정혁 최정혁 해서 거부감 들었는데 최정혁도 나쁘지 않은 듯.

└ 스톰즈가 서린 출신이 많아서 그래요. 하지만 같은 학교 출신들이 많아서 분위기 잘 타는 것도 인정해야 함.

└ 확실히 최주찬 때리고 한정훈 넘기고 강승혁 때리고 하는 거 보니까 속은 시원하더라.

└ 너무 기대하진 마라. 솔직히 한정훈이 몇 경기나 버티겠냐?

└ 너보단 오래 버틸 거 같은데? 회사 생활은 안녕하냐?

└ 라이온즈 팬인 거 같은데 두고 봐라. 내일도 모레도 한정훈이 홈런 때려낼 거니까.

└ 망상은 일기장에.

다음 날.

라이온즈 파크에서 스톰즈와 라이온즈의 시즌 2차전이 열렸다.

첫날과 다름없이 한정훈은 4번 타순에 배치됐다. 그리고 2회 초, 무사 주자 없는 가운데 첫 번째 타석에 들어섰다.

-1회 초 세 타자를 상대로 단 9개의 공을 던졌던 심슨 마네

아 선수가 이제 4번 타자 한정훈 선수를 상대합니다.

-앞서 1회 때처럼 체인지업을 결정구로 사용할 생각이라면 제구에 신경 쓸 필요가 있을 것 같습니다. 최주찬 선수에게 던졌던 그 정도 높이로 체인지업이 들어간다면 장타를 얻어맞을 가능성이 높습니다.

이영철 해설위원의 이야기를 듣기라도 한 듯 포수 이자영은 공을 최대한 낮게 던지라는 수신호를 보냈다. 그리고 초구에 바깥쪽으로 빠지는 포심 패스트볼을 요구했다.

특유의 삐딱한 자세로 사인을 지켜보던 심슨 마네아는 별불만 없이 고개를 끄덕였다.

에딘 버클러와 달리 심슨 마네아는 전략 분석을 꼼꼼하게 살피는 편이었다.

한정훈이 나눔 리그 4월 MVP와 최우수 신인상을 쓸어 담고 에딘 버클러를 상대로 4번 데뷔 타석에서 만루 홈런을 때려냈다는 걸 잘 알고 있었다.

하지만 그렇다고 해서 한정훈을 메이저리그급 타자로 생각하진 않았다.

"대충 바깥쪽으로 던지면 되는 거잖아. 그렇지?"

가볍게 숨을 고른 뒤 심슨 마네아는 이자영의 미트를 향해 힘껏 공을 던졌다.

퍼엉!

공은 이자영의 요구보다 두 개 정도 빠져서 들어왔다. 공을 던지는 순간부터 바깥쪽을 향하던 공이라 한정훈도 가만히 방망이를 들고 지켜보았다.

한정훈을 슬쩍 바라본 뒤 이자영은 2구째 다시 한번 포심 패스트볼을 요구했다. 초구처럼 빠져나갈 걸 대비해 미트를 조금 더 홈플레이트 쪽으로 붙여 넣었다.

그러나 심슨 마네아의 공은 다시 한번 스트라이크존을 벗어났다. 그리고 한정훈은 이번에도 공을 지켜보았다.

"젠장. 왜 안치는 거야?"

심슨 마네아는 못마땅한 표정을 지었다. 다른 타자들은 곧잘 방망이를 내미는 코스인데 한정훈이 꿈쩍도 하지 않는다는 게 이해가 가지 않았다.

이자영도 답답하긴 마찬가지였다. 초구와 2구. 둘 중 하나 정도는 건드려줘야 정석대로 몸 쪽 승부에 들어갈 텐데 투 볼이 되어버렸으니 딱히 던질 만한 공이 없었다.

'어쩔 수 없지. 여기서 더 나빠지면 안 되니까.'

이자영은 어쩔 수 없이 바깥쪽 꽉 차게 들어오는 체인지업을 요구했다. 본래 몸 쪽 승부 후 유인구로 던져야 할 공이었지만 확실하게 스트라이크를 잡으려면 이 방법밖에 없었다.

심슨 마네아도 길게 숨을 내쉰 뒤 이자영의 미트를 향해 힘껏 공을 내던졌다.

'체인지업!'

노리던 공이 들어오자 한정훈이 망설이지 않고 방망이를 내돌렸다.

따악!

방망이 끝부분에 걸린 타구가 곧바로 홈플레이트를 찍고 튀어 올랐다. 이자영이 냉큼 공을 포구해 봤지만 구심은 양팔을 벌렸다.

-구심, 파울을 선언합니다.

-체인지업이었는데요. 스트라이크존에 걸쳐 들어오는 공에 한정훈 선수가 반응을 했습니다.

-타이밍이 맞지 않았던 것 같은데요.

-공 끝이 좋았습니다. 한정훈 선수가 생각하는 것 이상으로 잘 떨어졌습니다.

-볼카운트가 투 앤 원으로 바뀌었습니다. 심슨 마네아 선수. 앞선 이닝에서는 연달아 체인지업을 던지기도 했는데요.

-하지만 상대가 한정훈이라면 조심해야 할 겁니다. 같은 공을 두 번 놓치는 성격은 아니니까요.

이영철 해설위원의 멘트가 끝날 때쯤 심슨 마네아가 오른발을 차올렸다.

이자영의 미트는 한정훈의 옆구리 쪽에 붙어 있었다.

하이 패스트볼.

배팅 찬스를 맞이한 좌타자들이 가장 잘 속는 코스였다.

후앗!

심슨 마네아의 손끝을 빠져나온 공은 정확하게 한정훈의 얼굴 높이로 날아들었다. 그러나 한정훈은 마치 예상이라도 하고 있었다는 것처럼 고개를 살짝 돌려 공을 피해버렸다.

'젠장!'

심슨 마네아가 얼굴을 구겼다. 이자영도 고개를 절레절레 흔들고는 더그아웃을 바라봤다.

"걸러도 좋다고 하세요."

김한우 감독은 한정훈과 굳이 승부 할 필요가 없다고 여겼다. 무사에 주자가 없는 상황이긴 하지만 불리한 볼카운트에서 11개의 홈런을 때려낸 한정훈과 정면 승부를 할 필요는 없을 것 같았다.

"알겠습니다."

김한우 감독을 대신해 김태환 수석 코치가 수신호를 보냈다.

'그렇다면……'

이자영은 한결 가벼운 마음으로 몸 쪽으로 떨어지는 체인지업을 요구했다. 그리고 그 공을 한정훈이 걸러내면서 첫 번째 출루를 만들어냈다.

한정훈에 이어 타석에 들어선 강승혁은 심슨 마네아의 3구를 잡아당겨 1, 2루 간을 가르는 안타를 때려냈다. 하지만 후속타가 터지지 않으면서 선취 득점은 무산되고 말았다.

3회 말 두 번째 타석에 들어선 한정훈은 또다시 볼넷을 얻어 나갔다. 2사 주자 1, 3루 상황이라 한정훈과의 승부를 포기한 것이다.

"승혁이 형이 타격감이 좋으니까."

한정훈은 첫 타석에서 안타를 친 강승혁이라면 충분히 해결해 줄 거라 믿었다. 강승혁도 풀카운트까지 승부를 끌고 가며 심슨 마네아를 압박했다.

그러나 궁지에 몰린 심슨 마네아가 한복판으로 떨어지는 체인지업을 던지고 강승혁이 그 공에 헛스윙을 하면서 두 번째 득점 기회마저 무산되고 말았다.

-심슨 마네아 선수, 정말 좋은 공을 던졌습니다. 지금 같은 높이로만 공을 던진다면 스톰즈 타자들의 방망이를 얼마든지 끌어낼 수 있을 겁니다.

-심슨 마네아, 3회까지 안타 2개와 사사구 3개를 내줬지만 무실점으로 이닝을 틀어막았습니다.

심슨 마네아가 2회와 3회, 실점 위기를 넘어서자 라이온즈 타자들도 가만있지 않았다. 스톰즈 선발 제레미 모이어에게 연속 4안타를 때려내며 단숨에 두 점을 달아난 것이다.

5회 말, 라이온즈가 3번 타자 구자운과 4번 타자 트레이 터너가 연속 2루타로 한 점을 더 달아나자 라이온즈 파크는 열광의 도가니로 변했다.

"그렇지! 이래야 라이온즈지!"

"크흐흐. 제레미 모이어도 별거 아니잖아?"

"오늘 경기는 끝났어. 승기 잡았다고."

제레미 모이어는 5번 타자 이원식을 유격수 땅볼로 돌려세우고 마운드를 내려갔다.

5이닝 8피안타 1탈삼진 3실점.

사사구는 단 하나도 없었지만 한번 얻어맞기 시작하면 연타를 허용한다는 단점은 좀처럼 고쳐지지 않고 있었다.

"후우……"

제레미 모이어도 답답한 듯 고개를 흔들어댔다. 브랜든 파간과 알렉스 마인이 다가가 위로를 건넸지만 제레미 모이어의 표정은 좀처럼 밝아지질 않았다.

"지금 제레미가 몇 승 째죠?"

"3승쯤 하지 않았나?"

"아직 1승이다, 이 무심한 놈들아."

"1승밖에 못 했어요?"

"시즌 초반에 별로였잖아. 지난번에 다 이긴 경기는 불펜이 날려먹고."

"승수를 떠나 안타를 너무 맞아. 제레미만 나오면 힘이 쭉쭉 빠진다니까."

최주찬이 보호 장구를 착용하며 투덜거렸다. 평소 같았으면 한마디 했을 강승혁도 딱히 부정할 수 없다는 반응을 보였다.

한정훈도 제레미 모이어가 마운드에 오를 때마다 신경이 쓰였다. 사사구는 거의 없는 편이지만 안타를 자주 얻어맞다 보니 주자들이 1루를 밟는 경우가 빈번했다. 그때마다 날카로운 견제구가 날아드니 정신을 바짝 차려야 했다.

하지만 용병치고 견제 능력이 뛰어나다는 장점만으로는 한국에서 살아남기 어려웠다.

"이번 이닝에 점수 좀 뽑아요, 우리."

"그게 말처럼 쉽냐."

"일단 할 수 있는 건 하자고요. 주찬이 형은 무조건 나가요. 일단 그것부터 해요."

"왜 나한테만 부담 주는데."

"형이 선두 타자니까 그렇죠. 아무튼 바깥쪽으로 떨어지는 체인지업에 속지 마요. 형이 자꾸 그 공에 반응하니까 재미 붙이잖아요."

"나도 안 치고 싶다. 그런데 방망이가 자꾸 제멋대로 나가는 걸 어떻게 하나?"

"그럴 땐 우리 누나를 생각해요."

"오호! 그렇게 좋은 방법이!"

6회 초 선두 타자로 타석에 들어선 최주찬은 모처럼 만에 볼넷을 얻어내 1루를 밟았다. 초구 몸 쪽 포심 패스트볼에 이어 2구와 3구, 바깥쪽으로 떨어지는 체인지업을 참아낸 결과였다.

연타석 출루에 신이 난 최주찬은 한정훈의 초구 때 2루를 훔치는 데까지 성공했다.

"설마하니 세 타석 연속으로 거르진 않겠지?"

최주찬이 흙먼지를 털어내며 씩 웃었다. 점수 차이가 3 대 0까지 벌어진 이상 심슨 마네아도 이번만큼은 한정훈과 승부를 할 것 같았다.

최주찬의 예상대로 라이온즈 벤치에서도 승부를 보라는 사인을 냈다. 승기를 잡은 만큼 더 이상 한정훈을 겁낼 필요는 없다고 판단한 것이다.

'그래도 무턱대고 들어갈 수는 없으니까.'

잠시 고심하던 이자영은 2구째 바깥쪽 슬라이더 사인을 냈다. 좌타자의 바깥쪽으로 도망치는 슬라이더의 움직임이라면 한정훈의 시야를 충분히 어지럽힐 수 있을 거라고 여겼다.

하지만 심슨 마네아는 고개를 저었다.

'이번이 마지막 타석이야. 이번만큼은 꼭 잡고 싶다고.'

현재까지 심슨 마네아의 투구수는 68구였다. 평소 100구 가까이 던져 왔던 걸 감안하면 7회까지 등판이 가능했다.

그러나 산술적으로 봤을 때 한정훈을 다시 한번 상대하기란 어려워 보였다.

첫 타석은 볼넷, 두 번째 타석은 고의 볼넷.

이미 원 볼인 상황에서 유인구가 통하지 않는다면 세 타석 연속으로 볼넷을 내줘야 할지 몰랐다.

"후우……."

심슨 마네아가 계속해서 유인구 사인을 거절하자 이자영이 더그아웃을 바라봤다. 김한우 감독은 언제나처럼 묵묵부답이었다. 대신 김성진 투수 코치가 승부를 하라는 제스처를 내보였다.

'좋아, 기왕 던질 거면 제대로 던져.'

생각을 정리한 이자영이 빠르게 사인을 냈다. 그리고 미트 포켓을 주먹으로 힘껏 두드린 뒤 한정훈의 무릎 옆쪽으로 붙여 넣었다.

몸 쪽 낮게 떨어지는 체인지업.

오늘 심슨 마네아가 우타자들을 상대로 가장 잘 던졌던 코스였다.

이자영의 생각을 읽은 심순 마네아가 단단히 고개를 주억거렸다. 그 공이라면 제아무리 한정훈이라 해도 속지 않을 수가 없을 것 같았다.

눈으로 2루 주자 최주찬을 힐끔 쳐다본 뒤 심슨 마네아가 빠르게 투구판을 박차고 나갔다.

후앗!

심슨 마네아의 손끝을 빠져나간 공이 빠르게 몸 쪽으로 날아들었다. 그러다 홈플레이트 앞에서 뚝 하고 떨어져 내렸다.

하지만 한정훈은 눈 하나 꿈쩍하지 않았다. 유리한 볼카운트라 낮게 들어오는 공은 버리기로 마음을 먹은 것이다.

덕분에 볼카운트는 투 볼로 바뀌었다.

-심슨 마네아 선수, 정말 좋은 공을 던졌는데요. 그걸 한정훈 선수가 참아내네요.

-오늘 저 공에 스톰즈 타자들의 방망이가 여러 번 허공을 갈랐습니다만 한정훈 선수에게는 통하지 않았습니다.

-그래서 제가 아까 초구가 중요하다고 말씀을 드렸는데요. 만약 심슨 마네아 선수가 초구에 스트라이크를 잡았다면 한정훈 선수도 방금 공에 반응을 보일 수밖에 없었을 겁니다. 투

스트라이크로 몰리기 전에 한 번쯤은 타격을 할 필요가 있을 테니까요. 하지만 초구가 볼이 되면서 한정훈 선수도 원하지 않는 공은 흘려보낼 여유가 생긴 겁니다. 앞서 초구가 스트라이크가 됐다면 지금쯤 전혀 다른 결과가 나왔을 겁니다.

-이제 투 볼이 됐는데요. 심슨 마네아 선수, 어떤 공을 던져야 할까요?

-한정훈 선수를 거르고 강승혁 선수와 승부 한다면 좋은 공을 줄 필요가 없겠죠. 하지만 3점 차 리드 상황에서 한정훈 선수를 잡고 가겠다면 바깥쪽으로 가장 자신 있는 공을 던져야 하지 않을까 싶네요.

이자영은 3구째 바깥쪽 슬라이더를 주문했다. 한정훈의 초점이 포심 패스트볼과 체인지업에 맞춰져 있을 만큼 슬라이더로 허를 찌르자는 이야기였다.

하지만 심슨 마네아는 이번에도 고개를 저었다.

'승부 하겠어.'

그 고집에 이자영도 마지못해 바깥쪽 포심 패스트볼 사인을 낼 수밖에 없었다.

"후우……."

평소보다 길게 숨을 고른 뒤 심슨 마네아는 이자영의 미트를 향해 빠르게 몸을 내던졌다.

후앗!

심슨 마네아의 손을 빠져나간 공이 순식간에 홈플레이트를 가로질렀다. 그리고 이자영의 미트를 무겁게 흔들어 놓았다.

"스트라이크!"

한정훈은 묵묵히 고개를 주억거렸다. 바깥쪽이나 몸 쪽으로 유인구를 던질 줄 알았는데 의외로 스트라이크존을 통과하는 공이 들어왔다. 그렇다는 건 이대로 거를 생각이 없다는 이야기였다.

'승부를 해주시겠다면 나야 고맙지.'

느슨해진 장갑을 고쳐 낀 뒤 한정훈이 다시 방망이를 들어 올렸다.

한정훈을 힐끔 바라보던 이자영이 조심스럽게 손가락을 움직였다.

코스는 몸 쪽, 구종은 체인지업.

2구보다 공 하나 정도 높게 미트를 들어 올렸다.

결정구인 체인지업 사인이 나오자 심슨 마네아는 기다렸다는 듯이 사인을 받았다. 그리고 최주찬을 무시한 채 홈플레이트를 향해 전력을 다해 몸을 내던졌다.

후앗!

심슨 마네아의 손끝을 빠져나온 공이 한정훈의 머리 뒤를 지나 몸 쪽으로 파고들었다. 그 순간.

'왔다!'

한정훈도 망설이지 않고 방망이를 내돌렸다.

따악!

방망이 끝부분에 걸린 공이 둔탁한 파열음을 내며 센터 쪽으로 뻗어 올랐다.

'잡았다!'

심슨 마네아가 검지를 하늘 높이 추켜들었다. 타구 소리만 놓고 봤을 때 방망이 끝에 걸린 게 틀림없다고 여겼다.

중견수 박해인도 처음에는 제자리에서 타구를 기다렸다. 한정훈의 장타력을 감안해 평소보다 뒤쪽에서 수비 위치를 잡았으니 충분히 잡아낼 수 있을 거라 여겼다.

하지만 타구는 좀처럼 떨어질 기미를 보이지 않았다. 마치 누군가가 타구 뒤에서 바람을 불어주기라도 하는 것처럼 계속 뻗어오더니 전광판 왼쪽 담장을 훌쩍 넘어가 버렸다.

-한정훈! 홈런! 시즌 12호! 스톰즈가 단숨에 한 점 차로 추격합니다!

-몸 쪽 체인지업이 높았습니다. 무브먼트는 좋았지만 한정훈 선수의 스윙 궤적에 정확하게 걸려들었어요.

-다시 한번 보시죠. 심슨 마네아 선수의 체인지업이 몸 쪽으로 떨어졌는데요.

-앞서 저 높이는 위험하다고 말씀드렸는데요. 한정훈 선수가 놓치질 않았네요.

-처음에 중견수 박해인 선수가 타구 위치를 제대로 잡지 못했던 것 같은데요.

-확실히 잘 맞은 타구는 아니었습니다. 스위트 스폿 위쪽에 걸린 타구였으니까요. 소리만 들었을 때는 넘어가진 않을 거라고 판단한 거겠죠. 하지만 한정훈 선수가 끝까지 팔로우 스루를 하면서 플라이가 될 타구를 홈런으로 바꿔놓았습니다.

이영철 해설위원의 극찬을 받으며 한정훈은 천천히 그라운드를 돌았다. 그리고 최주찬, 강승혁과 하이파이브를 나눈 뒤 앞장서 더그아웃으로 들어갔다.

"정훈아아!"

"진짜 잘했다. 최고다, 최고야!"

선수들은 앞다투어 한정훈에게 달려들었다. 침울한 표정을 짓고 있던 제레미 모이어도 한결 밝아진 얼굴로 한정훈에게 주먹을 내밀었다.

"한, 고마워."

"고마우면 완투해. 알았지?"

"농담이지? 나 지금까지 82개나 던졌다고."

"한창땐 150개도 던졌다면서?"

"그, 그건 그냥 한번 해본 말이고."

"어쨌든 최대한 길게 버텨줘. 넌 선발이잖아. 안 그래?"

한정훈이 제레미 모이어의 어깨를 두드렸다. 성적에 대한 스트레스가 심한 건 알고 있지만 선발 투수로서 최소한의 역할을 해주길 기대했다.

"좋아. 노력하지. 대신 다음번 타석 때도 멋지게 한 방 때려줘."

제레미 모이어가 조건을 내걸었다. 빠르면 7회, 늦어도 8회쯤엔 한정훈의 네 번째 타석이 돌아온다. 그때 한정훈이 한 방 때려준다고 약속이라도 해준다면 힘을 낼 수 있을 것 같았다.

"오케이, 대신 더 이상 점수 내주면 안 돼."

한정훈이 흔쾌히 고개를 끄덕였다.

그러는 사이.

따악!

강승혁도 안타를 치고 1루에 나갔다.

"산토스! 한 방 날려!"

"인마! 덩칫값 좀 하라고!"

스톰즈 선수들이 한목소리로 소리쳤다. 타율은 여전히 2할대 초반에 묶여 있지만 하위 타선에서 강승혁을 단숨에 홈까지 불러들일 만한 타자는 미구엘 산토스뿐이었다.

"걱정 마, 친구들. 내가 한 방 날려줄 테니까."

미구엘 산토스는 기세등등한 얼굴로 타석에 들어섰다. 그리고 초구를 힘껏 받아쳐 인필드 플라이 아웃이 됐다.

"후우……."

첫 번째 아웃 카운트를 손쉽게 잡아낸 심슨 마네아는 한숨을 돌리고 7번 타자 황성민을 삼진으로 돌려세웠다. 그리고 8번 타자 안시원을 상대로 투 스트라이크를 잡아내며 기세를 끌어 올렸다.

하지만 안시원이 3구째 유인구를 골라낸 뒤 4구째 들어온 몸 쪽 포심 패스트볼을 잡아당겨 3유간을 꿰뚫는 안타를 때려내면서 분위기가 또다시 달라졌다.

"바꿉시다."

김한우 감독이 팔짱을 풀었다. 그러자 김성진 투수 코치가 냉큼 김한우 감독을 만류했다.

"이제 박지승 차례입니다. 이번 타자까지는 맡겨두시죠."

"지금 투구수가 몇 개입니까?"

"아직 86개밖에 되지 않았습니다. 여기서 잘 틀어막는다면 7회까지도 던질 수 있습니다."

"제 생각도 같습니다. 여기서 바꿔 버리면 심슨 마네아도 불만이 클 겁니다. 아직 리드 중이니까 조금 더 지켜보는 게 좋겠습니다."

잠자코 있던 김태환 수석 코치도 김성진 투수 코치의 편을 들었다. 경기가 뒤집힌 것도 아니고 투구 수가 많은 것도 아닌데 가뜩이나 성적에 민감한 외국인 선수를 바꿔 버린다면 코칭스태프에 대한 불신으로 이어질 터였다.

"후우……."

김한우 감독이 무겁게 한숨을 내쉬었다. 4년 차 감독임에도 불구하고 김태환 수석 코치와 김성진 코치의 입김을 무시할 수가 없다는 사실이 그저 답답하기만 했다.

벤치에서 별다른 움직임이 없자 이자영도 다시 포수석에 주저앉았다. 그리고 초구에 몸 쪽으로 떨어지는 체인지업을 요구했다.

비록 한정훈에게 홈런을 허용하긴 했지만 오늘 체인지업의 무브먼트는 좋았다. 강승혁에게 안타를 얻어맞은 것도 코스의 문제이지 구종 때문은 아니었다.

하지만 심슨 마네아는 더 이상 까다로운 코스로 체인지업을 던지고 싶지 않았다.

'왜 또 쓸데없이 유인구 타령이야? 그냥 포심으로 가자고. 하위 타선쯤은 언제든지 잡아낼 자신 있어!'

심슨 마네아는 연거푸 고개를 흔들며 불편한 심기를 드러냈다. 이자영이 자리에서 일어나 더그아웃을 바라보며 중재를 요청했지만 벤치는 계속해서 침묵을 지켰다.

'어쩔 수 없지.'

이자영은 어쩔 수 없이 바깥쪽 포심 패스트볼 사인을 냈다.

심슨 마네아는 그것조차 코스가 마음에 들지 않는다며 미간을 찌푸렸다. 그리고 몸 쪽 포심 패스트볼 사인이 나고서야 고개를 주억거렸다.

'던질 거면 확실하게 던져. 어정쩡하게 던졌다가 얻어맞지 말고.'

이자영이 박지승의 옆구리 쪽으로 미트를 붙였다. 그러나 심슨 마네아는 이자영이 지나치게 빡빡한 리드를 하는 거라 여겼다.

'저 녀석은 내 공 못 쳐. 절대 못 친다고.'

심슨 마네아가 이를 악물고 공을 내던졌다.

후앗!

머리 뒤쪽에서 날아든 공이 거의 한복판으로 날아들었다.

따악!

박지승은 반사적으로 방망이를 내돌렸다. 노리던 바깥쪽 공이 들어오면 욕심부리지 않고 가볍게 밀어칠 생각이었는데 몸 쪽으로 몰린 공이 들어오자 자신도 모르게 힘껏 잡아당겨 버렸다.

방망이 중심에 제대로 걸린 타구는 그대로 1루 베이스 라인을 타고 내야를 빠져나갔다. 선상수비를 하던 트레이 터너가 몸을 날려봤지만 타구가 워낙 빨라 막아내질 못했다.

그 사이 2루 주자 강승혁이 3루를 돌아 홈을 밟았다. 그리고 제법 발이 빠르다는 소리를 들어왔던 안시원까지 과감하게 홈을 노렸다.

"홈! 홈!"

"홈으로!"

라이온즈 야수들도 역전을 보고만 있진 않았다. 우익수 구자운이 낮고 빠르게 던진 송구를 2루수 강한열이 커트해 내고 다시 포수 이자영에게 정확하게 연결하면서 헤드 퍼스트 슬라이딩을 하던 안시원을 홈에서 잡아냈다.

"뭐야! 그게 왜 아웃이야! 세이프잖아! 눈이 삐었어?"

눈 깜짝할 사이에 역전 기회가 사라지자 백종훈 감독이 더그아웃을 박차고 나왔다. 그러자 구심이 억울하면 비디오 판독을 신청하라고 말했다.

"해! 까짓것 하자고! 아무튼 판정 뒤집히면 두고 봐. 나 가만 안 있어!"

백종훈 감독은 안시원이 홈에서 살았다고 확신을 했다. 실제로도 판정하기가 쉽지 않았던지 심판들도 7분째 헤드셋을 끼고 있어야 했다.

"아웃! 아웃!"

"딱 보면 모르나! 아웃이잖아!"

라이온즈 팬들은 한목소리로 아웃을 부르짖었다. 그리고

잠시 후. 판독 결과를 전해 들은 구심이 주먹을 들어 올리자 그럴 줄 알았다며 환호성을 내질렀다.

　-비디오 판독 결과 아웃으로 판정이 났습니다.

　-글쎄요. 리플레이 화면으로는 잘 모르겠는데요.

　-타이밍상으로는 아웃이라고 하셨는데요.

　-하지만 태그 장면이 구심에 가려져서 제대로 보이지 않았습니다. 어쩌면 판독 불가로 인해 원심 그대로 가는 건지도 모르겠는데요.

　-비록 마지막 홈 승부는 아웃으로 끝이 났지만 스톰즈는 이번 6회 초에만 석 점을 추가하며 경기를 원점으로 돌려놓았습니다.

　-한정훈 선수의 홈런이 컸어요. 그 한 방이 경기 분위기를 완전히 바꿔놓았습니다.

　-앞서 경기 시작하기 전에 이영철 해설위원께서 4번 타자의 덕목으로 경기 흐름을 바꿔놓을 수 있는 능력이 있어야 한다고 하셨는데요.

　-하하. 그 부분에 있어서 아직 한정훈 선수는 검증이 덜 끝났다고 말을 했는데요. 경기 전에 이야기하길 잘한 것 같습니다. 경기 중에 이야기했다간 시청자분들께 혼이 날 뻔했어요.

　-그럼 지금은 한정훈 선수가 4번 타자로서 자질을 충분히

갖췄다고 인정하시는 건가요?

 -앞서도 여러 차례 이야기했지만 4번 타자로 태어난 사람은 없습니다. 4번 타자의 무게감을 견뎌내다 보면 4번 타자가 되는 것이고 그렇지 않으면 4번 타자감이 아닌 게 되겠죠. 그런 점에서 한정훈 선수는 조금 더 지켜볼 필요가 있습니다. 하지만 지금까지의 결과만 놓고 보자면 전 4번 타자의 자격이 충분하다고 생각합니다.

 어지간해서는 선수들의 칭찬을 하는 법이 없던 이영철 해설위원이 이례적으로 한정훈을 인정하자 채팅창은 난리가 났다.

 -봤냐? 봤어? 갓영철이 한정훈 인정한 거.
 -언제부터 이영철이 갓영철이 된 거야?
 -어쨌든 모두 까는 게 취미인 이영철이 한정훈 칭찬한 건 대단한 거 아니냐?
 -좀 더 지켜보자 그랬잖아. 그럼 두 경기 연속 홈런 때려냈는데 거기다 대놓고 아직 멀었다고 그럴까?
 -이영철 성격 모르냐? 홈런을 쳐도 문제점을 까고 삼진을 잡아도 지적하는데 이영철이다. 그런데 어제 오늘 한정훈 까는 소리를 들어본 적이 없다.
 -아웃당할 땐 몇 마디 했음.

-그 정도는 까는 축에도 못 들지. 오죽했으면 선수들마다 경기 전에 이영철 찾아가서 적당히 까달라고 사정한다잖아.

-스톰즈 놈들 신났네, 신났어. 아직 동점이거든?

-두고 봐라. 다음번 한정훈 타석 때 일낼 테니까.

-그 전에 제레미 모이어가 털리는 게 더 빠를걸?

라이온즈 팬들은 제레미 모이어가 6회에도 마운드에 오르자 기대감을 감추지 못했다. 5회에 연속 안타로 실점을 한 만큼 6회에도 충분히 점수를 뽑아낼 수 있다고 여겼다.

하지만 타선의 지원 속에서 희망을 본 제레미 모이어는 완전히 다른 투수가 되어 있었다. 6번 타자 조동천을 3구 만에 유격수 땅볼로 유도한 뒤 7번 타자 강한열과 8번 타자 이자영을 연속 삼진으로 돌려세우며 삼자범퇴로 이닝을 틀어막아 버렸다.

-뭐야? 밥이라도 먹고 왔나? 왜 저래?

-멍청한 타자들이 너무 덤볐어.

-괜찮아. 어차피 하위 타선이었잖아.

-7회에도 나와라, 제발. 그럼 탈탈 털어줄게.

-제레미 모이어 투구수 몇 개냐? 7회에 나올 수 있는 거야?

-제레미 모이어 말고 불펜 가동해도 점수 뽑아낼 수 있어. 스톰

즈 불펜 병맛이라고.

7회 초 스톰즈의 공격이 삼자범퇴로 끝이 나고 7회 말에 다시 제레미 모이어가 마운드에 오르자 라이온즈 팬들은 다시 한번 역전을 꿈꿨다.

하지만 꿈은 이루어지지 않았다. 9번 타자 김상순이 중견수 앞 안타로 출루한 뒤 2루 도루를 성공시켰을 때까지만 해도 분위기가 좋았지만 제레미 모이어가 박해인-배영석-구자운을 전부 땅볼로 유도하며 불씨를 꺼버렸다.

"제레미! 잘했어! 앞으로 이렇게만 던져 달라고!"

마운드에서 내려오는 제레미 모이어를 향해 한정훈이 주먹을 내밀었다.

"한, 약속 지켰어. 이제 네 차례야."

제레미 모이어가 씩 웃으며 주먹을 부딪쳤다.

"걱정하지 마. 어떻게든 기회를 만들어 볼 테니까."

8회 초 스톰즈의 공격은 한정훈의 타석부터 시작됐다.

김한우 감독은 7회 정인운에 이어 8회 베테랑 장원상을 마운드에 올렸다. 장원상의 경험이라면 한정훈을 범타로 잡아낼 수 있을 것이라 판단했다.

그러나 장원상의 밋밋한 초구가 몸 쪽으로 몰리고 그 공을 한정훈이 놓치지 않고 잡아당기면서 회심의 투수 교체는 최악의 결과를 낳았다.

-큽니다! 계속 날아갑니다! 이 타구가…… 담장을 넘어갔습니다! 한정훈! 경기를 뒤집는 솔로 홈런이 결정적인 순간에 터집니다!

-정말이지 무서운 타자네요. 초구에 들어온 실투를 놓치지 않았어요.

-시즌 13호! 한정훈 선수가 타이거즈 최현우 선수를 제치고 나눔 리그 홈런 단독 2위로 뛰어오릅니다!

호들갑스러워진 중계진을 뒤로한 채 한정훈은 당당히 그라운드를 돌았다.

"한, 고맙다. 정말 고마워."

아이싱을 마치고 더그아웃으로 돌아온 제레미 모이어는 울 것 같은 얼굴로 한정훈을 꼭 끌어안았다.

최종 스코어 4 대 3.

제레미 모이어의 호투와 4번 타자 한정훈의 결승 홈런에 힘입어 스톰즈가 한 점 차 신승을 거두었다.

3

"스톰즈가 어제에 이어 오늘도 승리를 거뒀습니다."

"6연패 뒤에 2연승인데요. 타순을 변경한 이후로 확실히 타선이 살아난 느낌입니다."

"4번 타자 한정훈 선수가 오늘 2개의 홈런을 추가했는데요."

"제가 어제도 말씀드렸지만 한정훈 선수는 확실히 4번 스타일입니다. 4번의 부담감을 즐기고 있는 것 같은 느낌이에요."

"그리고 오늘 이사회 결과가 나왔는데요. 올림픽 동안 2주 정도 올림픽 브레이크를 갖기로 합의가 됐죠?"

"2008년 베이징 올림픽 때도 휴식기를 가졌고 일본에서도 올림픽 브레이크를 심도 있게 논의하고 있으니까요. 올림픽 기간 동안은 선수들도 한마음이 되어서 대표팀의 건승을 응원했으면 하는 바람입니다."

"박재훈 위원이 보시기에 한정훈 선수는 어떨 것 같으세요?"

"뭐가요? 올림픽이요?"

"역시 아직 이른가요?"

"흠…… 글쎄요. 솔직히 올림픽은 아시안 게임과 다르니까요. 일본은 물론이고 미국에서도 WBC에 준하는 전력을 파견하자는 여론이 형성되고 있으니 우리도 최고의 선수들을 선발해야 하지 않을까 싶습니다."

"그렇다면 아직 한정훈 선수는 시기상조라는 말씀이신 거죠?"

"아뇨, 꼭 그렇다는 것은 아닙니다. 다만 야구는 포지션이라는 게 있잖아요. 한정훈 선수의 주 포지션은 1루이고 1루 포지션에는 실력 있는 선수가 많습니다. 한정훈 선수가 신인답지 않은 활약으로 두각을 드러내고 있긴 하지만 경험이라든가 여러 가지 면에서 기존 선수들과 경쟁을 했을 때 무조건 뽑힐 거라 확신하긴 어려울 것 같습니다."

"그래도 기대하고 있을 스톰즈 팬들을 위해 가능성을 말씀해 주신다면요?"

"하하. 김세현 아나운서, 오늘따라 집요한데요?"

"제가 원래 한 집요하잖아요."

"일단 저는 20퍼센트쯤 봅니다."

"1루 포지션에 한정해서인가요?"

"대타와 지명타자까지 넓게 봐서 20퍼센트로 잡았습니다."

"그럼 실제 1루 포지션에 선발되기는 어렵겠네요."

"하지만 아직 모르는 거니까요. 이제 5월이고 대표팀 선발이 본격적으로 논의될 6월 말까지 두 달 가까이 남아 있습니다. 이 시간 동안 한정훈 선수가 어떤 모습을 보여주느냐에 따라 가능성은 커질 수도 있을 겁니다."

"좋은 말씀 잘 들었습니다. 지금까지 박재훈 해설위원과 함께했습니다."

SBN의 야구 전문 프로그램 야구 에스가 끝난 직후 베이스

볼 파크에 게시글이 하나 올라왔다.

[한정훈 현실적으로 대표팀 가능할까요?]

그러자 순식간에 수백여 개의 댓글이 달렸다.

└님 장난해요? 국대를 아무나 뽑나요?

└한정훈이 왜 아무나냐. 미래의 대표팀 4번 타자인데.

└그러니까 미래의 4번 타자지 지금 당장은 아니라고.

└이것 봐라. 미래의 대표팀 4번 타자라고 자꾸 띄워주니까 똥인지 된장인지 구분 못 하잖아.

└야! 미래의 4번 타자로 키우려면 이번 대회부터 경험을 쌓게 해줘야 할 거 아냐!

└국대가 경험 쌓는 자리냐? 실력을 증명하는 자리라니까!

└경험은 알아서 쌓고 오세요.

└신입 구인 광고 내놓고 경력자를 원한다는 소리하고 다를 게 뭐냐?

└비유 참 저렴하네. 스톰즈 팬들 수준이 이 정도인가?

└한정훈이 뭐가 부족한데? 타율 0.361에 13홈런 33타점. 이게 국대 바라보지도 못할 성적이냐?

└한정훈 잘하는 건 인정. 하지만 국대에 뽑히려면 성적 그 이상

의 무언가가 필요함.

    └그 무언가가 뭔데? 국제 경기 적응력? 한정훈 야구 월드컵 MVP 2연패 했거든?

    └이 소리 나올 줄 알았다. 아마추어 대회인 야구 월드컵하고 올림픽하고 같음?

    └그 올림픽도 아마추어들 대회거든, 멍청아.

    └아마추어 프로 섞였음. 꼭 아마추어 대회라고 할 순 없을 듯.

    └어쨌든 오늘은 우리 세현이가 실수했네. 야구 좀 늘더니 자꾸 말이 많아져.

    └원래 야알못이 야좀알 되면 입이 근질근질함.

    └올림픽 이야기가 나와서 자연스럽게 한마디 한 거라고 봐요. 박재훈도 특별히 자연스럽게 잘 넘어갔고.

    └문제는 그걸 가지고 헛된 희망을 품는 스톰즈 팬들이지. 솔직히 한정훈이 대표팀 운운할 처지냐? 진짜 내후년 아시안 게임도 이르다고 본다.

    └님들, 만약에 한정훈 6월까지 홈런 30개 넘게 치면 대표팀 뽑나요?

    └30개 정도면 인정.

    └나도 인정. 전반기 전에 30개면 괴물 아닌가?

    └노놉. 지금 30개 페이스일걸요?

    └한정훈 지금까지 31경기에서 홈런 13개. 경기당 0.419개임.

5월 6월 잔여 경기가 딱 50경기니까 20개 더 칠 수 있음.

    └그럼 한 40개는 쳐야겠는데? ㅋㅋㅋㅋ

    └40개가 뉘 집 개 이름이냐?

    └그래도 그 정도는 해줘야 선배들 밀어내고 국대 1루수로 뽑히지 않을까요?

    한정훈 국가대표 논란은 다음 날까지도 이어졌다.

    -한정훈이 국대? 지나가는 개가 웃겠다. 월월.

    -한정훈이 안 되면 구자운도 안 됨. 구자운이 한정훈보다 나은 게 뭐냐?

    -이제 막 데뷔한 한정훈하고 구자운하고 같냐? 말이 되는 소리를 해야지.

    -전문가들도 한정훈 인정하는데 왜 니들이 난리야?

    -닥치고 야구나 봐라. 그러다 한정훈한테 또 쳐맞는다.

    -오늘 선발 최충현이거든요? 우리 충현이 무시하나요?

    라이온즈 팬들과 스톰즈 팬들도 중계 페이지에 모여들어 갑론을박을 이어갔다.

    화력을 상징하는 응원 지수는 라이온즈 쪽이 압도적으로 많았다. 한정훈이라는 슈퍼 루키를 영입하긴 했지만 스톰즈 팬덤이 원년 구단 라이온즈의 아성을 넘기란 쉽지 않았다.

경기도 답답하게 흘러갔다. 라이온즈 선발 최충현의 신들린 호투에 스톰즈 타자들은 이렇다 할 기회조차 잡지 못했다.

첫 타석에서 중견수 플라이로 아웃된 한정훈은 두 번째 타석에서 안타를 때려냈지만 세 번째 타석은 다시 좌익수 뜬 공으로 잡혔다.

그러자 채팅창에 한가득 조롱이 쏟아졌다.

-저 실력에 국대?

-한정훈 10년은 멀었다니까요.

-일찌감치 군대 다녀와라. 어린놈이 벌써부터 군 면제 노리는 거 아니다.

-아직 경기 안 끝났다. 두고 봐라. 끝내기 홈런 각이다.

-멍청아, 라이온즈가 말인데 무슨 수로 끝내기냐?

스톰즈의 선발 알렉스 마인도 최충현 못지않은 피칭을 선보였다. 8이닝 3피안타 1실점. 구자운에게 홈런을 얻어맞은 4회를 제외하고는 완벽에 가까웠다.

하지만 타자들이 점수를 뽑아주지 못하면서 패전 위기에 몰렸다.

"교체합니다."

9회 초가 시작되자 김한우 감독이 마운드에 올랐다. 8회를 잘 막은 장원상을 대신해 마무리 투수 심창인을 올려 오늘 경기를 마무리 지을 생각이었다.

선두 타자로 나선 1번 타자 정수인은 헛스윙 삼진으로 물러났다. 투 스트라이크 투 볼까지는 잘 끌고 왔지만 뱀직구라 불리는 바깥쪽으로 도망치는 포심 패스트볼을 헛치고 말았다.

2번 타자 최승일은 3구째 몸 쪽을 파고드는 슬라이더를 잡아당겨 1루 땅볼을 쳤다. 1루수 트레이 터너가 공을 한 번 더 듬는 사이 최승일이 전력을 다해 뛰었지만 행운의 내야 안타로 이어지진 않았다.

그렇게 두 개의 아웃 카운트가 올라가자 라이온즈 파크가 들썩거리기 시작했다.

"후우…… 이제 끝났네."

"그러게. 또 한정훈한테 얻어맞을까 봐 조마조마했었는데."

"설마 여기서 최주찬이 안타 치는 건 아니지?"

"오늘 3타수 무안타였잖아. 컨디션 별로인 거 같던데?"

"대타는? 누구 나올 사람 있어?"

"스톰즈에 대타가 어디 있냐. 다들 신인인데. 없어. 오늘은 우리가 잡았다고."

라이온즈 팬들은 승리를 확신했다. 최주찬의 컨디션이 바닥을 치고 있고 심창민의 뱀직구가 150㎞/h를 넘나드는 이상 오늘 경기가 뒤집힐 일은 없을 거라 여겼다.

"젠장할. 누구 내보낼 사람 있어?"

백종훈 감독은 대타감을 찾아 눈을 돌렸다. 하지만 마땅히 내세울 만한 선수가 없었다.

"수비까지 생각하면 영진이가 괜찮을 거 같은데요."

"영진이 언더 쪽은 형편없잖아!"

"그건 철승이도 마찬가지입니다."

"그냥 주찬이로 가시죠. 주찬이라면 내야 안타가 나올지도 모릅니다."

"후우……. 내가 이래서 용병 타자 한 명 더 뽑자고 한 거야. 알아?"

백종훈 감독이 보란 듯이 불만을 터뜨렸다. 이런 박빙의 순간에 홈런 한 방 때려줄 만한 대타자가 없다는 게 그저 답답하기만 했다.

그때였다.

딱!

최주찬의 방망이 밑동에 걸린 타구가 홈플레이트를 때리고 튀어 오르면서 다 끝날 것 같았던 경기 분위기가 달라졌다.

"크아아아!"

최주찬은 특유의 빠른 발을 앞세워 1루로 내달렸다. 그리고 3루수 이원식의 송구와 거의 동시에 1루 베이스에 도착했다.

"세이프!"

1루심이 호들갑스럽게 양팔을 벌렸다. 그러자 김한우 감독이 손가락으로 재빨리 사각형을 그려 보였다.

-김한우 감독이 1루심의 세이프 아웃 판정에 대해 비디오 판독을 요청했습니다.

-이번 판정이 뒤집히면 경기가 끝나는 상황이니까요.

-느린 화면으로 다시 한번 보실까요? 최주찬 선수의 발이 1루 베이스에 닿는 순간…… 아, 이 각도로는 모르겠네요.

-분명 공은 미세하게나마 발보다 먼저 트레이 터너 선수의 글러브에 들어온 것 같습니다. 문제는 포구 여부인데요. 완벽한 포구가 되려면 공이 글러브 안에서 멈춰야 하니까요. 단순히 글러브 속에 공이 들어간 것만으로 포구를 인정하기란 어려울 것 같습니다.

-1루심도 그 포구 소리를 듣고 세이프를 선언하지 않았을까 싶은데요. 다른 각도로 한 번 보시죠.

-흠…… 이것도 잘 모르겠네요. 이 각도에서는 최주찬 선수가 베이스를 밟는 장면이 안 보입니다.

-판독 센터에서도 쉽게 판독을 내리기 어려울 것 같은데요.

-판독이 불가능한 상황이라면 원심을 유지하는 게 원칙입니다. 솔직히 말씀드려 이 정도 미묘한 차이는 인간의 눈으로

확인하기 어려우니까요.

-말씀드리는 순간 판독이 끝났습니다. 세이프! 이영철 해설위원의 말처럼 원심이 유지가 됐습니다.

구심이 세이프를 선언하자 라이온즈 파크 곳곳에서 야유가 쏟아졌다.

채팅창도 한바탕 욕설이 쏟아졌다.

-와, 시발. 구심 미친 거 아니냐?
-글러브에 공이 먼저 들어가잖아! 사시냐?
-진짜 이 자식들은 무슨 배짱으로 판독 센터 운영하는 거냐?
-이건 진짜 그냥 넘어가면 안 됨. 따져야 함.

주변이 소란스러워진 가운데 대기 타석에 있던 한정훈이 천천히 타석으로 들어갔다.

"후우……."

심창인은 길게 숨을 골랐다. 그리고 관중들의 웅성거림이 잦아들길 기다린 뒤 이자영의 미트를 향해 힘껏 공을 내던졌다.

퍼엉!

초구 146㎞/h의 포심 패스트볼이 몸 쪽에 꽂혔다.

판정은 스트라이크.

조금 깊었지만 구심은 마치 라이온즈 팬들을 달래기라도 하듯 단호하게 스트라이크를 외쳤다.

퍼엉!

2구째 던진 공은 바깥쪽으로 살짝 빠져나갔다. 아슬아슬한 코스에 이자영의 프레이밍까지 더해지면서 구심의 어깨가 잠시 들썩거렸지만 스트라이크 콜은 나오지 않았다.

원 스트라이크 원 볼 상황에서 이자영은 몸 쪽으로 떨어지는 체인지업을 요구했다.

사인을 확인한 심창인도 단단히 고개를 끄덕였다. 그리고 한정훈의 무릎 쪽을 향해 빠르게 팔을 내던졌다.

후앗!

심창인의 손끝을 빠져나간 공이 무릎 높이로 날아왔다. 그와 동시에 한정훈의 방망이도 허리를 빠져나왔다.

'걸렸다!'

이자영은 머릿속으로 범타를 그렸다. 제아무리 한정훈이라 하더라도 포심 패스트볼과 14㎞/h나 차이가 나는 체인지업을 제대로 받아치진 못할 거라 확신했다.

10여 미터 지점부터 꿈틀거리기 시작한 공은 이자영의 예상보다 더욱 절묘하게 가라앉기 시작했다. 자연스럽게 이자영의 입가로 웃음이 번졌다.

하지만 마지막 순간에 가속이 붙은 한정훈의 방망이는 거의 원바운드처럼 가라앉으려는 공을 인정사정없이 집어삼켰다. 그리고 센터 쪽으로 힘껏 날려 버렸다.

-한정훈! 잡아당겼습니다! 그리고 이 타구는…… 또다시 담장 밖으로 사라집니다! 역전 투런! 이 한 방으로 스톰즈가 경기를 뒤집었습니다!

-정말 대단한 선수입니다. 뭐라 할 말이 없네요.

-이영철 해설위원께서 큰 걸 조심해야 한다고 말씀하시기가 무섭게 홈런이 터졌습니다.

-9회 초 2사 2루 상황이니까 한정훈 선수는 장타를 노릴 수밖에 없었죠. 그래서 심창인 선수가 바깥쪽 승부를 가져갔던 것인데 몸 쪽에 보여주려고 던진 공을 한정훈 선수가 기가 막히게 잡아당겨 버렸습니다.

-경기 전 이영철 해설위원이 가장 어려운 코스가 어디냐고 물어봤을 때 한정훈 선수가 몸 쪽 낮은 공이라고 대답했는데요.

-그건 그냥 해본 말이겠죠. 그 코스는 모든 타자가 어려워하는 공입니다. 차라리 바깥쪽 낮은 코스로 파고드는 공이 어렵다고 했다면 그건 그나마 약점이 될 수 있겠습니다만 몸 쪽 낮은 코스로 완벽하게 들어오는 공은 그 어떤 타자도 쉽게 공략하지 못할 겁니다.

-그런데 한정훈 선수가 벌써 시즌 14호 홈런을 때려냈습니다.

-확실히 몰아치는 능력이 있는 선수입니다. 다이노스와의 시즌 첫 경기 때부터 조짐이 보였는데요. 이런 식이라면 올 시즌 40개 이상의 홈런도 가능할 것 같습니다.

-홈런을 몰아치는 스타일과 꾸준히 치는 스타일 중에 어느 쪽이 더 좋을까요?

-꾸준히 치되 몰아치는 스타일이 좋겠죠.

-우문현답인가요.

-그런 것보다 몰아친다는 것 자체가 홈런 생산 능력이 있다는 의미니까요. 시즌 홈런이 10개도 안 되는 선수가 어쩌다 세 경기 연속 홈런 때려냈다고 해서 크게 의미를 부여하진 않을 겁니다. 하지만 20개 이상의 홈런이 가능한 선수가 연속해서 홈런포를 가동하면……

-시동을 걸었다고들 하죠.

-그렇습니다. 홈런이라는 것도 흐름인데 잘 칠 때 부지런히 때려줘야 합니다. 그런 경험이 쌓이다 보면 꾸준해지는 거구요.

-어쨌든 이번 홈런으로 나눔 리그 홈런 1위 카일 핸드릭스 선수를 턱밑까지 추격했습니다.

-이제 한 개 차이인가요?

-경기 결과는 확인해 봐야겠습니다만 아직까지 카일 핸드릭

스 선수의 홈런 소식은 없네요.

-김동준 선수가 98년에 세웠던 역대 최다 홈런 기록도 이제 10개가 남았는데요. 갱신은 충분하겠죠?

-충분히 가능하다고 봅니다. 이 페이스대로라면 40개는 물론이고 50개도 때려낼 수 있을 것 같으니까요.

-스톰즈 팬들은 벌써부터 한정훈 선수의 올림픽 출전을 바라고 있습니다.

-그것도 충분히 가능하다고 봅니다. 지난 세 경기만 보면 답이 나오잖아요? 만약 제가 올림픽 대표팀 코칭스태프라면, 한정훈 선수 데려가고 싶습니다. 아직 부족한 점이 많다 하더라도 저런 선수를 키워내지 못하면 한국 야구의 미래는 없을 테니까요.

이영철 해설위원의 극찬 속에 한정훈은 묵묵히 그라운드를 돌아 홈플레이트를 밟았다. 그리고 뒤이어 타석에 들어선 강승혁의 홈런과 오승일의 세이브에 힘입어 스톰즈는 라이온즈를 3 대 1로 꺾고 창단 첫 원정 시리즈 스윕을 기록하게 됐다.

경기 직후 한정훈은 5백여 명의 스톰즈 팬들 앞에서 수훈선수 인터뷰를 가졌다.

"오늘 역전 홈런의 주인공이죠. 한정훈 선수와 인터뷰 나눠보겠습니다. 한정훈 선수! 축하해요. 9회 초 투아웃에서 홈런을 때려냈는데 어땠나요?"

"심창인 선배님 공이 워낙 좋아서 볼카운트가 몰리면 어렵다고 생각했습니다. 그래서 몸 쪽 공에 반사적으로 방망이가 나갔는데 결과가 좋았던 것 같습니다."

"역시나 오늘 소감도 겸손한데요. 벌써 홈런을 14개나 쳤어요. 올 시즌 홈런, 몇 개까지 가능할까요?"

"글쎄요. 모든 경기에서 홈런을 친다면 좋겠지만 그건 쉽지 않을 테니까요. 지금 페이스 잘 유지해서 최대한 많이 때려낼 수 있도록 노력하겠습니다."

"4번 타자 자리는 어때요? 이제 좀 익숙해졌나요?"

"솔직히 타순에 연연하지 않으려고 노력하고 있습니다. 4번 타자라기보다는 네 번째 타자라는 생각을 가지고 있고요. 그저 제 앞에 득점 기회가 생기면 놓치지 않으려고 노력 중입니다."

"최주찬, 강승혁 선수와 시너지가 좋아요. 팬들은 최정혁 트리오라고 부르는데 HK포와 최정혁 트리오. 둘 중 뭐가 좋나요?"

"익숙한 건 HK포가 더 익숙한데 이렇게 말하면 주찬이 형이 화내니까요. 지금은 최정혁 트리오가 더 좋습니다."

"끝으로 TV를 지켜보고 있을 여자친구에게 한마디 하신다면요?"

"하하. 잘 지내고 계시죠? 우리 언제 한번 만나요. 존재한다면요."

"한정훈 선수 센스 좋은데요? 그럼 진짜 마지막으로 팬들에게 한 말씀 해주세요."

"성원해 주셔서 감사합니다. 더 열심히 하겠습니다."

한정훈이 관중석을 향해 고개를 숙였다. 그러자 스톰즈 팬들이 한목소리로 한정훈을 연호했다.

"젠장, 뭐가 한정훈이야?"

"어쩌다 한 번 잘한 거 가지고 우쭐대기는. 두고 봐라. 5월 되기 전에 바닥까지 떨어질 테니까."

경기장을 떠나는 몇몇 라이온즈 팬이 악담을 퍼부었다. 하지만 한정훈의 상승세는 5월이 지나도 끝나지 않았다.

한정훈을 4번 타순에 고정시키면서 스톰즈의 공격력은 놀라보게 달라졌다.

5월 초까지 경기당 평균 3.5점(30경기 105득점)에 불과했던 득점력은 5월 말 4.33점까지 치솟았다. 한정훈의 4번 타자 기용 이후의 경기당 득점은 무려 6.3점. 23경기에서 145점을 쓸어 담으며 타이거즈에 이어 두 번째로 높은 득점 생산력을 보였다.

타자들이 타선에서 점수를 뽑아주자 주춤거리던 마운드도 안정을 되찾았다.

특히나 선발이 견고해졌다. 퓨처스 리그에 있는 케빈 루이스와 교체 후 방출이 유력하다던 제레미 모이어는 3승을 추가

했다.

브랜든 파간과 알렉스 마인도 2승을 거뒀고 장일준과 조석훈, 성민수도 한 차례 이상 승리를 챙기며 스톰즈의 상승세에 힘을 보탰다.

5월 한 달간 선발이 경기당 평균 6.2이닝을 책임지면서 불펜 운영에도 숨통이 트였다. 불펜 평균 자책점은 여전히 높았지만 김성진-오승일로 이어지는 필승조는 단 한 차례의 블론 세이브도 허용하지 않았다.

덕분에 스톰즈는 5월에 다시 5할 승률을 회복하는 데 성공했다. 타이거즈와의 홈 3연전에서 아쉽게 루징 시리즈를 기록하긴 했지만 5월 한 달간 14승 15패로 준수한 성적을 거두며 창단 첫 포스트 시즌 진출의 불씨를 되살렸다.

"하하. 내가 뭐랬어? 스톰즈 아직 안 죽었다고 했지?"

백종훈 감독은 언론과의 인터뷰에서 반등의 주요 원인으로 단합력을 첫손에 꼽았다. 코칭스태프부터 선수들까지 다들 힘을 합쳐 이뤄낸 결과라면서 은연중에 자신의 지도력을 부각시키려 노력했다.

그러나 언론과 전문가들은 진짜 이유는 한정훈 효과라고 입을 모았다.

"한정훈 선수가 4번에 배치된 이후로 스톰즈의 공격력은 엄청나게 달라졌습니다."

"한정훈 선수가 4번 타순에 배치된 이후 때려낸 홈런만 벌써 12개입니다. 카일 핸드릭스 선수를 벌써 2개 차이로 따돌렸어요."

"최주찬 선수와 강승혁 선수가 앞뒤에서 잘해주고 있지만 그건 어디까지나 한정훈 선수가 4번에서 중심을 잘 잡아준 결과입니다."

"한정훈 선수는 홈런에 욕심을 내는 선수가 아닙니다. 경우에 따라서는 볼넷을 골라 나가며 빅이닝을 이끌어 내기도 하죠. 하지만 결정적인 순간만 찾아오면 뭐든 해내는 선수입니다."

"한정훈 선수의 득점권 타율이 지금 5할에 육박하고 있는데…… 진짜 이게 실화입니까?"

"한정훈 선수의 끝은 어디일까요? 40개요? 아니면 50개?"

"6월 이후로 한정훈 선수에 대한 견제가 더욱 심해질 테니 홈런 숫자는 생각보다 줄어들지도 모르겠습니다. 하지만 찬스 때 보여주는 결정력만 유지한다면 스톰즈는 지금처럼 순항할 가능성이 높습니다."

"전 개인적으로 다음 시리즈에 대한 기대가 큽니다."

"인천 원정이죠?"

"현 최강 홈런 군단 와이번즈와 나눔 리그 최고의 홈런 타자 한정훈의 맞대결이네요. 어감만 놓고 보자면 당연히 와이번즈의 압승이 예상됩니다만 글쎄요. 전 왜 자꾸 한정훈 선수의 홈런 개수가 궁금해질까요?"

"저도 마찬가지입니다. 게다가 와이번즈 파크는 경기장이 크지 않습니다. 스톰즈 파크보다도 외야가 짧은 편이에요."

"3미터 정도 차이가 나는 것으로 아는데요. 일반인들에게는 100미터나 97미터나 그게 그거라고 생각할지 모르겠지만 이게 타자들에게는 어마어마한 차이거든요."

"간단하게 말하자면 워닝 트랙에서 잡힐 타구가 넘어갑니다. 그리고 외야수 호수비로 끝날 타구가 펜스에 맞고 튕겨 나옵니다."

"와이번즈 타자들이 홈에서 워낙 강하니 전체 홈런 개수는 와이번즈가 앞설지도 모르겠습니다. 하지만 결정적인 한 방은 왠지 한정훈 선수가 쳐 줄 것 같은 느낌입니다."

전문가들은 스톰즈와 와이번즈의 시리즈를 주목했다.

선발 대진만 놓고 보자면 스톰즈가 조금 앞섰다. 6선발 성민수를 시작으로 브랜든 파간과 제레미 모이어로 이어지는 스톰즈와 달리 와이번즈는 외국인 투수 없이 시리즈를 치러야 했다.

하지만 와이번즈 팬들은 타자들의 공격력이라면 누구와 싸워도 해볼만 하다고 열을 냈다.

└일단 첫날 경기는 두 자릿수 득점 확정인가?

└최준하고 동민이하고 동엽이하고 샌더스가 하나씩만 쳐줘도 10점은 충분할 듯.

└살살하자. 성민수 울겠다.

└브랜든 파간은 만만치 않아. 전성기 시절 반헤켄 수준이라고.

└솔직히 연타로 점수 뽑긴 힘든 스타일임. 하지만 홈런이라면 이야기는 다르지 않을까요?

└뭐 초반 끌려가더라도 중반 이후 홈런 나와서 뒤집겠지. 하루 이틀인가?

└브랜든 파간만 잡으면 제레미 모이어는 가뿐할 듯. 요새 상승세라 해도 브랜든 파간보단 한 급 아래니까.

└결론은 스윕인가? ㅋㅋㅋㅋ

└신생팀에게 와이번즈의 무서움을 보여줘야죠. 그래야 못 덤빔.

첫날 와이번즈는 김강현을 선발로 내세웠다.

2016년 토미 존 서저리 이후 2018년에 복귀한 김강현은 지난해 15승을 거두며 와이번즈의 토종 에이스 자리를 되찾는 데 성공했다. 그리고 올해도 5승과 3.00의 평균 자책점으로 와이번즈 마운드를 든든히 지키고 있었다.

"내가 김강현 선배를 상대하다니."

한정훈은 다소 들뜬 얼굴로 타석에 들어섰다. 류현신, 윤성민과 함께 2000년대 한국 야구사를 이끌었던 상징적인 대선배와 맞대결을 펼친다는 것만으로도 가슴이 벅차올랐다.

하지만 김강현은 한정훈을 상대하는 게 조금도 달갑지가 않았다. 오히려 나눔 리그 에이스들을 두들겨 홈런을 뽑아내고 있다는 게 신경이 쓰였다.

"맞지 말자. 무조건 낮게 던져야 해."

김강현은 크게 숨을 들이켰다. 그리고 포수의 사인보다 더 낮게 공을 던지려 노력했다.

그러나 한정훈도 나쁜 공에 방망이를 내미는 성격이 아니었다. 그 결과 세 타석 연속 볼넷이라는 진기록이 만들어졌다.

-아, 한정훈 선수. 이번 타석도 볼넷입니다.

-김강현 선수가 확실히 한정훈 선수를 의식하고 있네요. 최주찬 선수를 상대로 낮게 잘 들어가던 공이 한정훈 선수만 타석에 들어서면 스트라이크존을 벗어나고 있습니다.

-아무래도 장타에 대한 부담감 때문 아닐까요?

-이게 다 타자들이 점수를 뽑아주지 못한 결과입니다. 찬스 때마다 자꾸 욕심을 부리니까 그 부담이 고스란히 김강현 선수에게 이어지는 것 아니겠어요?

-어쨌든 한정훈 선수와 김강현 선수의 맞대결을 기대하셨던 분들은 아쉬움이 클 것 같습니다.

한정훈과의 맞대결에서는 고전했지만 김강현은 7이닝 동안 3피안타 3사사구 1실점으로 호투하며 시즌 6승을 챙겼다.

스톰즈 선발 성민수도 6회까지 5피안타 1실점으로 고군분투했다. 그러나 7회 구원 등판한 송태민이 최준과 하동민에게 백투백 홈런을 얻어맞으며 승기를 내주고 말았다.

"미안하다, 정훈아. 내일은 꼭 내가 출루할게."

이날 4타수 무안타로 침묵했던 최주찬은 2차전에서 박종운을 상대로 1회부터 안타를 때려냈다. 그리고 시즌 13번째 도루를 성공시키며 한정훈의 타점 본능을 자극했다.

"오늘 좋은 선배가 공이 좋아. 그러니까 가볍게 휘두르자."

지난해 11승을 거두며 붙박이 선발로 자리매김한 박종운은 최고 140㎞/h의 포심 패스트볼과 커브, 그리고 싱커를 주로 던지는 투수였다. 구속이 빠르지는 않지만 홈플레이트 앞에서 움직임이 심한 편이라 덤벼들어 봐야 좋은 결과를 만들어 내기 어려웠다.

앞서 출루한 최주찬도 유인구를 참아낸 뒤 바깥쪽을 파고드는 포심 패스트볼을 밀어쳐 1, 2루 간을 꿰뚫었다.

슥. 스윽.

가볍게 타석을 고른 뒤 한정훈은 평소보다 투수 쪽으로 다가가 자리를 잡았다. 오늘따라 지면에 낮게 깔려 들어오는 박종운의 공을 효과적으로 공략하려면 히팅 포인트를 앞쪽에 두는 게 낫다고 판단했다.

'떨어지기 전에 치겠다 이거지?'

한정훈의 의도를 알아챈 포수 이재운은 초구에 스플리터 사인을 냈다. 평소 잘 던지지 않는 구종이지만 싱커보다 낙폭이 큰 스플리터라면 방망이를 끌어낼 수 있다고 여겼다.

박종운은 가볍게 고개를 끄덕인 뒤 이재운의 미트를 향해 힘껏 공을 내던졌다.

하지만 한정훈은 속지 않았다. 방망이가 반쯤 끌려 나오긴 했지만 마지막 순간에 멈춰 세우며 스플리터의 유혹을 이겨냈다.

"후우……."

한정훈이 길게 숨을 골랐다. 초구부터 벨트 높이로 공이 들어와서 실투인가 했는데 하마터면 이재운의 노림수에 넘어갈 뻔했다.

'얄미운 놈. 또 안 속네.'

이재운도 고개를 절레절레 흔들고는 박종운에게 공을 돌려주었다. 어제 김강현과 호흡을 맞출 때도 까다로운 코스로 유인해 봤지만 한정훈은 좀처럼 속아주질 않았다. 덕분에 김강현만 새파란 후배에게 겁을 먹었다는 오해를 사고 말았다.

'그래도 반응은 했으니까 하나 더 던져 보자.'

이재운은 2구째 바깥쪽 스플리터 사인을 냈다. 한정훈도 연속해서 스플리터가 들어오리라고는 예상하지 않을 테니 잘하면 범타를 유도할 수도 있을 것 같았다.

박종운은 길게 호흡을 끌고 간 뒤 바깥쪽 절묘한 코스로 공을 밀어 넣었다.

하지만 이번에도 한정훈은 꿈쩍도 하지 않았다. 어떻게든 상황을 유리하게 만들기 위해 빠져나가는 공을 스트라이크존으로 밀어 넣어봤지만 구심은 코대답조차 하지 않았다.

초구 볼에 이어 2구째도 볼.

순식간에 볼카운트가 투 볼로 몰리고 말았다.

-이번 공도 스트라이크존을 벗어납니다. 이제 다음 공 승부가 중요할 것 같은데요.

-그렇죠. 다음 공이 중요해졌습니다.

-까다로운 타자를 상대로 던진 공이 연달아 볼 판정을 받으면 투수 입장에서는 부담감이 클 것 같은데요. 이병구 해설위원께서도 현역 시절에 저런 경험이 많으셨죠?

-그렇습니다. 저도 저런 경험을 많이 해봤습니다.

-그럴 때는 어떤 공이 들어올 거라 예상하시나요?

-글쎄요. 그건 투수마다 다르니까요. 박종운 선수가 어떤 공을 던질지 저도 궁금합니다.

-지금 같은 상황에서는 아무래도 가장 자신 있는 공을 던져야 하지 않을까요?

-그렇죠. 자신 있는 공을 자신 있게 던져야 합니다.

중계진의 이야기를 듣기라도 한 듯 이재운은 3구째 몸 쪽으로 떨어지는 싱커를 요구했다. 그러면서 최대한 낮게 던지라는 제스처를 보냈다. 설사 한정훈이 골라내더라도 높은 공은 위험하다고 판단했다.

사인을 확인한 박종운도 고개를 주억거렸다. 상대는 데뷔 첫해부터 22개의 홈런을 때려내고 있는 괴물 같은 신인이었다. 외야가 짧은 와이번즈 파크의 특성상 큰 걸 얻어맞지 않으려면 제구에 신경 써서 던질 수밖에 없었다.

"후우⋯⋯."

평소보다 길게 호흡을 고르던 박종운이 이내 투구판을 박차고 나갔다.

후앗!

박종운의 손끝을 빠져나온 공이 정확하게 한정훈의 무릎 쪽을 파고들었다. 그러고는 마지막 순간에 살짝 잠기며 한정훈을 꼼짝 못하게 만들었다.

"스트라이크!"

잠시 뜸을 들이던 구심이 오른팔을 들어 올리면서 볼카운트는 원 스트라이크 투 볼로 바뀌었다.

"좋은 공이 들어왔네."

한정훈도 고개를 주억거리고는 타석에서 한발 물러났다. 박종운의 싱커를 제대로 보고 싶은 마음에 일부러 지켜보긴 했지만 덤벼들지 않길 잘했다는 생각이 들 만큼 공의 움직임이 좋았다.

경기를 지켜보고 있던 트레이 할만 감독도 만족스러운 표정을 지었다.

"종운이 좋은 공을 던졌어."

"초구도 좋았습니다. 너무 앞쪽에서 떨어져서 한이 속지 않았지만 다른 타자였다면 분명 방망이를 내밀었을 겁니다."

"그나저나 저 한이라는 친구도 대단하군그래. 어제 강현도 그랬지만 투수들을 지치게 만드는 재주가 있어."

"힘과 정확성에 인내심까지 갖춘 타자입니다. 보통 젊은 타자들은 나쁜 공도 힘으로 넘길 수 있다고 자만하는 경우가 많은데 한은 최대한 좋은 공을 치려고 노력하는 느낌입니다."

"그렇다고 무작정 기다리기만 하는 것도 아니잖아."

"그게 무섭다는 거죠. 뭔가 분위기를 반전시켜야 할 때가 오거나 득점 기회가 마련되면 무서우리만치 적극적으로 변하니까요."

"그래도 여기서는 승부를 했으면 좋겠는데."

"아마 승부 할 겁니다. 경기 전에 재운에게도 말을 해놓았으니까요."

데이브 존슨 투수 코치는 이재운이 더그아웃 쪽을 힐끔거리자 잘하고 있다며 손뼉을 두드렸다. 그러나 정작 이재운의 시선을 받은 박경환 배터리 코치는 유인구를 던지라고 지시했다.

'정면 승부는 위험해. 거르는 한이 있더라도 쉬운 공을 주지마!'

생각을 정리한 이재운은 4구째 바깥쪽으로 크게 돌아 들어오는 백도어성 커브를 요구했다. 스플리터 두 개에 싱커를 하나 보여준 만큼 한정훈이 포심 패스트볼을 노리고 있을 거라는 생각이 들었다.

하지만 박종운은 짧게 고개를 저었다. 바깥쪽 체인지업 사인도 거절했다.

'뭐야? 뭘 원하는 거야?'

이재운이 혹시나 싶어 3구째 사인을 다시 한번 냈다. 그러자 박종운이 기다렸다는 듯이 고개를 끄덕였다.

한정훈이 꼼짝도 못했던 공.

그 공을 다시 한번 던져서 투 스트라이크를 만들고 싶었다.

'위험하긴 하지만 아까처럼 제대로만 들어와 준다면……'

이재운은 조심스럽게 미트를 한정훈의 무릎 옆쪽으로 붙였다. 경기 중에 같은 공을 똑같은 코스에 연달아 던진다는 게 결코 쉬운 일은 아니지만 제구가 좋은 박종운이라면 가능할 것도 같았다.

"할 수 있다. 자신 있게 던지자."

다시금 길게 숨을 고른 뒤 박종운이 힘차게 투구판을 박차고 나갔다.

후앗!

낮게 깔려 날아든 공이 한정훈의 무릎 옆쪽을 날카롭게 파고들었다. 순간 이재운의 입가로 웃음이 번졌다. 3구와 다를 바 없는, 아니, 3구보다 더 완벽한 공이 들어온 것이다.

하지만 한정훈도 두 번 당하지 않았다. 싱커를 예상한 듯 평소보다 반 발자국 정도 길게 오른발을 내디딘 뒤 인 앤드 아웃 스윙으로 간결하게 방망이를 내돌렸다. 그러고는 허벅지 앞쪽에서 잠기기 시작한 공을 정확하게 때려냈다.

따악!

경쾌한 파열음이 경기장에 울려 퍼졌다. 뒤이어 우익수 하동민이 반사적으로 펜스 쪽으로 내달렸다.

라이너성으로 뻗어온 타구는 순식간에 하동민의 머리를 넘어갔다.

하지만 하동민은 타구가 담장까지 넘어갈 거라 생각하지 않았다. 그래서 포구를 포기하고 곧바로 몸을 돌려 펜스 플레이를 준비했다.

그러나 마지막 순간까지 힘을 잃지 않은 타구는 오른쪽 담장 위를 스치듯 넘어가 버렸다.

　-너, 넘어갔습니다! 홈런! 한정훈! 와이번즈를 상대로 선제 투런 홈런을 때려냅니다!
　-정말 홈런이네요. 이게 넘어갈 줄은 몰랐습니다.
　-몸 쪽 꽉 찬 공을 놓치지 않고 잡아당겼습니다!
　-그렇죠. 몸 쪽에 꽉 찬 공이었는데 한정훈 선수가 잘 때렸네요.
　-경기 초반부터 기선을 제압하는 한 방이 터졌습니다!
　-아직 경기 초반이니까요. 조금 더 지켜봐야 합니다. 와이번즈도 홈런을 잘 치는 팀이니까요.
　-박종운 선수, 이번 홈런은 잊어버리고 1회처럼 좋은 투구를 이어가야 할 텐데요.
　-그렇습니다. 박종운 선수. 잊어버려야 합니다.

　경기를 지켜보던 와이번즈 팬들도 한정훈의 홈런을 대수롭지 않게 여겼다.

　-괜찮아. 하나 주고 시작하지 뭐.
　-솔직히 이 정도 전력 차이면 차포 떼고 해도 되잖아. 안 그래?

-만루 홈런도 아니고 투런 홈런이잖아. 그 정도면 싸게 막았네.

-이제 스톰즈 타자들 스윙 커질 거임. 박종운 입장에서는 차라리 잘된 일인지도 모름.

-종운아, 빨리 끝내라. 타자들 홈런 치는 것 좀 보자.

경기 초반에 기습적으로 한 방 얻어맞은 것뿐이라며 애써 평가절하했다.

그러나 한정훈의 홈런이 카운터 펀치였다는 걸 알기까지는 그리 오랜 시간이 걸리지 않았다.

따악!

투 스트라이크 노 볼에서 강승혁이 친 타구가 좌중간을 가르자 박종운의 얼굴이 와락 일그러졌다.

분명 몸 쪽으로 잘 붙여 넣은 싱커였다. 그런데 그걸 기다렸다는 듯이 받아쳐서 장타를 만들어버렸다.

'뭐야? 다들 내 싱커를 노리는 거야?'

6번 타자 미구엘 산토스마저 싱커를 건드려 텍사스성 안타를 때려내자 박종운의 의심은 확신이 됐다.

이후부터 박종운은 싱커를 던지지 않았다. 포심 패스트볼과 커브, 철저하게 투 피치로 카운트를 잡았다.

워낙에 제구가 좋다 보니 투 스트라이크를 잡는 것까진 어렵지 않았다. 문제는 결정구. 싱커를 던지면 맞는다는 생각에 포심 패스트볼을 고집하다가 연속 안타를 허용하고 말았다.

  -박종운 선수, 2사 이후에 또다시 적시타를 허용합니다.

  -미구엘 산토스 선수가 발이 느려서 홈에 들어오지 못한 게 천만다행입니다.

  -정수인 선수가 바깥쪽 포심 패스트볼을 잘 밀어쳤는데요.

  -그렇죠. 정수인 선수가 바깥쪽 공을 잘 쳤습니다.

  -이제 2사에 주자 만루입니다. 여기서 추가 실점을 하게 되면 오늘 경기 어려워질지도 모르는데요.

  -그렇죠. 박종운 선수, 추가 실점이 없이 이닝을 마쳐야 합니다.

  -이제 첫 타석에서 삼진을 당한 최승일 선수 차례인데요.

  -박종운 선수, 어차피 투 아웃이니까 부감 갖지 말고 편히 던지면 될 것 같습니다.

  -아, 최승일 선수가 타임을 요청하는데요. 배트에 문제가 있는 것 같습니다.

  -방망이가 깨진 것 같은데요. 저런 경우 많습니다. 깨진 방망이는 스윙할 때 소리가 다르거든요.

  -한정훈 선수가 최승일 선수에게 새 배트를 건네줍니다. 무슨 이야기를 하는 것 같은데요.

  -부담 갖지 말고 치라고 했을 겁니다. 어리긴 해도 한정훈 선

수가 4번 타자니까요.

해설 경험이 짧은 이병구 해설위원은 그 찰나의 순간을 가볍게 넘겼다. 그러나 촉이 좋은 몇몇 야구팬은 불안함을 감추지 못했다.

-방금 뭐냐. 한정훈이 뭐라고 한 거지?
-볼배합 가르쳐 준 거 같은데? 싱커 어쩌고 하지 않았나?
-싱커 없어요라고 말함.
-젠장. 큰일이네. 최승일 노림수 좋은데.
-종운아, 여기서 막자. 제발 여기서 끝내자.
-설레발 치지 마라. 싱커 없어요는 개뿔. 그냥 잘 쳐요 했겠지.

2사 만루의 긴장감 속에서도 최승일은 여유롭게 타석에 들어섰다. 그리고 초구에 몸 쪽 낮은 코스로 빠른 공이 들어오자 망설이지 않고 힘껏 잡아당겨 데뷔 첫 그랜드 슬램을 쏘아 올렸다.

"승일이 형이 쳤는데 나도 질 순 없지."

최주찬은 넓이 나간 박종훈의 2구를 힘껏 잡아당겨 중견수 키를 넘기는 3루타를 때려냈다.

"오늘은 어렵겠는데."

"바꿔주는 게 좋을 것 같습니다."

"불펜을 준비시킬 시간이 필요하니까 일단 한까지만 상대하게 하자고."

트레이 할만 감독은 불안한 눈으로 경기를 지켜보았다. 그러다 한정훈이 박종운의 4구째 커브를 받아쳐 적시타를 때려내자 고개를 절레절레 흔들고 말았다.

그리고 다음 날.

마치 중계 화면을 보듯 똑같은 장면이 연출됐다.

2회 초 한정훈의 홈런을 시작으로 스톰즈 타자들은 장단 7안타를 몰아치며 다시 한번 빅이닝을 만들어냈다.

반면 1회를 삼자범퇴로 돌려세웠던 와이번즈의 선발 문승운은 한정훈에게 결정구인 스플리터를 통타당하고 와르르 무너지고 말았다.

스톰즈에게 충격의 루징 시리즈를 당한 직후 트레이 할만 감독은 기자들 앞에서 짧고 굵은 한마디를 남겼다.

"한을 상대하도록 내버려 두는 게 아니었습니다."

그 인터뷰 이후 한정훈에게는 새로운 별명이 붙었다.

-진짜 한거상이네.

-한거상은 뭐냐?

-한정훈은 거르는 게 상책이다 뭐 이런 거 같은데.

-고작 두 경기 잘한 걸로 가져다 붙이기는.

처음에는 비웃음의 대상이었던 한거상은 점차 야구팬들에게 인정받기 시작했다. 그리고 6월이 지나기 전에 한정훈을 대표하는 별명으로 자리 잡았다.

To Be Continued

Wish Books

쥐뿔도 없는 회귀

목마 퓨전판타지 장편소설

불친절하기 짝이 없는 이세계 '에리아'.
그곳에 소환된 '이성민'.

13년의 생활 끝에 죽음을 맞이한 그에게
또 한 번의 기회가 주어졌다.

재능이 없다.
그러나 그에겐 13년의 기억이 있다.

우연처럼 엮인 필연이, 그리고 목적이
그를 앞으로, 더 높은 곳으로 나아가게 한다.

이성민은 무엇을 바라였는가.
무엇이 되고 싶었는가.

"나는 다시 살아가 보고 싶다.
전생보다 나은 삶을."